鏡
白
ム

# 活版印刷三日月堂

## 空色の冊子

ほしおさなえ

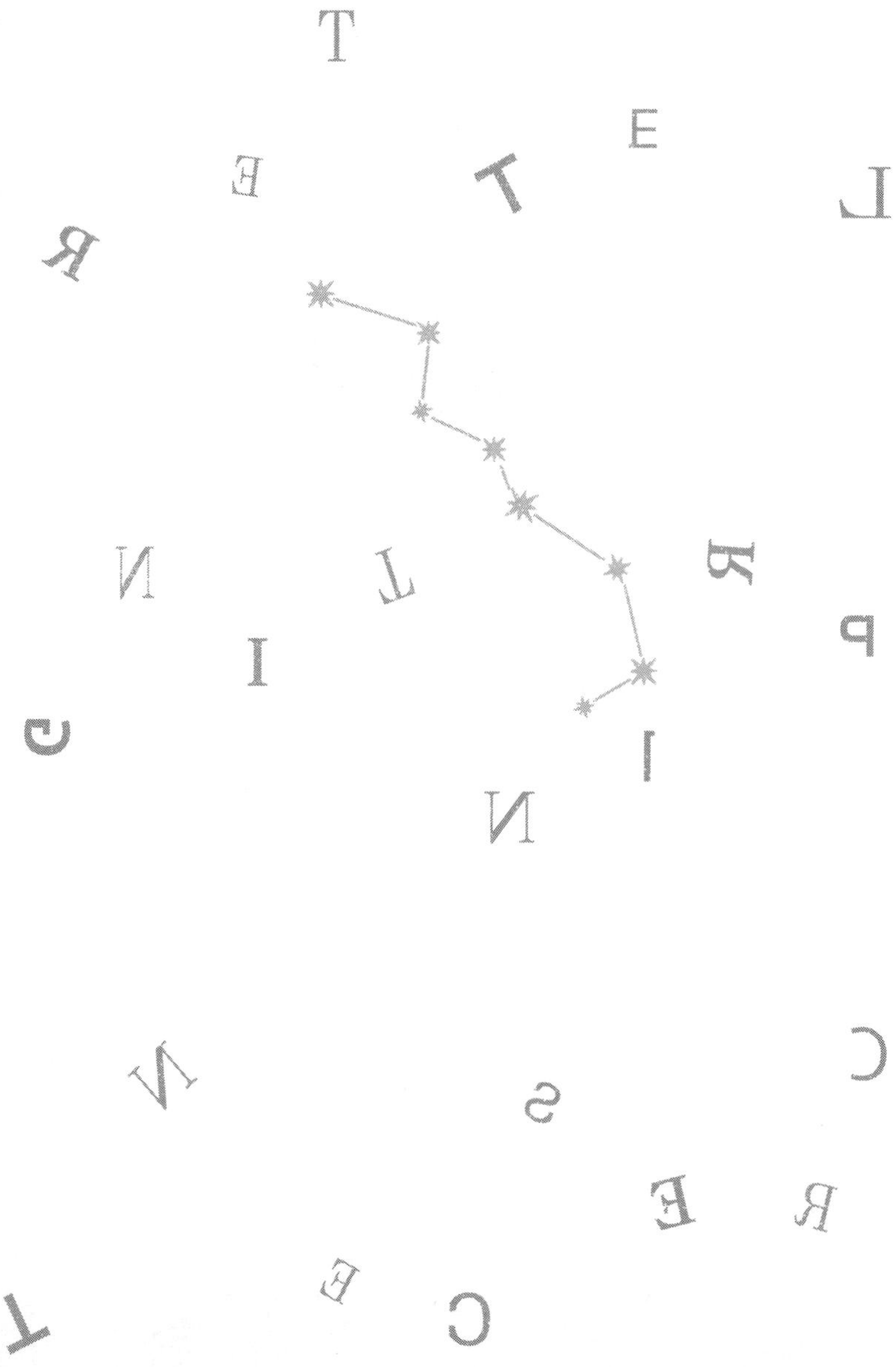

Contents

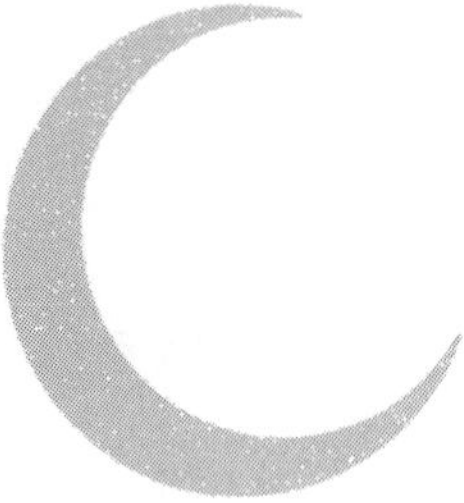

扉写真撮影　帆刈一哉
各章扉　扉写真撮影協力　株式会社櫻井印刷所
一章扉　写真提供　荒牧澄多・陶舗やまわ・株式会社櫻井印刷所
二章扉　星座早見作成　九ポ堂・緑青社
三章扉　レターセット作成　印刷博物館

# ヒーローたちの記念写真

# 1

夕方、杉野《すぎの》から電話がかかってきた。例の本のことで会って話したい、と言う。声色《こわいろ》を聞いただけで、ダメだったんだと悟《さと》った。企画《きかく》が通ったなら、通ったと伝えるはず。直接《ちょくせつ》会いたいというのは、通らなかった、ということだ。

――明日そっちまで行くよ。

杉野《すぎの》の声が自信なさそうに揺《ゆ》れる。ダメならダメで別にいい。電話ではっきり言ってくれ。わざわざ会いに来なくても。そんな言葉が出かかったが、ぐっとのみこんだ。

――何時がいいかな？

いまは週末締《し》め切りの原稿《げんこう》が一本あるだけ。時間はいくらでもある。何時だっていい。杉野《すぎの》だってこっちがヒマなのはわかっているだろうに。

その原稿《げんこう》も、映画雑誌《えいがざっし》に載《の》せる新作映画《えいが》の紹介文《しょうかいぶん》だ。ペラ五枚《まい》。つまり、たった千字。書き出せばすぐに書き終わる。だが気が進まず、ずっと逃《に》げている。先週試写会で見たが、たいした映画《えいが》じゃなかったのだ。なのに引き受けてしまった。金のためだ。

──午後三時ごろでどうだ？　「桐一葉《きりひとは》」でいいかな。

川越《かわごえ》で打ち合わせするときに使う喫茶店《きっさてん》の名前をあげた。

──わかった。じゃあ、三時に。

杉野《すぎの》がそう言うのを聞き、なにも答えず電話を切った。


やっぱりダメだった。階段《かいだん》をのぼり、書斎《しょさい》に戻《もど》る。座《すわ》って原稿《げんこう》用紙に向かってみるが、なにも書く気にならない。いい加減《かげん》いやになって、ふたたび階段《かいだん》をおりた。台所で夕食の支度《したく》をしている母に、出かけてくる、と言って外に出た。

ブロック塀《べい》にくっきりと木の枝《えだ》の影《かげ》が映《うつ》っている。日が傾《かたむ》くのがだいぶ早くなった。もう十月か。杉野《すぎの》があの連載《れんさい》を本にしようと言い出したのは半年前だった。

今年は昭和六十一年。映画《えいが》ライターになったのが四十一年なので、二十年たったことになる。いや、会社員と兼業《けんぎょう》していたころまで含《ふく》めたら二十五年近い。大学を卒業して映画雑誌《えいがざっし》の編集者《へんしゅうしゃ》になり、レビューを書きはじめた。

大学時代映画《えいが》研究会に所属《しょぞく》していたので、友人はたいてい同じ業界にいた。それで他社からも原稿依頼《げんこういらい》が来るようになり、仕事が増《ふ》えてきて独立《どくりつ》したのだ。

新聞や雑誌《ざっし》の映画《えいが》レビューを続けるうち、新作映画《えいが》のパンフレットの仕事も来るようになった。筆者名が出る解説文《かいせつぶん》は有名人が書く。俺《おれ》が書くのは、あらすじをまとめる、スタッフ・キャストの経歴《けいれき》をまとめるなど、名前の出ない部分だ。

西部劇《せいぶげき》からはいったからアメリカ映画《えいが》がメインだったが、洋画であればなんでも引き受けた。映画専門学校《えいがせんもんがっこう》や編集者《へんしゅうしゃ》養成スクールの講師《こうし》など、来る仕事はこばまなかった。

ある時期まで、仕事は山ほどあったのだ。業界に名前が知られるようになると、パンフレットや雑誌《ざっし》に記名で解説文《かいせつぶん》を書く仕事も増《ふ》えた。それで天狗《てんぐ》になっていたのかもしれない。

四十代になってから、あちこちで担当者《たんとうしゃ》が替《か》わるようになった。出版社《しゅっぱんしゃ》でも編集《へんしゅう》プロダクションでも、自分と同世代の人たちはしだいに管理職《かんりしょく》になり、俺《おれ》より若《わか》い世代が前に出てくるようになった。

変化は少しずつだったから、はじめは気づかなかった。あたらしい担当《たんとう》もはじめは礼儀《れいぎ》正しかったし、俺《おれ》の仕事に対して敬意《けいい》を抱《いだ》いているように見えていた。

だが、だんだん仕事をしにくくなった。話が通じない、と感じることが増《ふ》えたのだ。以前なら話題に出せば必ず通じた映画《えいが》を見ていない。監督《かんとく》や役者の名前も通じない。敬語《けいご》を使ってこちらを持ちあげてくるが、俺《おれ》の仕事のなにを知っているというのか、と感じた。

なんでこんな無能《むのう》なやつばかりなんだ、と腹《はら》を立て、会社に対して文句《もんく》を言った。表面的には謝《あやま》ってくる。だが仕事は来なくなった。担当者《たんとうしゃ》がやりにくいと感じたのだろう、と最初は思った。道理のわからないやつとはこっちだって仕事をしたくない、と。

気がつくと、たくさんあったはずの仕事はすべて消えていた。そのときになって、世代が変わったのだ、とようやく気づいた。俺《おれ》たちが見ていたものを見ていない世代が現場《げんば》を仕切るようになったのだ、と。

でも、いまはわかる。現場《げんば》が変わっただけではない。世の中全体が変わったのだ。いまの若《わか》い連中は俺《おれ》たちが熱狂《ねっきょう》していたものを知らない。知っていても古臭《ふるくさ》いものだと思っている。

俺《おれ》は取り残されてしまった。会社勤《かいしゃづと》めの連中は昇進《しょうしん》し、管理職《かんりしょく》になればいい。だがフリーのライターに管理職《かんりしょく》はない。映画専門学校《えいがせんもんがっこう》ともケンカして辞めてしまっていた。残ったのはかろうじて続けていた編集者《へんしゅうしゃ》養成スクールの講師《こうし》と、ときどき来る単発の原稿《げんこう》だけ。

派手《はで》な生活を続けていたから、あっという間にすっからかんになった。ちゃんと貯金《ちょきん》して家でも買っておけばよかったのだろうが、もともと堅実《けんじつ》なことが大嫌《だいきら》いだった。

それはたぶん親父《おやじ》のせいだ。謹厳実直《きんげんじっちょく》でクソ真面目《まじめ》。朝から晩《ばん》まで働いて、酒も飲まないし、無駄遣《むだづか》いもしない。毎晩《まいばん》家にある金を数え、家計簿《かけいぼ》と照合。母は毎晩《まいばん》それにつきあわされる。生活費《せいかつひ》はとことん切り詰《つ》め、できるかぎり貯金《ちょきん》。

そうしてようやく川越《かわごえ》に一軒家《いっけんや》を買った。そのあともローン返済《へんさい》のために、ただただこつこつと働き続けた。あんなんで面白いのか。なにが楽しくて生きているのか。ずっとそう思っていた。

だが、すっからかんになったとき、結局そんな親父《おやじ》を頼《たよ》るしかなくなった。妻《つま》とふたりの子どものために頭を下げるしかなかったのだ。そうして、家族を連れて川《かわ》越《ごえ》の家に戻《もど》った。

父はもう引退《いんたい》していたから、一時は俺《おれ》の稼《かせ》ぎではどうにもならなくなり、妻《つま》が一《いち》番街《ばんがい》の飲食店で働いていた。五年前に父が他界して遺産《いさん》がはいったので、慎一《しんいち》の大学の学費《がくひ》も出せたし、いまは妻《つま》も勤《つと》めをやめ、生活もなんとかなっている。

大学生になった慎一《しんいち》は、俺《おれ》のことを煙《けむ》たがっている。いや、たぶん嫌《きら》っている。

大学生になって東京で下宿しはじめたのもそのせいだろう。川越《かわごえ》からだって通えるのに、狭《せま》い下宿に越《こ》した。親父《おやじ》に頼《たよ》りたくないと言って、生活費《せいかつひ》は自分でバイトして稼《かせ》いでいる。

何者でもないくせに好き勝手やって、と思っているんだろう。ほんとうのことだから仕方がない。なにしろこの歳《とし》になるまで著書《ちょしょ》もないのだ。むかしはいろいろな雑誌《ざっし》に書いてたんだぞ、と主張《しゅちょう》しても、雑誌《ざっし》は流れて消えてしまう。共著《きょうちょ》のムックなら数冊《すうさつ》あるが、それだっていまはどこの書店にも置いてない。

売れていたころ、書き散らしてばかりいないで、もっとちゃんとまとまった原稿《げんこう》に取り組むべきだった。そういうことを忠告《ちゅうこく》してくれる友人もいたのだ。だがそのころは浮《う》かれていて、真剣《しんけん》に受けとめなかった。

だが、たったひとつ真面目《まじめ》に書きためてきたものがある。同人誌《どうじんし》「ウェスタン」での連載《れんさい》「我《われ》らの西部劇《せいぶげき》」だ。

大学に入学するとともに、俺《おれ》は映画《えいが》研究会にはいった。三つ上の津川《つがわ》さんという先輩《せんぱい》が部を仕切っていた。ぼうぼうのヒゲをたくわえて、一見大学生には見えない、眼光《がんこう》の鋭《するど》い人だった。

高校時代から年間三百本をノルマにしていたから、大学にはいるまで自分はだれよりも映画《えいが》を見ていると思っていた。その鼻《はな》っ柱《ぱしら》を折ったのが津川《つがわ》さんだった。どこかで見たことがあると思っていたが、津川《つがわ》さんは俺《おれ》と同じ川越在住《かわごえざいじゅう》で、いくつかある川越《かわごえ》の映画館《えいがかん》でよく見かけていた人だったのだ。

同じ川越《かわごえ》育ちとわかったからだろうか、俺《おれ》は津川《つがわ》さんに気に入られ、一年の後半からコラムの連載《れんさい》を持たせてもらえることになった。破格《はかく》の扱《あつか》いだったので先輩《せんぱい》たちからはずいぶんやっかみを受けたが、津川《つがわ》さんににらまれれば、みなしずかになった。

それに、ほかの先輩《せんぱい》のことなどそもそも気にも留《と》めていなかった。当時の俺《おれ》は実力主義《しゅぎ》というか、何本映画《えいが》を見ているかだけで人を判断《はんだん》していた。部のなかで尊敬《そんけい》できるのは津川《つがわ》さんくらい。あとは自分より下だとたかをくくっていた。

津川《つがわ》さんが一留《りゅう》して卒業したあとは、俺《おれ》が映画《えいが》研究会を率《ひき》いた。津川《つがわ》さんのように面倒見《めんどうみ》は良くないし、規則《きそく》に関してもちゃらんぽらんだった。それでもなんとかなったのは杉野《すぎの》のおかげだ。

杉野《すぎの》は事務能力《じむのうりょく》も企画力《きかくりょく》も高く、とくにガリを切るのがうまかった。当時はコピーなんてなかったから、同人誌《どうじんし》はみんな謄写版《とうしゃばん》印刷だった。俗《ぞく》に言うガリ版《ばん》だ。ロウ紙に鉄筆《てっぴつ》で傷《きず》をつけ、傷《きず》の部分にインキがはいる。それをローラーで紙に押《お》しつけて刷るという仕組みだ。

ロウ紙には方眼《ほうがん》の線がはいっているが、ここに鉄筆《てっぴつ》で文字を書くのはなかなかにむずかしい。筆圧《ひつあつ》が強く、字形が整っていること。ガリガリ傷《きず》をつけて書くのだから、草書《そうしょ》や行書《ぎょうしょ》は向かない。

理想は字面《じづら》が大きく、角がはっきりした文字。それを活字のように同じ書体で均《きん》一《いっ》な大きさに書く。杉野《すぎの》の字は申し分なかった。しかも失敗なく書く。映画《えいが》研究会には杉野《すぎの》に鍛《きた》えられたガリ切りの精鋭《せいえい》部隊がそろっていた。

三十代になってから、偶然《ぐうぜん》映画《えいが》の試写会で杉野《すぎの》と再会《さいかい》した。試写会のあと居酒屋《いざかや》に行き、もう一度仲間に声をかけて同人誌《どうじんし》を作ろう、と盛《も》りあがった。そうして作ったのが「ウェスタン」だ。

津川《つがわ》さんはじめ、当時の映研《えいけん》のメンバーが続々《ぞくぞく》と原稿《げんこう》を寄《よ》せてくれた。映画《えいが》業界や出版《しゅっぱん》業界で働いている人も多かったから同人誌《どうじんし》とは思えない充実《じゅうじつ》した内容《ないよう》だったし、ガリ版《ばん》ではなくちゃんと印刷所で刷ってもらった。

同人誌《どうじんし》を扱《あつか》ってくれる書店を探《さが》し、定期購読者《こうどくしゃ》も募《つの》った。杉野《すぎの》が会社員のかたわらずっと編集《へんしゅう》を続け、ウェスタンを背負《せお》ってきたのだ。いつのまにか購読《こうどく》会員も三百人を超《こ》えていた。

俺《おれ》はウェスタンで「我《われ》らの西部劇《せいぶげき》」という連載《れんさい》を続けていた。無償《むしょう》のこの連載《れんさい》こそ、いちばん大切な仕事だった。広大な砂漠《さばく》をかけめぐるように、かつての西部劇《せいぶげき》の記憶《きおく》をたどる。商業誌《しょうぎょうし》ではもうできないが、ウェスタンでなら可能《かのう》だった。

大学時代は年間三百本以上の映画《えいが》を浴びるように見た。いまも試写会やビデオを合わせれば同じくらいの数を見ているのかもしれない。だが、若《わか》いころのような興《こう》奮《ふん》はない。あたらしい映画《えいが》を見てもちっとも面白くない。

八十年代になっても、西部劇《せいぶげき》は作られていた。だが心躍《おど》るものはなかった。映画《えいが》を見すぎたからだろうか。感性《かんせい》が鈍《にぶ》ってしまったのだろうか。しかし、むかしの映《えい》画《が》を見ればやはり心が躍《おど》る。

仕事では新作のレビューしかこないから、やる気にならない。意欲《いよく》を持てる仕事は「我《われ》らの西部劇《せいぶげき》」だけ。当時のパンフレットを参考に詳細《しょうさい》なデータもつけ、原稿《げんこう》料《りょう》のない仕事なのに、頼《たの》まれ仕事よりずっと力を入れている。

これが老いというものだろうか。まだ早いですよ、とよく言われる。五十前なのだ。いまの流行にのっていかなければならない、とも思うが、どうにもやる気にならない。

そんな話をしていたときのことだ。杉野《すぎの》が「我《われ》らの西部劇《せいぶげき》」を本にしよう、と言い出したのは。「我《われ》らの西部劇《せいぶげき》」はウェスタンの会員からはずっと好評《こうひょう》で、杉野《すぎの》は、これが雑誌《ざっし》の目玉だ、とよく言っていた。

――これが本になったら、ウェスタンにとってもいいことじゃないか。ウェスタンも来年は創刊《そうかん》十五周年だしちょうどいい。メンバーも喜《よろこ》ぶよ、きっと。

杉野《すぎの》は無邪気《むじゃき》にそう言った。学生のときから杉野《すぎの》は気のいいやつだった。前に立つより裏方《うらかた》にまわることを好み、だれからも嫌《きら》われない。

いまは翻訳《ほんやく》小説メインの出版社《しゅっぱんしゃ》で編集者《へんしゅうしゃ》をしている。薄給《はっきゅう》で残業が多く過労《かろう》気味だが、好きな仕事ができるから自分は恵《めぐ》まれている、と言っている。

そんなだから。少し心苦しくなる。大学時代だって、そんなだから俺《おれ》みたいなのに利用されていたんだ。授業《じゅぎょう》の代返を何度も頼《たの》み、レポートでも何度も世話になった。映画《えいが》研究会でも雑用《ざつよう》ばかり押《お》しつけていた。

――それに、俺《おれ》にとっても悲願だからさ。

杉野《すぎの》は笑った。杉野《すぎの》はいつもだれより先に俺《おれ》の原稿《げんこう》を読んで、きちんと感想を伝えてくれた。自分ではあまり原稿《げんこう》を書かないが、映画《えいが》も人一倍見ている。むかしは自分で表現《ひょうげん》しない杉野《すぎの》にもどかしさを感じたが、俺《おれ》みたいな人間ばかりじゃ集団《しゅうだん》は成り立たない。

だけど、そんなだから。そんなだから、いまも出世街道からは外れている。現場《げんば》が好き、といえば聞こえは良いが、いつまでたっても人を管理する側になれない。人当たりがいいだけじゃ、ダメなんだ。杉野《すぎの》を見ているといつも歯痒《はがゆ》くなる。杉野《すぎの》は自分が編集《へんしゅう》したいから、まずは自分の会社で企画《きかく》を出してみる、と言った。翻訳《ほんやく》小説がメインだが、評論《ひょうろん》本もある、可能性《かのうせい》がないわけじゃない、と。

それで企画《きかく》を出したところ、見事にボツになった。もっとも、そのときはウェスタンの連載《れんさい》全文掲載《けいさい》というプランだった。上下二巻《かん》でもおさまらないかも、という量だった。

読み返してみると、初期のころにはさすがに読むに堪《た》えないものもあったし、少し整理する必要があると感じた。それで一冊《さつ》にまとまるように内容《ないよう》を整理して、再《さい》度《ど》企画《きかく》会議にあげた。

だが、結局ダメだったんだろう。だれもいない公園のベンチに腰《こし》をおろし、暮《く》れてきた空を見あげる。

きっと量なんかじゃない。本の内容《ないよう》が気に入らないんだ。いまどき西部劇《せいぶげき》なんて。しかも筆者は無名で、同人誌《どうじんし》に掲載《けいさい》されていた原稿《げんこう》だ。相手にされるわけがない。最初の会議に落ちたとき、どこかでそう思っていた。杉野《すぎの》があまり一生懸命《けんめい》だから、がんばろうと思ったんだ。

明日会ったらなんて言えばいい？　きっと杉野《すぎの》も落ちこんでいる。だが、俺《おれ》だって、いや、俺《おれ》の方が落ちこんでるんだ。杉野《すぎの》を励《はげ》ませる自信はなかった。

## 2

翌日《よくじつ》の午後、少し早めに桐一葉《きりひとは》に向かった。足取りは重い。できれば会いたくない。昨日の電話で無理に結果を聞き、会わずにすませた方がよかったかもしれない。

場所を桐一葉《きりひとは》にしたことも後悔《こうかい》していた。あそこは行きつけの店だ。原稿《げんこう》を書いたり、人との打ち合わせに使ったりで、しょっちゅう出向く。マスターともバイトのハルさんとも顔馴染《かおなじ》みだし、暗い話を聞かれるのは気まずかった。

といって、もう向こうも会社を出ているだろう。連絡《れんらく》はつかない。だからせめて早く着いて、カウンターからできるだけ離《はな》れた席を取ろうと思った。

重い扉《とびら》を押《お》し、店内にはいる。からん、と音がした。なかには数組客がいた。連れのいない客が三人、カウンター席に少しずつ離《はな》れて座《すわ》っている。窓際《まどぎわ》の席のひとつはカップル、もうひとつは女性《じょせい》の三人連れが座《すわ》って談笑している。

よかった。あまり人がいないと話し声も目立つ。少しほっとした。カウンターにいるマスターに会釈《えしゃく》して、角の席に座《すわ》った。横に壁《かべ》が張《は》り出していて、ボックス席のようになっている。原稿《げんこう》を書くときよく使う席だった。

ほどなくハルさんが水を運んできた。ショートカットで目がくるくるして、愛嬌《あいきょう》のあるかわいいお嬢《じょう》さんだ。にっこり笑って、いらっしゃいませ、と言いながら、机《つくえ》の上にそっとコースターとグラスを置く。

「いつものブレンドで。あとでもうひとり来ます」

「かしこまりました。ごゆっくりどうぞ」

ハルさんは微笑《ほほえ》むと、さっとカウンターに戻《もど》っていく。桐一葉《きりひとは》はこういうところが絶妙《ぜつみょう》なのだ。ほかに客がいないと店主がやたらと話しかけてくる店もあるが、そういうところはどうにも落ち着かない。

桐一葉《きりひとは》は、マスターもハルさんも、自分から話しかけてくることがない。それでいて、こちらがなにか頼《たの》もうとすると、気配を察してすぐにやってくる。その按配《あんばい》が実に的確《てきかく》で、ひとりのときも打ち合わせのときも居心地《いごこち》の良い店だった。

そしてまた、マスターの淹《い》れるコーヒーが滅法《めっぽう》うまい。うまい、といっても、たいていはだんだん慣《な》れて飽《あ》きてしまうものだが、ここのは何度来てもそのたびにうまいと思う。こんな快適《かいてき》な店はそうない、と思っていた。

閉店間際《へいてんまぎわ》、俺《おれ》が最後の客になって店を出るときなど、少し会話するときもある。マスターは俺《おれ》と同い年らしい。資金《しきん》を貯《た》め、三十代で脱《だつ》サラし、この店をはじめた。最初は失敗ばかりでしたけどね、と笑っていた。

バイトのハルさんは大学生で、うちの慎一《しんいち》のひとつ下だということもわかった。川越《かわごえ》生まれの川越《かわごえ》育ちだが、住んでいる場所がちがうので慎一《しんいち》とは学区がちがうようだった。

からん、と音がして扉《とびら》があく。ジャケット姿《すがた》の杉野《すぎの》がはいってくる。ハルさんが俺《おれ》のいる方を指す。杉野《すぎの》とは何度もこの店で打ち合わせをしているから覚えているのだろう。杉野《すぎの》がこっちを見て手をあげた。

「悪いな、遅《おそ》くなって」

カバンを横に置きながら杉野《すぎの》が言った。

「いや、こっちが早く着いただけ。俺《おれ》はもう注文したよ」

「そうか。じゃあ」

杉野《すぎの》が手をあげるとハルさんがすぐにやって来た。杉野《すぎの》もブレンドを頼《たの》み、ハルさんが去るとこっちを見た。

「すまん、例の企画《きかく》だが……」

「通らなかったんだろ?」

俺《おれ》は即座《そくざ》に言った。杉野《すぎの》が目を見開き、すぐに顔を伏《ふ》せた。

「申し訳《わけ》ない」

「しょうがないさ。西部劇《せいぶげき》なんて古臭《ふるくさ》い、ってことだろう?」

俺《おれ》は苦笑いした。杉野《すぎの》は少し黙《だま》っていたが、やがて顔をあげた。

「もちろんそれもある。社の言い分としては、そもそも評論《ひょうろん》本は売れない、文学の評論《ひょうろん》ならともかく、映画《えいが》はなおさらだって」

「まったくもってその通りだな。学者ならともかく、無名のライターの書いたものが本になるとは思えない」

「無名じゃないだろ」

杉野《すぎの》がぶすっとする。世間的には無名だよ、と言いかけ、むなしくなってやめた。

「お待たせしました」

ハルさんがやって来て、カップを机《つくえ》に置く。ふわりといい香りが漂《ただよ》ってくる。ふたりとも黙《だま》ってカップを口に運んだ。しばらく黙《だま》ってコーヒーを飲む。

「それだって、内容《ないよう》はしっかりしてるんだし、資料《しりょう》的価値《かち》もあるし、出せないことはないはずなんだ。俺《おれ》の力不足だ」

杉野《すぎの》がまた頭を下げる。

ちがう。力不足なのは杉野《すぎの》じゃない、俺《おれ》だ。

そう言えばいいのか。いや、もちろんその通りだ。俺《おれ》に力がないから。悔《くや》しくなってぎりぎりと唇《くちびる》を噛《か》み、膝《ひざ》の上で拳《こぶし》を固める。

杉野《すぎの》よ、もう俺《おれ》を追いこまないでくれ。これ以上情《なさ》けない気持ちにさせないでくれ。

「とにかく、わかったよ。もうこの話はなかったことにしよう。大丈夫《だいじょうぶ》、ウェスタンには書き続けるよ。続けていればいつか一周まわってまた西部劇《せいぶげき》のブームが来るかもしれない」

自嘲《じちょう》気味にへらへら笑った。

「待ってくれよ。うちの会社でダメでも、ほかをあたって……」

「いや、もういいんだ」

しずかに、でもきっぱりと言った。

「この話はなしにしたい。迷惑《めいわく》かけたな」

俺《おれ》は立ちあがり、出口に向かった。

「いや、ちょっと待ってくれ」

杉野《すぎの》があわてて追いかけてくる。怒《おこ》ったわけじゃない。でも、これ以上は我慢《がまん》できない。声を荒《あら》らげてしまうかもしれない。この店でみっともないことをしたくない。そうなる前に店を出たかった。


一番街《いちばんがい》を歩いていると、うしろから杉野《すぎの》が追いついてきた。もういい、って言ったろう。そう言いそうになっておさえる。八つあたりだってことぐらい自分でもわかる。ふたりとも黙《だま》ってとぼとぼ歩いた。

「すまない」

杉野《すぎの》が小声で言った。

「お前が悪いわけじゃない。謝《あやま》らないでくれ」

前を向いたままそう言った。

「別に怒《おこ》ってるわけじゃ、ない」

ただ……。悲しいんだ。情《なさ》けなくて、悲しいんだ。でもそんなことは死んでも口にしたくない。

「いや、俺《おれ》も少しはわかってるつもりだ。でも、さっき言いたかったのはそういうことじゃなくて」

杉野《すぎの》が申し訳《わけ》なさそうに言う。

「企画《きかく》が通らなかったのは、うちの販売部長《はんばい》のせいなんだ」

「販売部長《はんばい》？」

「社長の側近みたいなやつでね。うちでは編集《へんしゅう》がどんなに推《お》しても、そいつがダメと言ったらダメ」

「数字の問題だろ？」

内容《ないよう》じゃなく、販売部数《はんばい》で決まる。出版《しゅっぱん》だって商売なんだからあたりまえだ。大手の出版社《しゅっぱんしゃ》では、三冊《さつ》のうち一冊《さつ》当たればほかの二冊《さつ》が売れなくてもカバーできる、そんな博打《ばくち》みたいな作り方をするところもある。でも、うちではそんなの許《ゆる》されないんですよ、と新米編集者《しんまいへんしゅうしゃ》からよく聞いた。

「いや、まあ、表向きは数字なんだけど」

杉野《すぎの》が言いよどむ。

「なんだ？」

「いや、うちの販売部長《はんばい》、月刊《げっかん》キネマトグラフの販売部《はんばいぶ》と親しいんだよ」

その言葉にはっとした。

月刊《げっかん》キネマトグラフは俺《おれ》たちの大学時代に創刊《そうかん》された映画雑誌《えいがざっし》だ。編集《へんしゅう》には同じ大学の映画《えいが》研究会出身者が何人かいる。俺《おれ》もその縁《えん》でずいぶんむかしから原稿《げんこう》を書いてきた。

だが、だいぶ前にいざこざを起こしてやめたのだ。もともとあたらしい担当者《たんとうしゃ》の対応《たいおう》に嫌気《いやけ》がさしていたが、俺《おれ》の原稿《げんこう》の一部を断《ことわ》りなしに修正《しゅうせい》したうえ、その修正《しゅうせい》が勘違《かんちが》いによる誤《あやま》りだった、という事件《じけん》があったのだ。

一般《いっぱん》の読者にはわからないが、マニアにはすぐわかるまちがいで、知人から個人《こじん》的に問い合わせも来た。もともとの俺《おれ》の記述《きじゅつ》は正しかった。だが、まちがった形に修正《しゅうせい》された原稿《げんこう》が掲載《けいさい》されれば、それが俺《おれ》の書いたもの、ということになる。責任《せきにん》は著者《ちょしゃ》にある。信用問題なのだ。

もちろん編集部《へんしゅうぶ》に抗議《こうぎ》した。そのとき激昂《げきこう》しすぎた。何度もあった小さなミスでストレスが溜《た》まっていたこともある。向こうの態度《たいど》も納得《なっとく》のいかないものだった。それで、もう連載《れんさい》コラムをやめる、いま進行中の次の号の原稿《げんこう》も取り下げる、と告《つ》げた。

一ページ白になってしまうから、向こうも、今回だけは、と調子のいいことを言って来たが、知ったことか。すったもんだあった挙句《あげく》、その編集部《へんしゅうぶ》とは縁《えん》が切れた。

知り合いたちには顚末《てんまつ》をすべて話した。そのせいでキネマトグラフには一時悪評《あくひょう》が立ったと聞いた。

「いまでもあのころの社員はたくさんいるからさ。さんざん世話になったのに、後ろ足で砂《すな》をかけていった、って、片山《かたやま》のこと、よく思ってない人が多いんだよ。うちの販売《はんばい》部長もその一派《いっぱ》のひとりだったんだ。俺《おれ》はそれに気づいてなかった。すまない」

杉野《すぎの》が申し訳《わけ》なさそうに言った。いつのまにか札《ふだ》の辻《つじ》まで来ていた。高澤《たかざわ》通りを左に曲がり、高澤《たかざわ》橋の方に歩く。

これまで杉野《すぎの》の会社と仕事をしたことはない。杉野《すぎの》とはウェスタンだけのつきあいで、仕事上の接点《せってん》はなかった。販売《はんばい》部長とやらも杉野《すぎの》が作っている同人誌《どうじんし》のことまでは知らず、杉野《すぎの》と俺《おれ》のつながりに気づいていなかったのだろう。

「それは杉野《すぎの》のせいじゃないだろ」

ため息をついた。

「いや、こういう本を出すからには、ちゃんと業界の人脈《じんみゃく》を調べるべきだったんだ。考えたら、ウェスタンにだって、そういうことにくわしい会員はいたはずで……。リサーチ不足だったんだよ」

そういえば、そんな噂《うわさ》を小耳にはさんだことがあった。最近俺《おれ》の仕事が減《へ》っているのもそういう一派《いっぱ》がいるからだ、と。だが、それもこれも自業自得《じごうじとく》だ。

「つまり、干《ほ》されてる、ってことなんだな」

そういう騒動《そうどう》を起こしたのは、キネマトグラフに対してだけじゃない。ことの大小はあるが、あちこちともめて、疎遠《そえん》になっている。

こっちが断《ことわ》っているうちに仕事がこなくなった、世代が変わったんだ、と思っていたが、もっと明確《めいかく》に干《ほ》されていたのだ。いまでも仕事をまわしてくれているのは、ウェスタンでつながっている知人だけ。間抜《まぬ》けすぎて嫌気《いやけ》がさす。

いや、きっと、ウェスタンのなかにも俺《おれ》をよく思っていないやつがいるにちがいない。杉野《すぎの》は人がいいから、人の悪意にも気がつかない。そういう意味ではリサーチ不足だったのかもしれない。だが、結局全部自業自得《じごうじとく》だ。

「原因《げんいん》はわかったんだ。だから、うちの社じゃなくて、ほかの会社に企画《きかく》を持ちこめばちがうかもしれない。キネマトグラフ側じゃない連中だっているだろう?」

「そうかもしれないが……」

いまとなっては俺《おれ》も業界の動向に疎《うと》くなってしまっている。それも要するに蚊帳《かや》の外だった、ということだが。

それに、こういうのは結局のところ力の問題というところもある。悪く言う連中がいても、確実《かくじつ》に売れる本なら出す。世の中、そういうものだ。

もういいよ、と思った。もしかしたら時間が経《た》てば状況《じょうきょう》も変わるかもしれない。とにかく、いま本にしようとあがいても無駄《むだ》だ。これは冷静な状況判断《じょうきょうはんだん》だ。だが、そう言っても杉野《すぎの》はそう取らないだろう。俺《おれ》がヤケになっていると思って、押《お》し問答になる。

「まあ、わかったよ。あせらずいこう。なにも絶対《ぜったい》にいま出さなくちゃいけないわけじゃないしさ。本にまとめるとなれば、内容《ないよう》も徹底《てってい》的に整理したいし」

考えた末、そういう言い方を選んだ。

「そうだよな。俺《おれ》もあせりすぎてたかもしれない。そうだ。ゆっくりやろう」

杉野《すぎの》があかるい表情《ひょうじょう》になる。わけもなくほっとして、うなずいた。

六塚稲荷《むつづかいなり》のあたりまで来て、川の向こうにある古書店のことを思い出した。浮草《うきぐさ》と言って、なかなかの品揃《しなぞろ》えの店だ。映画《えいが》関係の本もそこそこある。いつか杉野《すぎの》を連れていきたいと思っていた。

「川の向こうに行きつけの古書店があるんだ。ちょっと寄《よ》ってみないか」

「別にかまわないよ。今日は夜の打ち合わせまでに帰ればいいから」

銭湯《せんとう》の前を過《す》ぎ、高澤橋《たかざわ》を渡《わた》った。

浮草《うきぐさ》の店主は守谷《もりや》さんという。俺《おれ》より十ほど上で、去年奥《おく》さんを亡《な》くした。もともとは奥《おく》さんの店、というか、奥《おく》さんのお父さんの蔵書《ぞうしょ》を売るためにはじめた店らしい。

店のなかはしずかだった。守谷さんがレジに座《すわ》っている。俺《おれ》の顔を認《みと》めると軽く手をあげ、少し微笑《ほほえ》んだ。

「いい店だねえ」

杉野《すぎの》がつぶやく。杉野《すぎの》は映画《えいが》好きであるとともに海外文学好きでもあり、だからこそいまの会社に入社した。俺《おれ》たちの世代だとそういう人間も多い。俺《おれ》は映画《えいが》の比重《ひじゅう》が高いが、杉野《すぎの》は半々《はんはん》くらい。最近では仕事もあって、本の比重《ひじゅう》の方が大きいかもしれない。

杉野《すぎの》は七十年代の翻訳書《ほんやくしょ》をいくつか重ね、レジに持っていった。いまでは新刊書《しんかん》店はもちろん、神保町《じんぼうちょう》の古本屋でもなかなか見つからない本らしい。少し値《ね》は張《は》るが、状態《じょうたい》のいい本が手にはいった、とうれしそうだった。

店を出て、川沿《ぞ》いの道を歩く。

「大学時代はよくいっしょに神保町《じんぼうちょう》の古書店をめぐったよなあ」

杉野《すぎの》がなつかしそうに言った。そういえばよく映画《えいが》のパンフレットを探《さが》して歩いた。映画《えいが》の原作になった小説を原書で買って、かなりの数を読んだ。おかげで字幕《じまく》なしで映画《えいが》を見られるようになったのだ。

「最近は、本屋に行ってもつまらないんだよなあ」

「わかる。実は俺《おれ》もなんだ」

杉野《すぎの》が即座《そくざ》に同意し、苦笑いした。

「商売だから本屋にはよく行くけどね、最近は惹《ひ》かれる本があまりない」

「なんでだろうな。まったく食指《しょくし》が動かない。だからよくあの店に行くんだ。古本屋の方が落ち着くし、ほしいと思う本も見つかる」

「映画《えいが》と同じか」

杉野《すぎの》が笑った。

「そうだな。見たいと思える作品がない。むかしのものの方がよく思える。同じだよ。年取ったってことだよな」

俺《おれ》も苦笑いした。

ふと三日月堂《みかづきどう》の「カラスの親父《おやじ》さん」のことを思い出した。

三日月堂《みかづきどう》とはこの近くにある印刷所で、俺《おれ》はいつもそこで名刺《めいし》を作っている。鴉《からす》山稲荷神社《やまいなりじんじゃ》の近くなので看板《かんばん》に屋号《やごう》とともにカラスの絵が描《か》かれている。その絵のせいで、店主は「カラスの親父《おやじ》さん」と呼《よ》ばれていた。

親父《おやじ》さんは活字を組むのがうまいらしく、親父《おやじ》さんが組んだ名刺《めいし》はどこに出しても、立派《りっぱ》ですね、と感心された。そのおかげで舞《ま》いこんできた仕事もあるくらい、ゲンがよかった。

名刺《めいし》はまだあるが、久《ひさ》しぶりにカラスの親父《おやじ》さんに会いたくなった。なにしろ、親父《おやじ》さんもまた西部劇《せいぶげき》好きで、ウェスタンの読者なのだ。

「そういえば、この近くにあるんだよ、例のカラスの親父《おやじ》さんの印刷所」

「カラスの親父《おやじ》さん、って、あの、ウェスタンを定期購読《こうどく》してくれてる……？」

杉野《すぎの》が即座《そくざ》に言った。

いつだったか世間話の最中に親父《おやじ》さんも西部劇《せいぶげき》好きと知った。それで話が弾《はず》んで、以来、自分が書いた雑誌《ざっし》や新聞の記事を親父《おやじ》さんに見せるようになった。なかでもウェスタンの連載《れんさい》を気に入って、定期購読《こうどく》までしてくれるようになった。

杉野《すぎの》も何度か感想の手紙を受け取ったらしい。記事ひとつひとつに対する感想がしっかり書かれていて、文章からなかなかの通《つう》であることがわかった。さらに文章も独特《どくとく》の味わいのあるものだったらしく、どんな人なのか前から気になっていたみたいだった。

「今日行ったらいるかな」

杉野《すぎの》がぼそっと言った。

「行ってみるか？」

「うん。一度あいさつしたかったから」

ほんとは「我《われ》らの西部劇《せいぶげき》」の書籍《しょせき》化が決まってから杉野《すぎの》を紹介《しょうかい》したかったんだけどな。だがこうなった以上仕方ない。それに、今日はなんとなく親父《おやじ》さんと話をしたい気分でもあった。

## 3

ガラス戸をあけて三日月堂《みかづきどう》にはいる。親父《おやじ》さんと数人の職人《しょくにん》が忙《いそが》しそうに仕事していた。俺《おれ》たちに気づくと、親父《おやじ》さんがこっちにやってきた。

「片山《かたやま》さん、久《ひさ》しぶりだねえ。今日は、名刺《めいし》？」

親父《おやじ》さんが言った。

「いや、ちがうんです。実はウェスタンの編集《へんしゅう》をしている杉野《すぎの》が川越《かわごえ》に来たので、ちょっと紹介《しょうかい》しようかと」

俺《おれ》は少しうしろに立っている杉野《すぎの》の方をちらっと見た。

「え、あの杉野《すぎの》さん？」

親父《おやじ》さんの目が輝《かがや》く。

「はじめまして、杉野《すぎの》です。いつもウェスタンを読んでいただいて、ありがとうございます」

杉野《すぎの》が頭を下げる。

「いやいや、こちらこそ。ほんと、あんなにいい雑誌《ざっし》を作ってくれて、毎回感激《かんげき》してるんですよ。本屋で売ってる本よりずっといい」

親父《おやじ》さんはうれしそうに笑った。奥《おく》の大きな機械が止まる。工場のなかが急にしずかになり、にぎやかな子どもの声が聞こえて来た。二階かららしい。

「ああ、今日は、孫が来てるんだよ」

親父《おやじ》さんが目を細める。目尻《めじり》にくしゅっと皺《しわ》が寄《よ》った。

「お孫さん、っていうと、修平《しゅうへい》さんの？」

修平《しゅうへい》さんというのは親父《おやじ》さんの息子だ。天文学を勉強して修士課程《しゅうしかてい》まで修《おさ》め、結局この店を継《つ》がずに高校の教師《きょうし》になったのだ。

就職《しゅうしょく》とともに横浜《よこはま》の方に越《こ》したので、ここ数年はほとんど姿《すがた》を見ていなかった。結婚《けっこん》して子どもができた、とは聞いていたが。

「そう。もうそろそろ一歳《さい》になるんだ」

親父《おやじ》さんがうれしそうに答える。

「じゃあ、修平《しゅうへい》さんも帰って来てるんですか?」

「いや、修平《しゅうへい》は明日学校が終わってからこっちに来るらしい。嫁《よめ》のカナコと孫の弓子《ゆみこ》だけ、昨日から泊《と》まりに来てるんだよ」

「そうなんですか」

親父《おやじ》さん、すっかりお祖父《じい》さんの顔だな。妙《みょう》ににこにこしている親父《おやじ》さんの顔を見ていると、なんだかおかしかった。

「そうだ、ちょうど届《とど》け物があるんだった。ここじゃうるさくて話もできないし、ちょっと外をぶらぶらするのはどうだろう?」

親父《おやじ》さんが杉野《すぎの》を見る。

「ええ、ぜひ。片山《かたやま》は?」

杉野《すぎの》が俺《おれ》を見ながら言う。

「俺《おれ》もかまわないよ。どうせ今日はヒマだ」

苦笑いして答えた。

外で待っていると、しばらくして親父《おやじ》さんが荷物を抱《かか》えて出て来た。そのままゆるゆると仲町《なかちょう》交差点の方へ歩いていく。

親父《おやじ》さんは遊びに来ている孫の弓子《ゆみこ》ちゃんの話をしていた。素直《すなお》だが負けず嫌《ぎら》いなところもあって、よく動く。最近ははいはいでどこまでも行ってしまうから目を離《はな》せない。

「我《われ》ながら、ジジ馬鹿だなあ、って思うけどね」

親父《おやじ》さんが照れ臭《くさ》そうに笑った。

「孫かあ」

杉野《すぎの》がぽかんと空を見あげる。

「孫なんてとんでもない。親父《おやじ》さんには悪いけど、俺《おれ》はじいさんになんてなりたくない」

冗談《じょうだん》めかして言った。孫ができてかわいい、かわいい、なんてあやしたりするのを考えると、ぞっとする。

「いやいや、前はわたしだってそう思ってたさ。でも、できてみると意外とかわいいぞ」

「そういうもんですかね」

杉野《すぎの》が言った。杉野《すぎの》は遅《おそ》い結婚《けっこん》だった。だから子どもはいま中学生。かわいい盛《さか》りはすぎたかもしれないが、まだ子どもだ。休日にはいっしょに出かけたりしているると聞く。

「そうだよ。男はバカだからね、子どもとか孫とか言われても、生まれる前はなにも想像《そうぞう》できない。できてようやく実感がわくんだ」

親父《おやじ》さんが笑った。

「片山《かたやま》さんのとこの息子さんは、いまいくつだったっけ？」

親父《おやじ》さんが訊《き》いて来る。

「慎一《しんいち》ですか？　もう大学三年ですよ。家を出て、東京で下宿してます」

息子と折り合いが悪いことまでは、わざわざ言う気にはなれなかった。

「そうか、早いなあ」

親父《おやじ》さんがしみじみ言った。

「片山《かたやま》さんだって、慎一《しんいち》くんが生まれたときはかわいいと思っただろ？」

「まあ、それはそうですけど……」

かわいい、というか、あのときはほんとうに衝撃《しょうげき》だった。俺《おれ》の血を継《つ》ぐ生き物がこの世に誕生《たんじょう》した。本能《ほんのう》的な喜《よろこ》びが身体を突《つ》き抜《ぬ》けた。予想以上にうれしく、だが喜《よろこ》んでいる自分に恐怖《きょうふ》も感じた。その異様《いよう》な感覚は慎一《しんいち》が成長するまでずっとついてまわった。

奇妙《きみょう》なことに、次に生まれた娘《むすめ》の睦美《むつみ》に対しては別の感情《かんじょう》がわいた。かわいい、は同じだ。だがもうひとつは恐怖《きょうふ》ではなく、悲しみだった。娘《むすめ》を見るたびに、ときどき言いようのない悲しみが湧《わ》いてくる。それがなぜか、いまもわからないが。

「たしかにね、小さいころはかわいかったですけど、中学生くらいからすっかり反《はん》抗《こう》するようになって」

俺《おれ》は説明のできない感情《かんじょう》を断《た》ち切りたくて、わざと通俗《つうぞく》的な話を持ち出した。

「覚えてますよ。片山《かたやま》さん、言ってましたよねえ。川越《かわごえ》まつりのときのこと」

杉野《すぎの》が言った。そうだ、川越《かわごえ》まつり。慎一《しんいち》が中学生のときのことだ。あの日、俺《おれ》は徹夜《てつや》で飲んで朝帰って来た。娘《むすめ》に起こされ、まつりに行くことになったが、慎一《しんいち》はもう先に行ってしまっていた。

まつりでにぎわうなかを妻《つま》と娘《むすめ》と歩いていると、慎一《しんいち》の姿《すがた》が見えた。話したいことがあったので手を振《ふ》り、名前を呼《よ》んだ。はっきりと目が合ったという自覚がある。

だが、無視《むし》されてしまったのだ。反抗期《はんこうき》ってやつなのか。

バカにされた気がして、次に杉野《すぎの》に会ったとき、こぼしたのだ。だがそのころ杉《すぎ》野《の》のところの子どもはまだ小学校低学年のかわいい盛《さか》り。話していても虚《むな》しくなったのをよく覚えている。

「いまじゃ、もう俺《おれ》のことを煙《けむ》たがってるからな。親父《おやじ》は好き勝手ばっかやって、って」

そう言って苦笑した。煙《けむ》たがっている。いや、もっとはっきりと、嫌《きら》っているのかもしれない。この歳《とし》になって著書《ちょしょ》ひとつない俺《おれ》を情《なさ》けないと思っているのかもしれない。俺《おれ》が俺《おれ》の息子だったらきっとそう思う。

だからなのかもしれないな。「我《われ》らの西部劇《せいぶげき》」を本にしよう、という話が出たとき、絶対《ぜったい》に本にしたい、と思ってしまったのは。

銀座《ぎんざ》商店街のアーケードを抜《ぬ》ける。親父《おやじ》さんの納品《のうひん》先は松江《まつえ》町交差点の近くの飲食店らしい。客に配るスタンプカードで、スタンプがたまるとドリンクサービスがある、というものだ。

道を渡《わた》って左に曲がると、ホームラン劇場《げきじょう》の前に出る。

「どうも最近の映画《えいが》はしっくりこないんだよ。年取った、ってことなのかな」

映画館《えいがかん》を見ながら親父《おやじ》さんがぼやいた。

「いや、俺《おれ》もですよ。最近の映画《えいが》はどうもぴんと来ない。脚本《きゃくほん》のレベルで違和感《いわかん》のあるものも多くて」

「我々《われわれ》はオールドスタイルってことなんでしょうかね。世の中についていかなければ、と思ってはいるんですが」

杉野《すぎの》が苦笑いする。

目的の店に着くと納品《のうひん》はすぐに終わり、どこかでお茶でも飲みながら話そう、ということになった。桐一葉《きりひとは》にはさっき行ったばかりだから、さすがに気が引ける。それで、親父《おやじ》さんお気に入りのジャズ喫茶《きっさ》に向かった。

店内にはジャズが流れ、サックス、トロンボーンが飾《かざ》られている。はじめて来たが、なかなか落ち着く店だった。といっても、俺《おれ》は音楽には疎《うと》く、ジャズのこともよくわからない。杉野《すぎの》は壁《かべ》にかけられた写真をしげしげとながめていた。

親父《おやじ》さんはかなりウェスタンを読みこんでいたし、西部劇《せいぶげき》にもくわしい。あの映画《えいが》のこのシーンで出た端役《はやく》が実は、というような、マニアにしかわからない話でしばらく盛《も》りあがった。

「でも、ウェスタンではなんといっても片山《かたやま》さんの連載《れんさい》がいい。本になったら絶対《ぜったい》に買うんだが」

なにも知らない親父《おやじ》さんがぼそっと言った。

「本にするのはなかなかむずかしいんですよ」

俺《おれ》はうっかりそう言った。

「そんなことはないだろう」

親父《おやじ》さんが不服そうに言った。

「いや、実際《じっさい》、あれを本にしようと杉野《すぎの》と目論《もくろ》んでいたんですが……。頓挫《とんざ》したところで」

「おい、片山《かたやま》」

杉野《すぎの》が困《こま》った声をあげた。

「いいじゃないか、俺《おれ》たちふたりで話していても、業界の裏話《うらばなし》にしかならないだろう？　けど、実際《じっさい》に本を買って読むのは読者なんだ。俺《おれ》は読者の話を聞いてみたいんだよ」

「なるほど……」

杉野《すぎの》が考えこむような顔になる。

「親父《おやじ》さんはこれまでの連載《れんさい》、すべて読んでくれてる。内容《ないよう》はだれよりも知ってるはずだ。その上で、どんな形の本だったら読みたいか。そういう話を聞いてみたいんだ」

「たしかに。それは大事なことかもしれない」

杉野《すぎの》はうなずいた。

「実は、企画《きかく》を出すのは二度目だったんです。最初はこれまでの連載《れんさい》をすべてそのまま掲載《けいさい》するつもりだった。でも原稿《げんこう》の量から見て一冊《さつ》じゃおさまらない。上下二巻《かん》にはなる。そんな分厚《ぶあつ》いものは出せない、って言われました」

そう言って、親父《おやじ》さんを見る。親父《おやじ》さんはなにも言わず、話をじっと聞いている。

「それで分量を減《へ》らしました。本編《ほんぺん》と資料編《しりょうへん》に分けるとか、本の構成《こうせい》も練り直した。だけど、やっぱりダメだったんです。杉野《すぎの》は、社内に俺《おれ》を気に入らないやつがいるからだ、って言ってましたが、出版社《しゅっぱんしゃ》だって商売だ。気に入らないと思っても、売れる本なら出す」

「それはそうだが……」

杉野《すぎの》が悔《くや》しそうに言った。

「本として売れそうにない。しかも、俺《おれ》は無名。社内の有力者が反対している。それは、出ないさ。スチール写真をたくさん使ったムックだったら出してくれるのかもしれない。その場合は構成《こうせい》を大きく変えなきゃならないだろう。たぶん俺《おれ》の本文は相当縮小《しゅくしょう》されて、映画《えいが》ごとの資料集《しりょうしゅう》みたいな形になる」

「それじゃあ全然別物になってしまうじゃないか」

親父《おやじ》さんが憤慨《ふんがい》する。

「俺《おれ》の作りたい本もそういうんじゃない」

即座《そくざ》に答え、ため息をついた。

「たぶんあの本は、西部劇《せいぶげき》の本じゃないんです。俺《おれ》の青春、俺《おれ》の人生を描《えが》いている。つまり俺《おれ》のエッセイ集です。データには資料《しりょう》としての価値《かち》があるかもしれないけど、本文は映画《えいが》のことを書いているようで、そうじゃない。きっと出版社《しゅっぱんしゃ》の人たちにもそれが伝わってしまったんです。俺《おれ》はエッセイ集を出せるほど偉《えら》くもないし、有名人でもない」

あれは映画《えいが》を通して見た自分の人生なんだ。慎一《しんいち》の顔が浮《う》かぶ。ちゃんと本にしたかったのは、お金のこともある。だがそれ以上に、慎一《しんいち》にいいところを見せたかったんだ。自分の人生はいい加減《かげん》なものじゃない、って。

だが実際《じっさい》には、俺《おれ》の人生はいい加減《かげん》そのものだ。家に同居《どうきょ》させてくれた両親、働きづめだった妻《つま》。慎一《しんいち》だけじゃない、娘《むすめ》の睦美《むつみ》だって、二日酔《ふつかよ》いで何度も学校行事をさぼった俺《おれ》を情《なさ》けないと思っているだろう。

親父《おやじ》さんも杉野《すぎの》もじっと黙《だま》っている。

あのころの俺《おれ》は、家や子どもたちのことを真剣《しんけん》に考えていなかった。それより大事なものがある、と思っていた。世界と向き合い、立ち向かっているつもりだった。

だけど、いま考えるとよくわからない。大事なものっていったいなんだ？

「わたしに言わせれば、その会社に見る目がない、ってことなんだが……」

親父《おやじ》さんの声にはっとする。

「たしかに片山《かたやま》さんのエッセイ集かもしれない。だが、映画《えいが》という題材を通すことで、ちゃんと読者となにかを共有できていると思うんだ。我々《われわれ》がなぜ西部劇《せいぶげき》に夢中《むちゅう》になったか。それをいま考えるのって、意味のあることだと思うんだがな」

我々《われわれ》がなぜ西部劇《せいぶげき》に夢中《むちゅう》になったか……？

「わたしもそう思います。あれは俺《おれ》たちみんなの青春なんだ、って。だから本にしたいと思った」

杉野《すぎの》がうなずく。

なんだろう。たしかに俺《おれ》たちはみんな西部劇《せいぶげき》に夢中《むちゅう》だった。最初は映画《えいが》ならなんでもよかったのだ。日がな映画《えいが》を見て、その世界に溺《おぼ》れた。だが、しだいに西部劇《せいぶげき》が自分の心の核《かく》になった。単なる楽しみとはちがう。西部劇《せいぶげき》のヒーローに大事なものを見ていた。

カッコいいというだけじゃないんだ。それは、いかに生きるか、ということだ。

「わたしたちの世代は戦争でいろんなものを失った。娯楽《ごらく》も少なかった。いまの若《わか》い人たちはまた全然ちがうものを夢見《ゆめみ》て生きているんだろうけど」

親父《おやじ》さんが微笑《ほほえ》む。

「そうですね、戦後を生きてきたわたしたちのあり方を問うものにしたいですね」

杉野《すぎの》のその言葉を聞いて、なぜか親父《おやじ》さんの刷ってくれた名刺《めいし》の文字が頭に浮《う》かんだ。しっかりと、どっしりと、紙に根を張《は》ったようなあの文字。

「三日月堂《みかづきどう》で刷れたらな……」

知らず識《し》らず、言葉が口をついて出た。

「うちで?」

親父《おやじ》さんがじっと俺《おれ》を見た。

「親父《おやじ》さんの名刺《めいし》はどこに持っていってもほめられるんです。きちんとした名刺《めいし》だね、って。ゲンもいい。だから……」

親父《おやじ》さんは組版《くみはん》の腕《うで》がいい。印刷の質《しつ》も高いと評判《ひょうばん》で、三日月堂《みかづきどう》でなら、きっと大手印刷所とくらべても遜色《そんしょく》ない本ができるだろう。

「でも、三日月堂《みかづきどう》も忙《いそが》しいだろうし、さすがにそれは無理か」

「いや、うちもいままで何件《けん》か、本の仕事を受けたことがあったんだよ」

親父《おやじ》さんの言葉に驚《おどろ》いた。

「そうなんですか？」

「骨《ほね》が折れるから最近は受けてないけどね。でも、もう一度本を刷ってみたい、っていう気持ちはある」

そう言って、ふう、と息をした。

「本を作るのは大変なんだ。でも、あの充実感《じゅうじつかん》はほかじゃ味わえない」

親父《おやじ》さんがにんまり笑う。その顔を見ると、なぜかうれしくなった。

杉野《すぎの》も大きくうなずいてる。

「もうね、町の印刷所はだんだん減《へ》っていくのかな、とも思ってるんだ。修平《しゅうへい》が、ワープロが進化したら、年賀状《ねんがじょう》だって名刺《めいし》だって自分で刷れるようになるから、って。さすがにそれはないだろう、って思うけど」

親父《おやじ》さんは手を肩《かた》にあて、首をぐるっとまわす。

「それに、活版《かっぱん》の時代も終わりつつあるみたいだからな。オフセットを導入《どうにゅう》してるところも多いよ。でも、うちはしない。わたしは活版《かっぱん》が好きなんだ。仕事がこなくなったら、そんときはやめるさ」

親父《おやじ》さんはきっぱりと言い切った。

「そんな……。俺《おれ》は親父《おやじ》さんの名刺《めいし》じゃないと……」

「大丈夫《だいじょうぶ》だよ」

親父《おやじ》さんが笑う。

「お客さんが来るかぎりはやめない。でも、修平《しゅうへい》も店を継《つ》がず教師《きょうし》になったしね。わたしの代で終わりでちょうどいいのかもしれない」

親父《おやじ》さんは少しさびしそうに遠くを見た。

4

店を出て、三日月堂《みかづきどう》に戻《もど》った。前まできたとき、印刷所の横にある出口から赤ちゃんを抱《だ》いた女の人と奥《おく》さんが出てきた。

「どっか行くのか?」

親父《おやじ》さんは急に顔をほころばせた。あれが孫の弓子ちゃんか。たしかにかわいらしい。布《ぬの》にくるまれ、手足をばたばたさせている。

元気だなあ。うちの子たちも小さいころはこうだった。

親父《おやじ》さんが赤ちゃんの方に両手をさしだす。女性《じょせい》から赤ちゃんを受け取り、抱《だ》っこした。

「お帰りなさい。あら、片山《かたやま》さんも。そちらの方は？」

奥《おく》さんが俺《おれ》たちの方を見た。

「杉野《すぎの》と言います。片山《かたやま》といっしょにウェスタンを作ってる……」

「ああ、ウェスタンの方」

奥《おく》さんがにっこり微笑《ほほえ》む。

「片山《かたやま》さん、はじめてよね。こちら、カナコさん」

そう言って赤ちゃんを抱《だ》いていた女性《じょせい》を指す。色白のきれいな人だった。眼差《まなざ》しが涼《すず》しく、芯《しん》が強そうに見えた。

「修平《しゅうへい》さんの？」

「ええ」

奥《おく》さんが微笑《ほほえ》むと、カナコさんはぺこっと頭を下げ、こんにちは、と低い声で言った。こちらも軽くお辞儀《じぎ》をする。

「それで、こちらが修平《しゅうへい》の娘《むすめ》の弓子」

奥《おく》さんが親父《おやじ》さんに抱《だ》かれた弓子ちゃんの手を取る。小さな手だ。

「弓子、おじいちゃんのお友だちよ」

奥《おく》さんが言うと、弓子ちゃんはきょとんとした顔でこっちを見る。おびえているのか、笑いもせず、じっと俺《おれ》たちを凝視《ぎょうし》している。

「こんにちは」

杉野《すぎの》がやさしい声で言うと、少し安心したのか、にこっと笑った。もうすぐ一歳《さい》か。親父《おやじ》さんはにこにこ笑いながら弓子ちゃんをあやしている。

「どこに行くんだ?」

親父《おやじ》さんが奥《おく》さんに訊《き》く。

「ちょっと買いもの」

「そうか」

親父《おやじ》さんはそう答えると奥《おく》さんに弓子ちゃんを渡《わた》す。弓子ちゃんは親父《おやじ》さんの方に手をのばす。まだ親父《おやじ》さんに抱《だ》っこしていてもらいたいらしい。

「おじいちゃんはね、お仕事あるから」

カナコさんが言った。

「ごめんなあ」

親父《おやじ》さんは満面の笑みで弓子ちゃんに言う。その顔を見ながら、なぜか死んだ父のことを思い出した。

謹厳実直《きんげんじっちょく》。生真面目《きまじめ》で、金を貯《た》めることにしか関心がない、つまらない人間だった。だが自分がすっからかんになったとき、家に住まわせてくれた。俺《おれ》のためではなく、孫のためだと言った。

父は無表情《むひょうじょう》な人で、怒《おこ》った表情《ひょうじょう》は見せなかった。といって、笑うわけでもない。父に泣きつくしかなかった俺《おれ》に対して、怒《おこ》っているのか、呆《あき》れているのか、それとも許《ゆる》してくれているのか、さっぱりわからなかった。

あの家に住むようになって、金を貯《た》め続けていたのは父が強いからではなく弱いからだと気づいた。戦争で財産《ざいさん》を失って、金だけが頼《たよ》りだったのだ。家族を守るには金を貯《た》めるしかなかったのだ。それを嫌《きら》っていた俺《おれ》は、ほんとうに子どもだったと思った。

本を出そうと考えたのは、慎一《しんいち》のこともあるが、父が死んだからかもしれない。父が死ぬまで、俺《おれ》は父が喜《よろこ》ぶようなことをなにひとつすることができなかった。父が俺《おれ》に失望したまま死んでいったと思うと、いてもたってもいられなかった。

声をあげて笑う弓子ちゃんを見ながら、苦い思いがこみあげてくる。

そもそも俺《おれ》が映画《えいが》好きになったのは、よく父に映画館《えいがかん》に連れて行ってもらったからではないか。無口な父は映画《えいが》を見てもなにも語らなかったが、帰り道はいつも満足そうな顔をしていた。

俺《おれ》が映画《えいが》の感想を語るのをうれしそうに聞いていた。いま思えば拙《つたな》い感想ばかりだった。でも親父《おやじ》がそのときだけはにこにこ笑って聞いているから、俺《おれ》は得意《とくい》になって話し続けた。なのに……。いったいどこでまちがえてしまったんだろう。

中学生になったころから、父と出かけることはなくなった。反抗期《はんこうき》だったんだろう。親のすることが全部嫌《いや》だった。あんな真面目《まじめ》なだけのつまらない人生は送りたくない、と思うようになった。

いったん就職《しゅうしょく》したものの、文筆業の収入《しゅうにゅう》が増《ふ》えてきたらすぐに会社を辞めてフリーになった。あれだって、短い人生、人のために時間を使うのが惜《お》しい、これ以上一分でも会社のために自分の時間をすり減《へ》らしたくない、と思ったからだ。

もっと大事なことのために使いたかった。世の中には見るべき映画《えいが》がたくさんあり、そこに含《ふく》まれている大事なことを、すべて書き残しておきたかったのだ。

いつの時代も踏《ふ》みにじられる人がいること。そこに立ち向かう人がいること。

志《こころざし》があってもどうにもならないこともあるということ。人間の愚《おろ》かさ、たくましさ、優《やさ》しさ。映画《えいが》はフィクションだが、フィクションでしか伝えられないこともある。

いつのまにか弓子ちゃんはすっかり杉野《すぎの》に慣《な》れてしまっている。杉野《すぎの》がいないいないばあをすると、弓子ちゃんがきゃっきゃっと笑う。杉野《すぎの》は自分の家でもああなんだろう。俺《おれ》にはできなかったことだ。

「ばいばい」

奥《おく》さんが弓子ちゃんの手を取り、こちらに向かって振《ふ》った。そのうしろ姿《すがた》を見送ってから、印刷所にはいった。職人《しょくにん》たちも休憩《きゅうけい》中なのだろう、だれもいない。機械の音もなく、しんとしていた。

印刷機がしずかにたたずみ、活字のぎっしり詰《つ》まった棚《たな》がそびえている。

やっぱり、本にしたいな。

活字棚《だな》を見あげると、なぜか涙《なみだ》がにじんだ。

無駄《むだ》なんかじゃない。俺《おれ》が刻《きざ》んできた映画《えいが》の記録は無駄《むだ》なんかじゃない。そんなことを言ったら、映画《えいが》に失礼だ。

子どものころ、父といっしょに映画《えいが》を見に行ったときのことを思い出した。なんの映画《えいが》だったか、はっきり覚えていない。だが、ふだんは無口な父が、その日の帰り道はいやに機嫌《きげん》が良く、公園に寄《よ》ったのだ。

——俺《おれ》もあんなふうに自由に生きられたらいいのになあ。

俺《おれ》のとなりで、父もめずらしくブランコを漕《こ》ぎながら、そう言った。そのときの晴れ晴れとした父の顔と、なぜか自分もうきうきと心が浮《う》き立ったことをよく覚えている。

父が死んだあとそのことを思い出し、なんの映画《えいが》だったのか考えたが思い出せなかった。たぶん母も知らないだろう。

どの作品だったのかはどうでもいいのかもしれない。ともかく父はその映画《えいが》を見て、自由に生きるもうひとりの自分を夢見《ゆめみ》た。いまとなっては俺《おれ》自身も開けられなくなってしまったが、父と俺《おれ》以外だれも知らない秘密《ひみつ》のはいった小箱だ。

袖《そで》で涙《なみだ》をぬぐう。高い窓《まど》からはいってきた光が印刷機を照らしている。

「やっぱり、ここで刷ってもらうの、いいかもしれませんね」

杉野《すぎの》の声がした。はっとして杉野《すぎの》を見た。

「わたしたちの戦後をふりかえるのにふさわしい」

杉野《すぎの》が活字の棚《たな》を見あげる。

「でも、そんなことを認《みと》める版元《はんもと》、あるか？」

俺《おれ》は少し笑いながら言った。

「まあ、むずかしいだろうな」

杉野《すぎの》も苦笑いする。

「まあ、本でいちばん大事なのは内容《ないよう》だよ。そして、読者に届《とど》くこと。どこで印刷するかなんて、些末《さまつ》なことだろう」

親父《おやじ》さんが笑った。ここで刷ってもらいたい。俺《おれ》の本は親父《おやじ》さんに組んでもらいたい。あの連載《れんさい》は、身近な人に宛《あ》てた手紙のようなものなんだ。杉野《すぎの》と親父《おやじ》さん、それといつか慎一《しんいち》が読んでくれればいい。

「版元《はんもと》、探《さが》すよ」

杉野《すぎの》が言った。

「そうだな、まずはどこかで企画《きかく》が通らないと」

親父《おやじ》さんが笑う。

慎一《しんいち》が大学を卒業するまでに、なんとか形にしたい。いざとなったら私家版《しかばん》でもいい。プロとして恥《は》ずかしいことのように思えたが、これだけはどうしても形にしておきたい。そうしなければ先に進めない気がした。

そうなったら金がいる。制作費《せいさくひ》を稼《かせ》ぐために、俺《おれ》ももう少しちゃんとしよう。切れてしまった縁《えん》は仕方がないとして、やけになるのはもうやめよう。

「よし、決まった。そしたら記念に写真を撮《と》りましょう」

杉野《すぎの》がカバンからカメラを出す。そういえば杉野《すぎの》は写真も好きだったっけ。ウェスタンの編集《へんしゅう》後記にはときどき杉野《すぎの》の紀行《きこう》写真が載《の》っていた。

「そうか。じゃあ、ちょっと待っててくれ」

親父《おやじ》さんが階段《かいだん》をのぼっていく。ほどなくおりてきた親父《おやじ》さんの手には、カウボーイハットがあった。

「やっぱり、これをかぶらなきゃ」

親父《おやじ》さんが俺《おれ》たちにハットを手渡《てわた》す。杉野《すぎの》も俺《おれ》も顔を見合わせた。

親父《おやじ》さんがハットをかぶり、ポーズを決める。俺《おれ》たちもハットを頭にのせた。杉《すぎ》野《の》が親父《おやじ》さんと俺《おれ》の写真を撮《と》り、次に親父《おやじ》さんが代わって、杉野《すぎの》と俺《おれ》を撮《と》った。

「写真、できたら送りますよ」

杉野《すぎの》が笑って言った。ハットをかぶった親父《おやじ》さんがにやっと笑う。父の姿《すがた》が頭をよぎる。俺《おれ》がまだ子どもだったころの若《わか》い父だ。

——父さん。

胸《むね》のなかでつぶやく。

父が少し笑ったように見え、いつか映画《えいが》で見た荒野《こうや》に消えていった。

# 星と暗闇

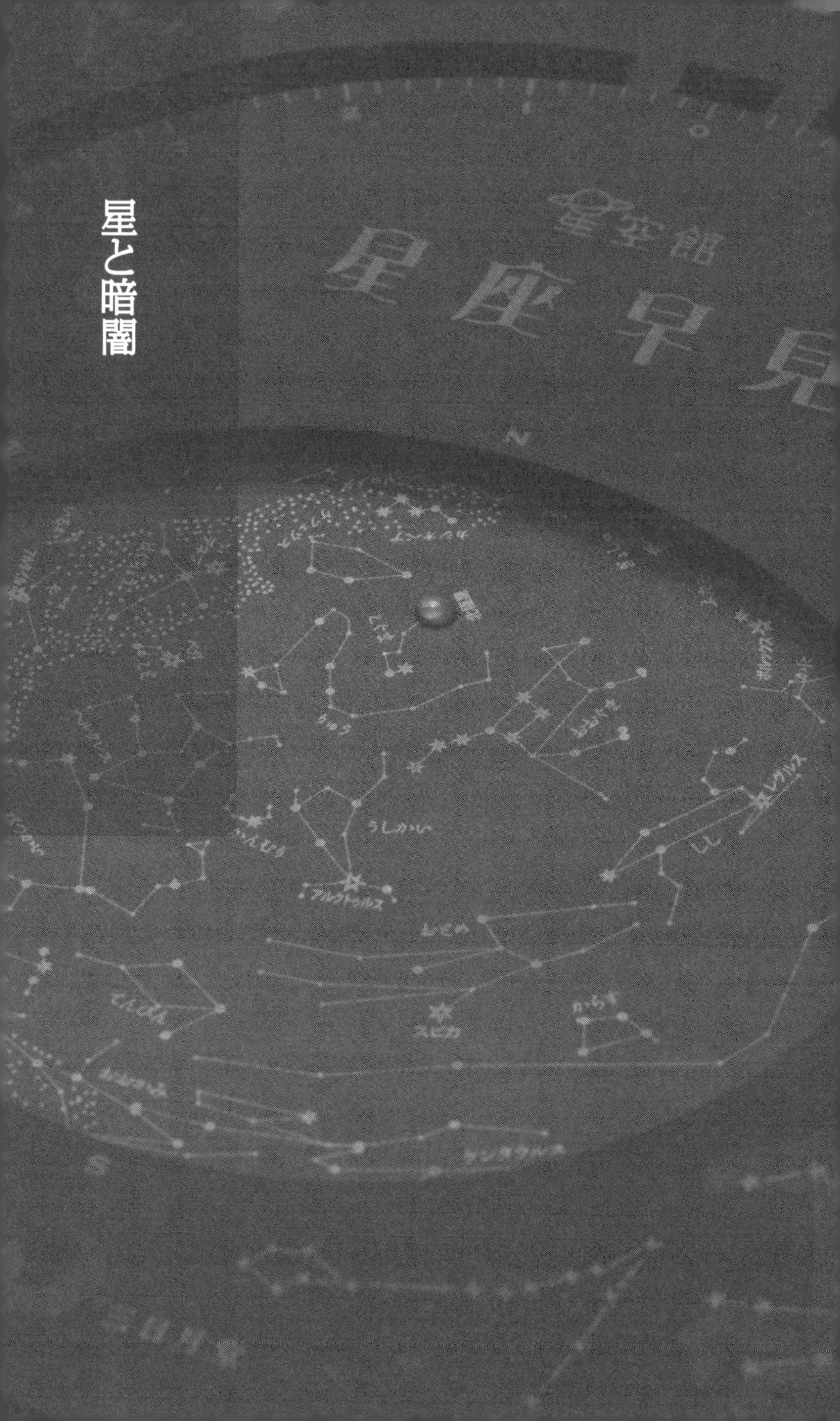

# 1

あれは小学五年生の夏のことだった。印刷所の仕事で忙《いそが》しい父母に代わり、祖父《そふ》が僕《ぼく》を山に連れて行ってくれた。

お前にほんとうの星空を見せてやろう。祖父《そふ》はにんまり笑ってそう言った。列車を乗り継《つ》ぎ、バスに乗り、僕《ぼく》らは高い山の山荘《さんそう》に泊《と》まった。

その夜は靄《もや》が出ていた。外は真っ白で、なにも見えない。祖父《そふ》はがっかりしたようだった。僕《ぼく》も、ああ、これでは期待していた星空は見えないな、と残念に思ったけれど、靄《もや》で真っ白な世界を見たのははじめてで、それはそれで心が躍《おど》った。

深夜になると宿の光も消えた。もしかしたら晴れ間が出るかもしれない、と祖父《そふ》とふたりでこっそり山荘《さんそう》を出た。真の闇《やみ》というものをはじめて知った。祖父《そふ》が懐中《かいちゅう》電灯をつけると、靄《もや》が白く照らし出された。

怖《こわ》かった。これ以上歩いたら帰れなくなるかもしれない。ちがう世界に行ってしまうかもしれない。祖父《そ》《ふ》の服の裾《すそ》をぎゅっとつかんだ。

そのときだ。

——おい、修平《しゅうへい》、見てみろ。

祖父《そふ》の声がした。ふるえるような声だった。顔をあげたとき、僕《ぼく》はおそろしいものを見た。

空だった。靄《もや》の一部だけが晴れ、ぽっかりと穴《あな》があいて、隙間《すきま》から星が見えた。いや、星なんてものじゃない。見たことのないような光の塊《かたまり》だ。赤っぽかったり青っぽかったり黄色っぽかったり、いろいろな色があり、大きさもさまざまだった。空が燃《も》えるようだった。

——あれが銀河《ぎんが》だよ。

祖父《そふ》の声がした。煙《けむり》のようなものが濃《こ》くなったり薄《うす》くなったりしながら広がっている。筋《すじ》をたどって祖父《そふ》が手を動かす。天の川《あまのがわ》。銀河《ぎんが》。まさに川だ。靄《もや》が少しずつ晴れていく。川はどんどんのび、空いっぱいに広がった。美しい。でもとても怖《こわ》かった。僕《ぼく》たちはこんな世界に生きていたのか。なにもない宇宙《うちゅう》に浮《う》かんでいるような気がしていたけれど、とんでもない。宇宙《うちゅう》は星の光にあふれている。僕《ぼく》らは燃《も》えるような宇宙《うちゅう》に浮《う》かんでいるのだ、と思った。

以来、僕《ぼく》はよく宇宙《うちゅう》のことを考えるようになった。

純粋《じゅんすい》に宇宙《うちゅう》が好きというのとはちょっとちがう。どちらかというと、宇宙《うちゅう》が怖《こわ》かった。あんなものが頭の上に広がっている、否《いや》、僕《ぼく》らが星にのってあの空間に浮《う》かんでいる、と考えると、いてもたってもいられなくなる。

とはいえ、もともと本ばかり読んでいるタイプだったし、その星空は強烈《きょうれつ》な記憶《きおく》だったけれど、だからと言ってすぐに天文少年になったというわけではない。

中学にあがって、図書室で宮沢賢治《みやざわけんじ》の『銀河鉄道《ぎんがてつどう》の夜』という本を見つけた。国語の教師《きょうし》が授業《じゅぎょう》のときよく宮沢賢治《みやざわけんじ》の話をしていたので、なんとなく手にとった。そこにくり広げられる幻想《げんそう》的な話に引きこまれ、山のうえで見た星空が頭のなかに広がった。

それから宮沢賢治《みやざわけんじ》を読むようになった。多くは童話だった。話の筋《すじ》よりも、物語のなかに登場する星空や鉱物《こうぶつ》や動物、植物の描写《びょうしゃ》に強く惹《ひ》きつけられた。

国語の教師《きょうし》から、賢治《けんじ》が農学科を卒業し、農学校の教師《きょうし》をしていたこと、子ども時代に鉱物採集《こうぶつさいしゅう》や昆虫《こんちゅう》の標本作りに夢中《むちゅう》だったことなどを教わり、理系《りけい》の世界に目を開かされた。

宇宙《うちゅう》や鉱物《こうぶつ》に関する本や図鑑《ずかん》をながめたり、科学博物館に通ったりするうち、いつのまにか天文学に惹《ひ》かれるようになった。はるか遠くの星々《ほしぼし》のことを考えていると胸《むね》が躍《おど》った。

大学は理系《りけい》を希望した。天文学を学べる大学を探《さが》したが、自分の学力ではいれそうなところはなかなかない。なにしろもともと文系《ぶんけい》の方がずっと得意《とくい》だったのだ。いまとなってみれば、あの成績《せいせき》でよく理系《りけい》を目指したなあ、と我《われ》ながら無謀《むぼう》さに感心する。

進路指導《しどう》の教師《きょうし》から、国公立大学の教育学部なら理系《りけい》の学問をくわしく学ぶことができるし、天文学の研究室がある大学もあるらしい、と聞き、そちらを目指すことにした。なんとか横浜《よこはま》の大学に入学することができ、三年にあがって天文学研究室にはいった。

研究室にいるのはみな星好きばかりで、夜まで大学に残って天体観測《かんそく》するだけでなく、車で近くの山まで行くこともあった。

東京近郊《きんこう》の山では、あのときのような星空にお目にかかることはなかった。もう一度ああいう星空を見たい。いつからかそう思うようになった。怖《こわ》いと思っていたはずなのに、あの星空を思い出すとどうしようもなく惹《ひ》きつけられた。

人里離《はな》れた場所で、満天の星を見あげ、星の光を浴びてみたい。怖《こわ》いのか、好きなのか、自分でもよくわからなくなっていた。

卒論《そつろん》のために天文台を訪《おとず》れるようになり、星に生涯《しょうがい》を捧《ささ》げている研究者たちを見るようになると、自分もあんなふうに生きたい、と思うようになった。そのためにはまず大学院に進学しなければならない。

僕《ぼく》の家は川越《かわごえ》の印刷所で、祖父《そふ》も父も職人《しょくにん》だった。ひとり息子だったから、家業を継《つ》ぐべきかと悩《なや》んだ。だが父に話すとあっさり進学を認《みと》めてくれた。印刷所も継《つ》ぐ必要はない、という。

——なんで？

——きつい仕事だからね。好きじゃないとつとまらない。お前はこの仕事、あんまり好きじゃないだろう？

そう言われて、ぐっと黙《だま》った。たしかに好きとは言えない。というより、苦手だった。高校時代、バイト代をもらって手伝いをしていたこともあった。文選《ぶんせん》を少し。だがいちばん多いのは返版《へんぱん》だった。

印刷の際《さい》は、まず活字棚《だな》から活字を拾う。これが文選《ぶんせん》。そして拾ってきた活字を印刷する形にならべる。これが組版《くみはん》。できあがった版《はん》を印刷機にセットし、刷る。刷り終わったら、組んだ活字をバラして、もとの棚《たな》に戻《もど》す。この作業が返版《へんぱん》だ。

本や雑誌《ざっし》など大量のページものを大部数刷る大きな印刷所では、返版《へんぱん》はしないと聞いた。紙型《しけい》といって、紙で組んだ活字の型《かた》を取り、紙型《しけい》から金属板《きんぞくばん》を作る。使った活字は棚《たな》に戻《もど》すのではなく、鋳造《ちゅうぞう》しなおして新しい活字にするのだ。

うちのような小さな印刷所でも、返版《へんぱん》せず鋳造《ちゅうぞう》にまわすこともある。くり返し使うことが決まっている版《はん》は、紐《ひも》で結束してそのまま保管《ほかん》することもある。だが、たいていは解版《かいはん》して、返版《へんぱん》する。この返版《へんぱん》という作業が曲者《くせもの》なのだった。

棚《たな》から活字を拾うのは、正直簡単《かんたん》だ。活字棚《だな》には漢字は部首ごと、画数順にならんでいる。最初は探《さが》すのに時間がかかるが、棚《たな》にその漢字が書かれているから、それを頼《たよ》りに探《さが》せばいいのだ。慣《な》れてくればだんだん速く拾えるようになる。なにかを作っている、という充実感《じゅうじつかん》もあり、楽しいと言えなくもない。

だが、返版《へんぱん》はちがう。活字に文字が書かれているわけじゃない。金属《きんぞく》に彫《ほ》られた凹凸《おうとつ》を見て、その文字がなにか見分けなければならない。刷られた文字にくらべて見にくいし、左右も逆《ぎゃく》になっている。しかも、とても細かいのだ。

山のようにある活字をひとつずつ見分け、棚《たな》に戻《もど》す。気が遠くなる作業だ。しかも、まちがえられない。まちがった棚《たな》に返すと、次に文選《ぶんせん》したときに誤字《ごじ》になってしまう。そのうえ、活字は金属《きんぞく》だが、意外と脆《もろ》いのだ。落とせばすぐに欠けたり傷《きず》ついたりする。だから慎重《しんちょう》に扱《あつか》わなければならない。

ルビなど、字面が泣けてくるほど小さい。目がいい者でないとできない仕事だ。若者《わかもの》の僕《ぼく》は重宝《ちょうほう》されて、手伝いに出れば返版《へんぱん》作業にまわされた。

一時間もすると目が疲《つか》れ、だんだんうんざりしてくる。だが、不思議なもので、こういう仕事さえ好きな人もいる。僕《ぼく》の母がそうだった。返版《へんぱん》で活字が全部棚《だな》におさまると気持ちがすっきりするじゃない、と笑っていた。

ともあれ、だからだんだん印刷所の手伝いを敬遠《けいえん》するようになり、休みの日はできるだけ出かけるようになった。父にはそのあたりを見破《みやぶ》られていたらしい。

──経営者《けいえいしゃ》っていうのも厄介《やっかい》でなあ。子どもには継《つ》がせたくない気もするんだよ。それに、お前はほかに好きなことがあるんだろう？ 天文学の勉強や観測《かんそく》だったらいくらでもできるみたいじゃないか。人間、結局好きなことしかできないからな。

父は笑った。

修士《しゅうし》に進み、研究に没頭《ぼっとう》した日々《ひび》は楽しかった。博士課程《はくしかてい》に進むことも考えたが、僕《ぼく》の通う大学には博士課程《はくしかてい》はない。他大の理学研究科を受けるしかなかった。博士《はくし》課程《かてい》を修《おさ》めてもすぐに大学に就職《しゅうしょく》できるとはかぎらず、これ以上親に負担《ふたん》をかけることはできないと思った。

それで、高校の教師《きょうし》になろうと考えた。さいわい教育学部だから、学部時代に教員免許《めんきょ》は取得《しゅとく》していた。大学がある神奈川《かながわ》の教員採用《さいよう》試験を受け、公立高校に就職《しゅうしょく》が決まった。

最初のうちは、いつか研究の世界に戻《もど》りたいと思っていた。自分で学費《がくひ》を貯《た》め、博士課程《はくしかてい》を修《おさ》めたい、と。だが、教師《きょうし》をはじめてみると想像《そうぞう》以上にやりがいがあり、自分は教えるのが好きだったんだな、と気づいた。

天文部の顧問《こもん》になり、生徒と天体観測《かんそく》するのも面白かったし、夏休みには同僚《どうりょう》を誘《さそ》って屋上で天体観測《かんそく》会を開いた。別の教科の教師《きょうし》たちにも好評《こうひょう》で、長期休みには必ず開催《かいさい》するようになった。

あいかわらず天文学会の仕事を手伝っていて、大学の同期と天体観測《かんそく》に出かけることもあり、なにがなんでも学者になりたかったわけでもないし、こういう人生も悪くない、と感じるようになっていった。

2

勤《つと》めはじめて二年経《た》った春、同じ学校に村田《むらた》カナコという国語教師《きょうし》がはいってきた。色が白く、背筋《せすじ》がすっと伸《の》び、女性《じょせい》なのに落ち着いた低い声で話す人だった。

学部卒だから僕《ぼく》より四つ下だが、ほかの同期にくらべて落ちついた雰囲気《ふんいき》があった。教育熱心で、いつも遅《おそ》くまで学校に残って、授業《じゅぎょう》の資料《しりょう》を作っていた。大学時代にバンドを組んでいたという話で、軽音楽部の顧問《こもん》になった。部員たちに教えるために、放課後よく音楽室でギターを弾《ひ》いていた。

僕《ぼく》はとなりの理科室にいたから、その音がよく聞こえた。つっかえつっかえの部員たちの演奏《えんそう》とちがって、彼女《かのじょ》の演奏《えんそう》はなめらかで、思わず聴《き》き入ってしまう。ときどき歌声も聞こえて、その声を聞くと胸《むね》が高鳴った。

夏休みの天体観測《かんそく》会には、彼女《かのじょ》も誘《さそ》った。いつもは屋上で開くのだが、その年は大規模《だいきぼ》な流星群があるので、東京近郊《きんこう》の山まで出かけることになっていた。車何台かに分乗し、丹沢《たんざわ》に出かけた。丹沢湖《たんざわこ》の周辺には、僕《ぼく》たちと同じように流星群を見に来た人たちがたくさんいた。その日は月もなく、快晴《かいせい》で、なかなかの観《かん》測日和《そくびより》だった。子どものころ祖父《そふ》と見た星空ほどではないが、あのときのことを少し思い出した。

流星はいくつも見えた。一、二分に一度、大きな星が流れた。そのたびに周囲《しゅうい》から歓声《かんせい》があがった。かなり大きなものがしゅっと流れて、ぴかっと爆発《ばくはつ》したところも見えた。一瞬《いっしゅん》、山で星空を見たときの恐怖《きょうふ》がよみがえってきた。

宇宙《うちゅう》は広い。自分とは桁違《けたちが》いに大きなものが存在《そんざい》していることが怖《こわ》いのかもしれない。ふいにそう思った。

そのとき、そばにいた彼女《かのじょ》が、生きるって心細いものなんですね、とつぶやいた。ほかの人たちは驚嘆《きょうたん》の声をあげて盛《も》りあがっていたから、その声を聞いたのは僕《ぼく》ひとりだったと思う。思いもよらない言葉に驚《おどろ》き、彼女《かのじょ》の横顔を見た。

自分と似《に》たものを感じたのかもしれない。うっかり、自分が大学で天文学を学んだのは宇宙《うちゅう》が怖《こわ》かったからなんです、と口をすべらせた。彼女《かのじょ》は一瞬《いっしゅん》目を丸くしたあと、くすくすっと笑った。

――子どものころ、山で見たんですよ。ものすごい星空を。そのとき怖《こわ》くなったんです。僕《ぼく》らはこんなところで生きてるのか、って。小さな星に乗って、こんな星空のなかを飛んでいるのか、って。

しどろもどろになりながら、言い訳《わけ》にもならないことをつらつらと語った。彼女《かのじょ》はまた笑って、でも少しわかります、と言った。

――わたしは盛岡《もりおか》の出身で……。山の上ほどじゃないでしょうけど、町から離《はな》れるとけっこう星が見えるんです。花巻《はなまき》に行ったときは、賢治《けんじ》さんが見ていたのもこんな夜空だったのかなあ、って思って。

——賢治《けんじ》さん？

——あ、ごめんなさい。宮沢賢治《みやざわけんじ》のことです。わたし、大学では近代文学専攻《せんこう》だったんです。卒論《そつろん》が宮沢賢治《みやざわけんじ》で……。

——ほんとですか。僕《ぼく》は中学生のころ『銀河鉄道《ぎんがてつどう》の夜』が好きだったんです。

思わずそう言っていた。

——そうなんですか？

彼女《かのじょ》がうれしそうな顔になる。

——ええ。僕《ぼく》ももともとどっちかっていうと文系《ぶんけい》で……。中学時代に宮沢賢治《みやざわけんじ》を読んで、いつのまにか理系《りけい》を目指すようになってた。

——それで天文学に……。

——就職《しゅうしょく》するとき、父がなぜか宮沢賢治《みやざわけんじ》全集を買ってくれたんですよ。実家に置いてきてしまったんですが、いまでも帰るたびに広げては読んでます。

なんで宮沢賢治《みやざわけんじ》全集なのか不思議に思ったが、父なりに初心を忘《わす》れるな、と言いたかったのかな、と思った。

——でも『銀河鉄道《ぎんがてつどう》の夜』は、なんだか前に読んだのと印象《いんしょう》がちがってて、記憶《きおく》なんてあてにならないなあ、って。

むかし読んだときはこんなじゃなかった気がした。

あれは子ども用のダイジェスト版《ばん》だったのだろうか。学校の図書室で借りて読んだから確《たし》かめることはできないが。

——もしかして、中学生のころに読んだ本には、ブルカニロ博士《はかせ》っていう人が出て来ませんでしたか。

彼女《かのじょ》の言葉にはっとした。

——ああ、そうです。名前はちゃんと覚えてなかったけど、博士《はかせ》が出てきた。

——それは記憶《きおく》ちがいじゃないと思います。

彼女《かのじょ》は微笑《ほほえ》んで僕《ぼく》を見た。

——どういうことですか？

——『銀河鉄道《ぎんがてつどう》の夜』にはいくつか草稿《そうこう》があるんです。むかしはそのうちのひとつが本に載《の》っていたんです。でも七十年代に全集をまとめているときに完成形が整理されました。

——完成形？

——いえ、厳密《げんみつ》に言うと、それでも欠けているところがあるので、最終稿《さいしゅうこう》ですね。

その最終稿《さいしゅうこう》では、それまでの草稿《そうこう》に出てきたブルカニロ博士《はかせ》は消えているんです。

——消えた……？

ほんとに形が変わっていたのか、と呆気《あっけ》に取られた。

彼女《かのじょ》によると、初期形は三まであって、そこまではすべて、銀河鉄道《ぎんがてつどう》での出来事はブルカニロ博士《はかせ》の実験による夢《ゆめ》だった、という終わり方をしているらしい。最終稿《こう》ではそれがなくなり、最後は死んだカムパネルラの父との会話になる。

——疑問《ぎもん》が解《と》けてすっきりしましたよ。村田さん、くわしいんですね。

——わたし、『銀河鉄道の夜《ぎんがてつどうのよ》』を中心に卒論《そつろん》を書いたので……。

彼女《かのじょ》は恥《は》ずかしそうに笑った。

——賢治《けんじ》さんは不思議な人なんですよね。空も、木や草も、賢治《けんじ》さんの作品のなかでは、これまで見たことのないものになる。人の目を通して見たのとはまるっきりちがう。ほかの星からやってきた人みたいで、読んでいると心がざわざわする。

彼女《かのじょ》のしんと光る目を見て、星のようだ、と思っていた。

それから、しだいに彼女《かのじょ》、カナコといっしょに出かけたりするようになった。

カナコは不思議な人で、これまで会った女性《じょせい》とはまったくちがった。ふつうの人とはちがう目でものごとを見ている。カナコは宮沢賢治《みやざわけんじ》をほかの星から来た人みたい、と評《ひょう》していたが、僕《ぼく》からしたらカナコもそうだった。

それは、カナコが短歌を書いていたからかもしれない。短歌というものをそれまでちゃんと読んだことはなかったが、カナコの短歌を読むと、世界の見方が変わった。目の前に別のフィルターがはいった、いや、レンズごと取り替《か》えてしまったみたいに。

カナコはうちが印刷所だと知ると驚《おどろ》き、見に行きたい、とはしゃいだ。ジョバンニの働く活版所《かっぱんじょ》を思い描《えが》いたのだろう。それでいっしょに川越《かわごえ》に行き、両親にも紹介《しょうかい》した。カナコは長いこと活字の棚《たな》をながめ、いいですねえ、とつぶやいた。父は上機嫌《じょうきげん》だった。僕《ぼく》とちがって話が通じる、と思ったみたいだ。

そうして数ヶ月後、結婚《けっこん》を決めた。いろいろあって、カナコは盛岡《もりおか》の実家とは縁《えん》が切れてしまっているようだった。そのことを気にするかと思ったが、父も母もカナコを気に入っていたから、それなら余計《よけい》うちを頼《たよ》ってほしい、と言った。

結婚式《けっこんしき》は川越氷川《かわごえひかわ》神社で挙げた。カナコの側の親戚《しんせき》は来なかったが、友人や同僚《どうりょう》にかこまれて、なごやかな式になった。教え子たちからのメッセージも届《とど》き、カナコは涙《なみだ》ぐんでいた。

仕事柄《がら》、職場結婚《しょくばけっこん》はむずかしいこともあり、僕《ぼく》は大学の先輩《せんぱい》からの誘《さそ》いを受けて、私立《しりつ》高校に移《うつ》った。新居《しんきょ》は横浜《よこはま》。ふたりの勤務《きんむ》先の両方から近い場所にした。朝は駅までいっしょに行き、僕《ぼく》はのぼりの電車、カナコはくだりの電車に乗る。帰りに駅で待ち合わせして、駅の近くの店で食事をすることもあった。

結婚《けっこん》したあと、カナコの友だちを連れて川越《かわごえ》の実家を訪《おとず》れたこともあった。大学時代バンドを組んでいた友だちだった。カナコは印刷所を見せたかったらしい。活字の棚《たな》や印刷機を見せて、自分の実家じゃないのに誇《ほこ》らしげに語っていた。

なにがそんなにいいんだろう。僕《ぼく》は少し不思議に思いながら、楽しそうなカナコを見るのがうれしくて、ただ遠くからぼうっとその様子をながめていた。

結婚《けっこん》して二年後に娘《むすめ》が生まれた。弓子、と名づけた。元気な子だった。なかなかの難産《なんざん》で、憔悴《しょうすい》しきったカナコは、生まれたばかりの弓子とともに、一時期川越《かわごえ》の僕《ぼく》の両親の家で過《す》ごした。

一ヶ月ほどでふたりは横浜《よこはま》の家に戻《もど》ってきた。そこからはもう毎日戦場のようだった。カナコは弓子の世話で疲労困憊《ひろうこんぱい》していて、僕《ぼく》が学校から帰って弓子の面倒《めんどう》を見ているあいだに、風呂《ふろ》にはいったり少し眠《ねむ》ったりしていた。

一年が過《す》ぎ、弓子は立って歩くようになり、離乳食《りにゅうしょく》を食べるようになった。そのころになると夜まとまった時間眠《ねむ》るようになり、カナコも少し睡眠《すいみん》を取れるようになった。だが弓子が起きている時間は、活発に動き回る弓子につきあわなければならない。

僕《ぼく》が休みの日はいいが、平日はカナコひとりになる。大丈夫《だいじょうぶ》だろうか、と心配したが、昼間はときどき川越《かわごえ》の母や、バンド仲間だった聡子《さとこ》さんがやってきて手伝ってくれているようだった。

カナコは毎日へとへとで、学校で働くよりよっぽどきつい、とぼやいた。だが、弓子と遊んでいるときは、これまで見たことがないほど楽しそうに笑っていた。

弓子を抱《だ》いて絵本を読み聞かせ、弓子が笑うと何度でもくりかえした。弓子は人形遊びより積み木のようなもので遊ぶのが好きだった。弓子が納得《なっとく》するまで積み木をならべるのにつきあい、できあがると拍手《はくしゅ》した。

外に遊びに行けるようになると、毎日近くの公園に出かけた。休みの日には僕《ぼく》もいっしょに行った。遊具や砂場《すなば》で遊び、秋は裏《うら》の山を歩きまわって木の枝《えだ》やどんぐりを拾った。

カナコはときどき、わたしもこんなだったのかしら、と首をかしげた。カナコの母親はカナコが幼《おさな》いころに亡《な》くなっている。父親は数年後に再婚《さいこん》。若《わか》い継母《ままはは》に子どもができたあとは家に居場所《いばしょ》がないと感じていたらしい。

そんな状態《じょうたい》だったから、カナコは自分が小さいころの話をあまり聞いたことがない。写真も残っていない。カナコ自身の記憶《きおく》はあるが、外から見てどういう子だったか話してくれる人はいなかった。

――自分を子ども時代に結びつけるものがなにもないの。だからいつも根っこがなくて、ふわふわ飛んでいるみたい。

いつだったかそんなふうに言っていたのを思い出した。

カナコは、弓子を見ながら自分の幼少期《ようしょうき》を取り戻《もど》そうとしているように見えた。熱心に弓子と遊び、弓子の目線でものを見ようとした。その姿《すがた》はあまりに切実で、見ていて少し胸《むね》の詰《つ》まるものだった。


弓子が三歳《さい》になったころ、カナコは病気で倒《たお》れた。

最初は軽い疲労《ひろう》だと思っていた。カナコはなかなか病院に行きたがらず、僕《ぼく》が無理矢理連れて行ったのだ。医師《いし》に見てもらったあと、いくつもいくつも検査《けんさ》を受けることになった。

治らない病気でもう長くない。医師《いし》からそう聞かされた。

とっさに意味がわからず、いろんな書類にサインして、病院の外に出てから声をあげて泣いた。

弓子がいるから、カナコは入院したがらなかった。言われた通りに薬を飲むから通院でなんとかならないか、とすがった。医師《いし》に、そうやって無理を続ければずるずると病状《びょうじょう》が長引く。悪化する可能性《かのうせい》もある。それより入院して完治させた方がいい、と説得《せっとく》され、しぶしぶ入院することになった。

その日からすべてが変わった。弓子は川越《かわごえ》の実家に預《あず》けることになった。弓子と離《はな》れるのは辛《つら》いが、勤《つと》めのある僕《ぼく》には面倒《めんどう》を見ることができない。

カナコも弓子もいなくなり、僕《ぼく》は久《ひさ》しぶりにひとり暮《く》らしになった。

入院したとたん、カナコの病気は悪化した。いや、それまで気力で持っていただけだったのかもしれない。疲《つか》れやすく、口には出さないが苦痛《くつう》もあるようで、眠《ねむ》ってばかりいる日も増《ふ》えた。

毎晩熟睡《まいばんじゅくすい》できなかった。病院からいつ電話がかかってくるかわからない。何度も冷や汗《あせ》をかいて起きた。それでもいつかうとうとし、朝の光で目が覚め、ああ、今《こん》晩《ばん》もなにごともなかった、とほっとする。

だが、それがなんだと言うのだろう。今晩《こんばん》でなくても、カナコはいつか死ぬ。近いうちに。一晩《ひとばん》生きのびたことになんの意味があるのだろう。暗い宇宙《うちゅう》に浮《う》いているようで、いつも上の空だった。

やがて病状《びょうじょう》は安定し、少し元気になったように見えた。川越《かわごえ》の母といっしょに弓子が見舞《みま》いにくれば、楽しそうに話もするようになった。だが医師《いし》からは、いまは安定しているが、またいつ病状《びょうじょう》が変化してもおかしくない、と言われていた。

カナコは病気のことをほとんど口にしなかった。家のこまごましたことや、弓子のことばかり話した。僕《ぼく》も病気のことは話さなかった。でも、きっと自分でもわかっていたのだと思う。

カナコがノートに短歌を書きためているのは知っていた。僕《ぼく》には見せようとしなかったが、カナコが眠《ねむ》っているときにのぞいたことがある。おそろしいほど輝《かがや》いていた。一首一首がカナコの命のようで、怖《こわ》くて読み続けることができなかった。

ある夜、宇宙《うちゅう》の夢《ゆめ》を見た。祖父《そふ》と見たあのぽっかりあいた空の穴《あな》のようなところに吸《す》いこまれ、星々《ほしぼし》のあいだを飛んでいた。恒星《こうせい》がごうごうと燃《も》えている。光というのはきっと命といっしょのものなのだ、と思った。

星はひとつひとつ大きな生きもののようなもので、暗い宇宙《うちゅう》に浮《う》かんでいる。どの星からもたくさんの星が見えるだろうけど、見えるだけでとても遠い。会って話すことも手をつなぐこともできない。それでさびしくないのだろうか。

星はとても大きいから重力も強い。星と星が近づけば引き寄《よ》せあって両方爆発《ばくはつ》してしまう。だから星同士《どうし》はおたがい近づくことをおそれているのかもしれない。遠くからおたがいをながめているだけでいいと思っているのかもしれない。

星は、僕《ぼく》らが思うよりずっと孤独《こどく》で臆病《おくびょう》な生きものなのかもしれない。

――あああの白いそらの帯がみんな星だというぞ。

遠くから『銀河鉄道《ぎんがてつどう》の夜』の一節が空に響《ひび》いた。

こんなにたくさんの星が孤独《こどく》を抱《かか》えて空に浮《う》かんでいる。

うわあっと声をあげて目が覚めた。しばらくどこにいるかわからなかった。身体《からだ》がふわふわとしていて、ほんとうに宇宙《うちゅう》を飛んでいたような気がした。

なぜか、大学時代アメリカの隕石孔《いんせきこう》を訪《おとず》れた記憶《きおく》がよみがえってきた。五万年前に地球に衝突《しょうとつ》した隕石《いんせき》が作ったクレーターだ。隕石《いんせき》の直径は二、三十メートル。時速四万キロを超《こ》える速度で落下したと言われ、その衝撃《しょうげき》で半径二十キロがなにもない荒野《こうや》と化した。

きっと隕石《いんせき》も怖《こわ》かったにちがいない、と思った。大きな星に引き寄《よ》せられ、ぶつかったら崩壊《ほうかい》するのだ。爆発《ばくはつ》して、あとかたも残らない。それとも、別のなにかに触《ふ》れることを予感して、燃《も》えるような気持ちだったのだろうか。隕石《いんせき》が衝突《しょうとつ》して、地球上のたくさんの生きものが死滅《しめつ》した。隕石《いんせき》にとっては見えないほど小さなものだったかもしれないが、星と生きものがいっしょに滅《ほろ》んだ瞬間《しゅんかん》、あたりにすさまじい光を放ったにちがいない。

そうだ、やはり光は命なのだ。命は光なのだ。燃《も》える、爆発《ばくはつ》する、消える。生まれることも死ぬことも爆発《ばくはつ》で、僕《ぼく》らはいまこの瞬間《しゅんかん》も、そうやって燃《も》えている。死に向かっているから光るのだ。死に向かっているから生きているのだ。

カナコがあれほどやせ細っているのに、おそろしいほど輝《かがや》いて見えるのは、そのせいなのかもしれない。人は生涯《しょうがい》自分の身体《からだ》に閉《と》じこめられている。そこから解《と》き放たれるには、相応《そうおう》の苦痛《くつう》が必要なのだ。

あのノートに書かれた短歌も、燃《も》える星の火花のようなものなのだ。カナコは爆《ばく》発《はつ》に向かう星のようなものなのだ。そう思った。

何ヶ月かすぎた。カナコは良くなったり悪くなったりをくりかえした。家に帰りたい、弓子と遊びたい、とときどき口にしては、はっと口をつぐんだりした。

聡子《さとこ》さんもよく見舞《みま》いに来てくれているみたいだった。カナコはむかしから聡子《さとこ》さんだけには自分の短歌を見せていたようで、聡子《さとこ》さんが来るとずいぶん長い時間短歌について語り合っているようだった。

聡子《さとこ》さんが帰ったあと夕方に僕《ぼく》が訪《たず》ねると、今日は聡子《さとこ》が来たの、とうれしそうに言う。気持ちが晴れ晴れしているように見えた。

カナコはあいかわらず僕《ぼく》にはノートを見せようとしない。僕《ぼく》がノートのことを知っているとわかっているのに。僕《ぼく》も自分から見せてくれ、とは言わない。言えない。言ってはいけないことのように感じている。

カナコもそのことをわかっている。引き出しのなかにノートの形の宇宙《うちゅう》がぼんやり広がって、カナコも僕《ぼく》もその宇宙《うちゅう》のことを思いながら、口に出さずにいた。

——ねえ、ほんとうのさいわい、ってなんだと思う?

ある日病院を見舞《みま》ったとき、カナコがぽつんと言った。

——ほんとうのさいわい?

どこかで聞いた響《ひび》きだが、にわかになんだか思い出せず、僕《ぼく》は訊《き》き返した。

——『銀河鉄道《ぎんがてつどう》の夜』に出てくるでしょう?

――ああ。

思い出し、僕《ぼく》はうなずいた。銀河鉄道《ぎんがてつどう》に乗っているあいだ、ジョバンニはほんとうのさいわいとはなんだろう、とくりかえし自問する。本を読んでいたとき、僕《ぼく》も疑問《ぎもん》に思っていた。

ジョバンニはカムパネルラとほんとうのさいわいを探《さが》しに行く、と約束はするけれど、それがなにかはわからないままだった。

――わたしね、卒論《そつろん》でもそのことを書いたの。でも、そのときは答えが出なかった。だけど、最近思ったことがある。いっしょに探《さが》しにいくことがほんとうのさいわいなんじゃないか、って。

――どういうこと？

よくわからなかった。探《さが》しにいくことがさいわい？

――うまく説明できない。でも、深沢《ふかざわ》先生に手紙を書いた。あのとき論文《ろんぶん》で書けなかったこと。

カナコが封筒《ふうとう》を差し出す。宛名《あてな》は深沢《ふかざわ》先生になっていた。カナコの卒論指導《そつろんしどう》にあたった先生で、結婚式《けっこんしき》にも来てくれた。

――これ、帰るときに出してくれる？

――うん、わかった。

僕《ぼく》は手紙を受け取り、背広《せびろ》のポケットに入れた。

――よかった。

カナコが息をつく。

――ずっと気になってたんだ。

そう言って、少し笑った。

そのあとしばらくして、カナコは亡《な》くなった。葬儀《そうぎ》は川越《かわごえ》で行った。弓子は母にすがりついたまま泣いていた。

僕《ぼく》はひとり横浜《よこはま》の家に帰った。病院の荷物も整理し、短歌のノートも家に持ち帰った。だが開くことはできなかった。

ここにあった世界が丸ごとひとつ消えた。カナコには、どうやってももう二度と会えない。それがどういうことか、僕《ぼく》には全然わからなかった。

3

三年がすぎた。弓子は小学校にあがったが、まだ実家に預《あず》けたままだった。いつまでも父母に頼《たよ》っているわけにはいかないが、ひとりで育てられる自信がなかった。

そんなとき恩師《おんし》から連絡《れんらく》がきた。理学部の教授《きょうじゅ》として東北大学に移《うつ》ったらしく、博士課程《はくしかてい》も受け持つことになった。うちに来る気はないか、と誘《さそ》われた。

カナコが亡《な》くなってから、人にものを教えることにも前ほど喜《よろこ》びを感じなくなっていた。なにもかもがむなしく、力が湧《わ》いてこない。気力がないから面白い授業《じゅぎょう》もできず、生徒に学ぶ喜《よろこ》びを与《あた》えることもできない。

いっそもう一度研究室に戻《もど》るのもいいかもしれない。どうせいまからではたいした業績《ぎょうせき》をあげることはできないだろう。だが、ひとりでデータに向き合っている方がマシかもしれない。研究しているうちに時間が経《た》って、いつか悲しみが薄《うす》まるかもしれない。

週末、ひとりで仙台《せんだい》に向かった。大学に着き、研究室のドアを叩《たた》く。教授《きょうじゅ》は少し年をとり、髪《かみ》に白いものが増《ふ》えていたが、かわらず元気そうだった。

教授《きょうじゅ》は結婚式《けっこんしき》にも出てくれたし、カナコの死のことも知っていた。僕《ぼく》を心配してくれているのだろう。口には出さないけれど、思いは伝わって来た。

久《ひさ》しぶりに研究室に立つと、胸《むね》が高鳴った。院生時代に時間が巻《ま》き戻《もど》った気がした。そこからやり直す。もう一度思い切り研究し、論文《ろんぶん》を書く。一瞬《いっしゅん》、そんな夢《ゆめ》を見た。だが、高揚《こうよう》した気持ちで大学の外に出たとたん、現実《げんじつ》が舞《ま》い戻《もど》って来た。

そんなこと、無理に決まっているじゃないか。そうなったら弓子はどうするのだ。天文学の研究は夜遅《よるおそ》い。こちらに連れてきていっしょに暮《く》らすことはできない。そうしたらずっと両親を頼《たよ》り続けることになる。ふたりとももう高齢《こうれい》だ。それでいいわけがない。

仙台駅《せんだい》に向かうバスに揺《ゆ》られながら、東北の広い空を見あげた。ここの夜空はきれいだろうか。毎晩《まいばん》星と向き合っていれば、カナコと出会う前の自分に戻《もど》れるだろうか。

カナコはなんでいなくなってしまったのだろう。心にはいまもぽっかりと空洞《くうどう》が広がっている。もうその穴《あな》を満たすことなどできない気がした。東京に帰ったら教《きょう》授《じゅ》に断《ことわ》りの連絡《れんらく》を入れるしかない。バスを降《お》りるときにはそう思っていた。

切符《きっぷ》を買うために窓口《まどぐち》に向かう。何気なく路線図を見あげたとき、盛岡《もりおか》という文字が目にはいった。

盛岡《もりおか》。

カナコの生まれ育った町。

ぼんやりとその文字を見あげる。

——実家にはいい思い出がないけどね、盛岡《もりおか》の街はなつかしい、もう一度行っておけばよかった。

亡《な》くなる少し前、カナコはそう言っていた。

結婚《けっこん》したあと、ほんとは何度も言おうと思ったのだ。盛岡《もりおか》にいっしょに行きたい、と。カナコが生まれ育った場所を見てみたい。僕《ぼく》は盛岡《もりおか》に行ったことがない。宮沢《みやざわ》賢治《けんじ》の故郷《こきょう》である花巻《はなまき》も見てみたかった。カナコといっしょに歩きたかった。

だが、言えなかった。実家と折り合いの悪いカナコは、盛岡《もりおか》に行くのを避《さ》けているように見えたから。

だけどこんなことなら……。行っておけばよかった。ぐっと唇《くちびる》をかむ。

見に行ってやろうか。ふいにそう思った。

カナコの代わりに盛岡《もりおか》の町を見てやろう。

それで、逆向《ぎゃくむ》きの新幹線《しんかんせん》に乗った。

窓《まど》からぼんやり景色をながめた。低い雲が流れ、日が暮《く》れてゆく。カナコ、カナコ。心の中で名前を呼《よ》ぶ。少しずつカナコに近づいて行く気がした。

盛岡《もりおか》に着いたときは暗かった。駅の近くに宿を取り、外に出た。すでにほとんどの店が閉《し》まり、街は暗かった。もう宿に戻《もど》った方がいいか、と思いながら、なぜか足が止まらなかった。

さまようちに、カナコの短歌のなかに川が出てくるものがあったことを思い出した。どんな歌だったのか、はっきり思い出せない。でも、川が出てきたことはまちがいない。

北上川《きたかみ》と思いこんでいたが、駅でもらった地図を見ると、盛岡《もりおか》には川が三本あるらしい。北上川《きたかみ》、中津川《なかつ》、雫石川《しずくいし》。三本は街の近くで合流し、ひとつの流れになる。どの川かはっきりしないから、川の合流する場所に行くことにした。

地図を見ながら行くと、川が見える場所に出た。広く、ゆったりとして、水際《みずぎわ》まで草が生い茂《しげ》っている。

ああ、こんな場所だったんだ。カナコが育ったのは。僕《ぼく》にとって、カナコはずっと不思議な人だった。すごく近くにいるのに、心は遠くを飛んでいるみたいに見える。だが、そのとき、急にカナコのことが少しわかった気がした。

しゃがみこみ、両手で顔を覆《おお》った。

カナコ、どうしていなくなってしまったんだ。なんでもう会えないんだ。

カナコは意外とおっちょこちょいで、買い物に行っても必ずなにか買い忘《わす》れて帰ってきた。方向音痴《おんち》で、建物を出ると自信満々《じしんまんまん》に逆《ぎゃく》方向に歩き出す。よくぼうっと窓《まど》の外を見ていた。なにを見ているのか聞くと、雲、と答えた。

――雲ってきれいでしょう？　見ていて飽《あ》きない。

――そうかな。雲なんて水と氷の粒《つぶ》の塊《かたまり》じゃないか。

僕《ぼく》がそう言うと、わかってないな、と言った。

カナコはここで不遇《ふぐう》だったと言っていた。東京に出てきて、しあわせだったのだろうか。僕《ぼく》と結婚《けっこん》してしあわせだっただろうか。僕《ぼく》は星の話ばかりしていた。カナコの話をちゃんと聞いていただろうか。

大学時代のバンドの話をよくしていた。入院中、聡子《さとこ》さんは毎日のように見舞《みま》いに来てくれた。あれだけいい友だちもいたのだ。

それに、弓子といるカナコはしあわせだったはずだ。弓子と遊んでいるときのカナコの満面の笑みを思い出す。でも、幼《おさな》い弓子を残していかなければならなくなった。その苦しみを思うと胸《むね》がしめつけられ、はらはらと涙《なみだ》が出た。

——ねえ、ほんとうのさいわい、ってなんだと思う?

あのときの、カナコの言葉を思い出す。『銀河鉄道《ぎんがてつどう》の夜』に出てきた「ほんとうのさいわい」という言葉。

さあっと風が吹《ふ》いて、河原《かわら》のすすきがいっせいにゆれた。

「そうだ。おや、あの河原《かわら》は月夜だろうか。」

そっちを見ますと、青白く光る銀河《ぎんが》の岸に、銀いろの空のすすきが、もうまるでいちめん、風にさらさらさらさら、ゆられてうごいて、波を立てているのでした。

「月夜でないよ。銀河《ぎんが》だから光るんだよ。」

『銀河鉄道《ぎんがてつどう》の夜』の一節が頭をよぎり、見あげると、星が輝《かがや》きはじめていた。やっぱり東京の空とはちがうのだ。山の上ほどではないが、星がたくさん見え、色のちがいまでわかる。

星の色は星の表面の温度を表す。三千度ぐらいなら赤、六千度ぐらいなら黄色、二万度以上なら青。だがここで星の光を見ていると、そんなことはどうでもよくなってくる。

ああ、カナコとここを歩きたかった。そしたらカナコはどんな話をしただろう。ここで聞けば、カナコの話をもっと深く理解《りかい》できたかもしれない。カナコがいなくなったあとの空洞《くうどう》。手をのばしてももうなにもつかめない。


ところがいくら見ていても、そのそらはひる先生の云《い》ったような、がらんとした冷いとこだとは思われませんでした。それどころでなく、見れば見るほど、そこは小さな林や牧場やらある野原のように考えられて仕方なかったのです。


ほんとうだ。この夜空は野原のようだ。星が生きているみたいにぴかぴかまたたいて、音楽のようだ。にぎやかだなあ、と思う。賢治《けんじ》が見ていたのは、カナコが見ていたのは、こんな空だったのか。

星は生きている。人と同じように。生きて、光っている。燃《も》えている。生きるとは燃《も》えることだ。熱くて苦しくて、だから輝《かがや》いている。

星が燃《も》える。人も燃《も》える。

カナコが死んですぐ、母が弓子に、お母さんは星になったんだよ、と言ったことがある。僕《ぼく》は怒《おこ》った。弓子が幼《おさな》いからといって、そんななまやかしを言ってほしくなかった。カナコはカナコで、星は星だ。人は星になんてならないし、なれない。

なぜあんなひどいことを言ってしまったのだろう。母はただ、母親がいなくなったことを呑《の》みこめない弓子の気持ちをなんとかおさめようとしただけなのに。

いまならばわかる。母は正しかった。カナコは星になった、いや、最初から星だった。人も星だし、星も人だ。命を燃《も》やして輝《かがや》いている。

星は遠い。いま見えている光は何千年も前のもので、その星はもうないかもしれない。だがいまこうして見えているのだから、それはやはり「ある」と言えるのではないか。カナコの光もずっと年月が経《た》ってからどこかにたどり着くかもしれない。


ただひとり暗き宇宙《うちゅう》に浮《う》かびゐて柳《やなぎ》あをめる眼裏《まなうら》の川

そのとき急にカナコの歌がするりと頭に浮《う》かんできた。「柳《やなぎ》あをめる」は啄木《たくぼく》の「やはらかに柳《やなぎ》あをめる北上《きたかみ》の岸辺目に見ゆ泣けとごとくに」から引いたものだろう。

そうか、僕《ぼく》がこの歌の川を北上《きたかみ》川と思っていたのはそのせいだったのか。

カナコが亡《な》くなる少し前の歌だ。あのときカナコも暗い宇宙《うちゅう》にいたんだな。僕《ぼく》が暗い宇宙《うちゅう》にいるようだ、と感じていたのと同じときに。いや、ほんとに暗闇《くらやみ》にいたのはカナコの方だ。僕《ぼく》は安全な岸にいて、ただおろおろしていただけ。

——弓子はしあわせになれるかしら。わたしはいなくなってしまうけど、弓子はちゃんと生きていけるかしら。ねえ、お願い、弓子が怖《こわ》がったらそばにいてあげて。弓子が泣いたら頭をなでてあげて。

突然浮《とつぜんう》かんできたカナコの声に頬《ほほ》を叩《たた》かれたようだった。

いったいなにをやっているのだろう、僕《ぼく》は。

カナコがいなくなるのが怖《こわ》くて、いなくなってしまったことが呑《の》みこめなくて、縮《ちぢ》こまってしまっていた。

カナコが死んだとき、まちがいなく、僕《ぼく》も少し、死んだ。僕《ぼく》のなかの世界の一部が死んだ。だけど、弓子はどうなんだ。幼《おさな》い弓子にとって母の存在《そんざい》はもっと大きかったはずだ。世界の大部分を失ってしまったようなものじゃないか。

——いっしょに探《さが》しにいくことがほんとうのさいわいなんじゃないか、って。

あのときカナコはそう言った。

急にすべてがわかった気がした。なにが「ほんとうのさいわい」か正解《せいかい》を考えるんじゃない。「ほんとうのさいわい」をみなで探《さが》すこと。そう決意し、そのために生きること。それこそが「ほんとうのさいわい」なんだ。

弓子としあわせになる道を探《さが》す。それが僕《ぼく》の道だ。

研究室に戻《もど》ったからって、人生を巻《ま》き戻《もど》せるわけがない。そんなのは逃《に》げだ。僕《ぼく》はカナコといっしょにいた。弓子も生まれた。もうその前には戻《もど》れない。戻《もど》らなくていい。僕《ぼく》は弓子をしあわせにしなければならない。カナコをしあわせにしなければならない。たとえカナコがもういなくても。

宿に戻《もど》るとすぐ実家に電話して、弓子を引き取っていっしょに暮《く》らす、と告《つ》げた。母は驚《おどろ》いたようだったが、しばらく考えて、それがいいね、と言った。弓子にもゆっくり話してみるよ。きっと大丈夫《だいじょうぶ》。もう弓子も大きくなってお留守番《るすばん》もできるだろうし。とても賢《かしこ》くて強い子だから、と。

東京に帰ってから教授《きょうじゅ》にも連絡《れんらく》した。教授《きょうじゅ》も、それがいちばんだね、と言った。弓子が来ても困《こま》らないように、部屋を片《かた》づけはじめた。本を見ながら料理も作るようになった。

そうやって弓子がやってくる日を思うと、なぜか心がはなやいでくる。まだ小学校低学年なんでしょう、大丈夫《だいじょうぶ》ですか、と同僚《どうりょう》には心配されたけれど。

# 4

春休みになってすぐ、弓子とプラネタリウムに出かけた。以前カナコと三人で行った星空館《ほしぞらかん》というプラネタリウムだ。あのとき弓子は、星のついたキーホルダーをカナコに買ってもらってご機嫌《きげん》だった。

ここには、弓子が生まれる前にカナコとふたりで来たこともあった。いままで、カナコを思い出すから来たくなかった。だが今回は、カナコを思い出すために来た。カナコはいないのに、星空館《ほしぞらかん》はどこも変わっていなかった。

前の方の席に、弓子とならんで座《すわ》る。上映《じょうえい》が始まり、人工の空が広がった。

「ではみなさんは、そういうふうに川だと云《い》われたり、乳《ちち》の流れたあとだと云《い》われたりしていたこのぼんやりと白いものがほんとうは何かご承知《しょうち》ですか」

解説《かいせつ》の声が響《ひび》く。聞き覚えのある一節にはっとした。

「これは宮沢賢治《みやざわけんじ》の『銀河鉄道《ぎんがてつどう》の夜』の一節です。さて、皆《みな》さんはご存《ぞん》じですか。ここで川と呼《よ》ばれているものの正体はいったいなんでしょう?」

「星!」

となりから弓子の元気な声が聞こえた。会場に小さな笑い声が響《ひび》く。

「そうですね、星です。では今日は、この天《あま》の川《がわ》の話から始めましょう」

解説《かいせつ》の女性《じょせい》の澄《す》んだ声が響《ひび》き、天《あま》の川《がわ》の伝説の話がはじまる。

ドームの天井に星がまたたいている。

宇宙《うちゅう》は広い。宇宙《うちゅう》は暗い。ところどころ大きな火の玉のような星が浮《う》かび、皓々《こうこう》と闇《やみ》を照らす。命で照らす。

星も怖《こわ》い、暗闇《くらやみ》も怖《こわ》い。生きるのも、死ぬのも怖《こわ》いのと同じように。逃《に》げ場所なんかない。僕《ぼく》らはみんな宇宙《うちゅう》にただよって、輝《かがや》いている。燃《も》え尽《つ》きれば死ぬとわかって、輝《かがや》いている。それが生きることなんだ、と思った。

外に出ると、もう日が暮《く》れかかっていた。

「プラネタリウムはどうだった？」

歩きながら弓子に訊《き》く。

「とってもきれいだった」

「そうか、じゃあ、今度はほんとの星空を見に行こうか」

「ほんとの星空？　そんなの毎日見てるよ」

「いいや、ちがうんだ。山の上に行くとね、街で見てるのとは全然ちがう、ほんとの星空が見えるんだよ。星がいっぱいあって、天の川《あまのがわ》もくっきり見える」

「行きたい！」

弓子はぎゅっと両方の拳《こぶし》を固めてから、じっと考えこむような顔になる。

「でも……。天文学もおもしろそうだと思ったけど、わたしにはできないな」

「どうして？」

「わたしは印刷屋さんになりたいの。おじいちゃんちみたいな」

はじめて聞く話だった。弓子が大人になるころには、多分ああいう印刷所はもうなくなっているだろう。だとしても、なりたいものがあるのはいいことだ。

「なあ、弓子」

空を見ながら僕《ぼく》は言った。

「おばあちゃんからもう聞いただろう？　横浜《よこはま》の家でお父さんとふたりで暮《く》らす、っていう話」

弓子はなにも答えず、つないでいた僕《ぼく》の手をぎゅっと握《にぎ》った。

「弓子はそれでいいかな」

怖《こわ》くて弓子の方を見られなかった。もしかしたら、いやだと言うかもしれない。

おばあちゃんのところにいる、と言うかもしれない。

「いいよ。わかった」

弓子の小さな声が聞こえた。

「お父さん、おばあちゃんほど上手に料理を作れないかもしれないけど、それでもいいかな」

「大丈夫《だいじょうぶ》だよ。ちゃんとおばあちゃんから料理、習ったから」

そう言われて、思わず弓子の顔を見た。

「料理、習った?」

「うん。まあ、おばあちゃんと同じくらい、とは言えないけど……。自分のことはなんでもできるし、お留守《るす》番だってできる」

弓子がじっとこっちを見る。その目がカナコとよく似《に》ていた。きらきら光る星のようだと思った。

「もう二年生だもん。大丈夫《だいじょうぶ》だよ。お父さんには迷惑《めいわく》かけない」

「そうか。弓子はえらいな」

僕《ぼく》よりずっとえらいよ。

「でも、おじいちゃんとおばあちゃんがちょっと心配。わたしがいなくなっても大《だい》丈夫《じょうぶ》かな」

弓子が真剣《しんけん》な顔で言う。

「大丈夫《だいじょうぶ》だよ。おじいちゃんもおばあちゃんも大人なんだから」

「そうか」

弓子がうなずく。

空が深い緑がかった青になり、星がひとつ輝《かがや》きだす。

いつかは人も消える、星も消える。でもそれは、あったものがなくなるのではなくて、なかったものがまたなくなるだけなのだ。星と暗闇《くらやみ》。僕《ぼく》たちもまた本来は暗《くら》闇《やみ》だったものなのだから。

弓子と歩いている。カナコもいっしょだ。生きているか死んでいるかなんて関係ない。僕《ぼく》たちはいまもこうやって三人で歩いている。

輝《かがや》きながら、命を燃《も》やしながら。

ほんとうのさいわいに向かって、歩いている。

# 届かない手紙

1

窓《まど》からはいった日差しが床《ゆか》でちらちら揺《ゆ》れている。弓子ちゃんは階段《かいだん》に座《すわ》って、夢中《むちゅう》で本を読んでいる。

うちは川越《かわごえ》の街なかにある三日月堂《みかづきどう》という印刷屋だ。一階が工場で、夫とわたし、孫の弓子ちゃんは二階に住んでいる。

今日はわたしが手キンを使っているだけだからわりとしずかだが、いつもは大きな機械の音が鳴り響《ひび》いている。とても本を読めるような環境《かんきょう》ではないのに、弓子ちゃんはなぜかいつも階段《かいだん》の下から五段目《だんめ》くらいに座《すわ》って本を読む。

頼《たの》まれた名刺《めいし》を刷りながら、お昼はどうしようかなあ、と考えていた。

夫は、今日は出かけている。ここのお得意《とくい》さんで、夫の友人でもあった片山《かたやま》さんの墓参《はかまい》りなのだ。今年は七回忌《かいき》にあたるので、知人が集まって墓参《はかまい》りをしたあと、会食することになっていた。

友人、といっても、片山《かたやま》さんはわたしたちよりだいぶ若《わか》い。映画《えいが》に関する文章を書く仕事をしていて、とくに西部劇《せいぶげき》にくわしかった。それで、西部劇《せいぶげき》が好きな夫と話が合ったのだ。

ふだんは新聞や雑誌《ざっし》に映画評《えいがひょう》を書いたり、映画《えいが》のパンフレットに解説《かいせつ》を書いたりしていたのだが、それとは別に大学時代の友だちと西部劇専門《せいぶげきせんもん》の「ウェスタン」という同人誌《どうじんし》を作っていた。

本職《ほんしょく》の人たちが集まって書いているから質《しつ》が高い。出版社《しゅっぱんしゃ》から出ている雑誌《ざっし》より面白い。夫はよくそう言っていた。

とくに気に入っていたのが、片山《かたやま》さんが創刊《そうかん》当時から連載《れんさい》していた「我《われ》らの西部劇《せいぶげき》」というコラム。作品評《ひょう》と映画《えいが》に関する資料《しりょう》、それに片山《かたやま》さんの感想や批評《ひひょう》が一組になったもので、片山《かたやま》さんにとってはこのコラムがライフワークのようなものだったらしい。

何年か前、「我《われ》らの西部劇《せいぶげき》」を本にまとめよう、という話になった。ウェスタンの編集《へんしゅう》をしていた杉野《すぎの》さんが出版社《しゅっぱんしゃ》に企画《きかく》を持ちこんだりしていたようだが、なかなかうまくいかなかったようだ。

片山《かたやま》さんは、それなら私家版《しかばん》で、と言ったが、杉野《すぎの》さんがウェスタンの同人に声をかけ、みんなで資金《しきん》を出し合うことになった。同人のなかには出版《しゅっぱん》関係の人も多かったから、独自《どくじ》の経路《けいろ》で書店に卸《おろ》す算段《さんだん》もあった。

印刷は三日月堂《みかづきどう》で請《う》け負うことになった。うちにとっても久《ひさ》しぶりの本の仕事だったし、片山《かたやま》さんの書くものが大好きだったから、夫はとても張《は》り切っていた。本の仕事なんて、これが最後になるかもしれない、と言って。

だが、本の組版《くみはん》には時間がかかる。ほかの仕事もあるし、うちのような小さな印刷所ではそれだけにかかりっきりになるわけにはいかない。それで、連載《れんさい》が続いているあいだに、並行《へいこう》してむかしのものから活字を組んでいくことになった。ふだんの仕事が終わったあと、夫は夜ひとりで印刷所にこもり、片山《かたやま》さんの原稿《げんこう》を組んだ。

様子をのぞきに行くと、ああ、そうそう、とか、こんなのもあったなあ、というつぶやきが聞こえた。ときどきくすくす笑う声も聞こえた。組みながらむかしのことを思い出しているみたいだった。

どうやら片山《かたやま》さんは、連載《れんさい》を長男が大学を卒業するまで、と決めていたみたいだ。いつだったか、夫が留守《るす》だったとき、わたしにそんなことを言っていた。

――息子が大学を出るとき、自分もこの連載《れんさい》から卒業するつもりなんです。そうしたら今度こそ、世に問える仕事をしたいと思って。

そう言って笑っていた。

ところが、いよいよ最終回、というとき、片山《かたやま》さんは急死した。心臓《しんぞう》発作だったらしい。持病というわけでもなく、なんの前触《まえぶ》れもなかった。

組版《くみはん》はほとんど終わっていたし、あと少し組めば印刷できるところまできていた。だが、肝心《かんじん》の最終回の原稿《げんこう》がなくなってしまったのだ。杉野《すぎの》さんの話では、できあがってこれから送る、という連絡《れんらく》はあったらしい。だが、送られてこなかった。

未完のまま出そうか、という話も出たが、そのあと杉野《すぎの》さんが体調を崩《くず》したりしたこともあって、宙吊《ちゅうづ》りになってしまった。それで、組版《くみはん》代だけいただき、そのままになった。そのときの版《はん》は、いまもそのまま倉庫に眠《ねむ》っている。

夫はずいぶん落胆《らくたん》していた。亡《な》くなったとき、片山《かたやま》さんは四十九歳《さい》。まだまだ若《わか》かった。自分たちより若《わか》く、これからの人が亡《な》くなるというのは、やるせないものだ。

たぶん今日は夕食まで戻《もど》らないだろう。ウェスタンの人たちと積もる話もあるだろうから。

だから、お昼は弓子ちゃんとふたり。

弓子ちゃんとこうやってお昼を食べるのも今日で最後だし、好きなものを作ってやりたい。玉子焼き。鮭《さけ》も焼こう。きんぴらごぼうとなめこのお味噌汁《みそしる》。玉子焼きはこの前作り方を教えたから、いっしょに作ろうか。

弓子ちゃんを預《あず》かることになったのはカナコさんが入院したときだった。弓子ちゃんは昼間はうちの近くの保育園《ほいくえん》に通い、お見舞《みま》いにもわたしが連れて行った。やがてカナコさんが亡《な》くなったあとも、男手ひとつでは育児は無理と言って、弓子ちゃんはそのままうちにいた。

カナコさんが入院しているとき、お見舞《みま》いに行くたびにカナコさんは弓子ちゃんに小さな手紙を渡《わた》していた。折り紙の裏《うら》に文字を書き、チューリップの形に折られていた。

そのころの弓子ちゃんはまだ字が読めなかった。だからカナコさんが読んであげていた。家に帰ってからは、わたしが代わりに何度も読んだ。弓子ちゃんはその手紙を大事に全部箱に入れてしまっていた。

カナコさんが亡《な》くなったあとしばらくはなにもしゃべらず泣いてばかりいたけれど、あるとき箱を開けて手紙を見ながら、もう泣かない、と言った。

——もう泣かない。お母さんの手紙に、泣かないで、って書いてあったから。

口をぎゅっときつく結んで、保育園《ほいくえん》に行くようになった。毎日保育園《ほいくえん》まで歩いて送って行く。先生からはいつも、弓子ちゃんはしっかりしてますね、と言われた。

小学校にあがる前の正月の相撲《すもう》大会では決勝まで行って、学年でいちばん大きな男の子を負かして優勝《ゆうしょう》した。弓子ちゃんは背《せ》もそんなに大きい方ではなく、細っこかったのに、相手をじっと見て、絶対《ぜったい》負けない、という気迫《きはく》でいどんだ。

がっぷりと組んで、じりじりと土俵際《どひょうぎわ》まで押《お》されたが、ぐいっと身体《からだ》をひねった。男の子がバランスを崩《くず》し、倒《たお》れた。いっしょに見に行った夫が手をグーにして、やった、と言って立ちあがった。弓子ちゃんはちょっとぼうっとしてからうわあっと泣き出して、わたしのところに走って来て抱《だ》きついた。

小学校にあがってからも、学校公開に行くと、弓子ちゃんはいつも元気よく手をあげていた。おしゃべりではないが、負けず嫌《ぎら》い。凝《こ》り性《しょう》でちょっと頑固《がんこ》。そんな弓子ちゃんとの日々《ひび》があたりまえになっていた。

だが、わたしが肩《かた》と腰《こし》を痛《いた》め、だんだんそれも厳《きび》しくなってきた。修平《しゅうへい》もなにか思うところがあったのか、弓子ちゃんとふたりで暮《く》らすと決めた。

転校するなら学年の変わり目の方がいい。それで弓子ちゃんが一年生から二年生にあがるこの春休み、引っ越《こ》しすることになったのだ。今日の夜、修平《しゅうへい》が迎《むか》えにやってきて一晩泊《ひとばんと》まり、明日の朝、弓子ちゃんを連れていく。

修平《しゅうへい》の家は横浜《よこはま》だから、来ようと思えばいつでも来られる。修平《しゅうへい》は天体観測《かんそく》のためにしょっちゅう遠くの天文台に行っているから、きっとそのときは弓子ちゃんはうちに泊《と》まりに来るのだろう。それでもここで暮《く》らすのは今日限《かぎ》りだと思うと、少しさびしかった。

2

刷りあがった名刺《めいし》を右手で外し、あたらしい紙を置く。左手でレバーをさげる。そのくりかえし。

いまは電動の小型《こがた》自動印刷機が故障《こしょう》していて使えない。納期《のうき》が明日の名刺《めいし》がいくつかあるが、どれも小ロットなので手動の手《て》キンで刷ってしまうことにしたのだ。手《て》キンのレバーは重い。肩《かた》と腰《こし》を痛《いた》めてからは、いっぺんにたくさんは刷れなくなった。まだもう少し刷らなければならないけれど、そろそろ休もう。

「ごはん作るよ」

階段《かいだん》に座《すわ》った弓子ちゃんに声をかける。返事がない。本の世界にすっかりはいりこんでしまっている。

「なに読んでるの?」

弓子ちゃんのすぐ前まで行って、本をのぞきこんだ。『エルマーとりゅう』。学校の図書室の本だ。このあいだ『エルマーのぼうけん』を読んで、すごくおもしろかったと言っていた。さっそく続編《ぞくへん》を借りて来たのだろう。

「面白い？」

「すっごく面白い」

弓子ちゃんは顔をあげる。

「でも、そろそろお昼だからね。ごはん作ろう」

弓子ちゃんは名残惜《なごりお》しそうに本を閉《と》じる。

「ごはん、なに？」

「鮭《さけ》焼いて、おばあちゃんはきんぴらごぼうとお味噌汁《みそしる》を作るから、弓子ちゃんは玉子焼き作って」

「玉子焼き？　わかった」

弓子ちゃんはぱっと立ちあがった。

この前、夕飯の支度《したく》をしていたとき弓子ちゃんがやってきて、不安そうに「お父さん、玉子焼き作れるかなあ」と言った。

弓子ちゃんは玉子焼きが大好きだった。もうすぐ修平《しゅうへい》とふたりで暮《く》らすことになるが、ここにいたころの修平《しゅうへい》は料理なんてひとつもできなかった。ひとり暮《ぐ》らしが続いて、料理もずいぶんできるようになった、とは言っていたが、弓子ちゃんはあまり信用していないみたいだ。

——そうねえ。料理もずいぶん練習したって言ってたし、きっとできるよ。

——でも、おばあちゃんのほどはおいしくないよね。

——それはどうかなあ。じゃあ、お父さんがここに来たとき、作り方教えとこうか。

——うーん……。

弓子ちゃんは目を少し閉《と》じ、なにか考えている。

——じゃあ、おばあちゃん、わたしに教えて。

——えっ?

——できるよ。いつもちゃんとお手伝いしてるでしょ。野菜だって切れるし、卵《たまご》も割《わ》れる。玉子焼き、できるよ。おばあちゃんが作るところ、いつも見てるから。

できないとこの先困《こま》ることもあるだろう、と包丁の使い方、お湯の沸《わ》かし方、ご飯の炊《た》き方くらいは教えて、簡単《かんたん》なお味噌汁《みそしる》くらいは作れるようになっている。玉子焼きは油を使うからまだ教えてなかったけれど、もう大丈夫《だいじょうぶ》かもしれない。

それで、いっしょに作ったのだ。ほんとうによく見ているものだ、と感心した。卵《たまご》を割《わ》って、調味料を入れてかき混《ま》ぜて、とほとんど教えなくても、ひとりで作ることができた。火を使うときはそばについているが、最初から最後まで全部ひとりでできる。

――玉子焼きさえ作れれば安心。まだおばあちゃんのほどきれいじゃないけど。

弓子ちゃんは満足して、それからもときどき玉子焼きを作っている。

今日は少し焦《こ》げてしまったけれど、味はまずまずで、上出来だった。


ふたりで向かい合って、ごはんを食べた。弓子ちゃんは楽しそうに、読んでいた本の話をする。鮭《さけ》もきんぴらごぼうも玉子焼きもお味噌汁《みそしる》も、残さず全部食べた。

「ねえ、おばあちゃん」

お箸《はし》を置いて、弓子ちゃんが言った。

「なに?」

「このあと、おばあちゃんのお手伝いしてもいい?」

「お手伝い?」

「うん。印刷の……。ちょっとだけ……」

最後の方が少しもごもごとする。夫からは弓子ちゃんをあまり印刷所に入れないように言われている。機械も危《あぶ》ないし、せっかく組んだ活字を落とされたり、活字の棚《たな》をめちゃくちゃにされたらかなわない、と言う。

自分も小さいころ好奇心《こうきしん》で棚《たな》から活字を取り出したことがあるらしい。返す場所がわからなくなって、見つかったら怒《おこ》られると思って適当《てきとう》な棚《たな》に戻《もど》した。それでひどく叱《し》られた。悪気がなくても、活字の場所が変わってしまうと文選《ぶんせん》のときまちがえてしまう。

そういえば息子の修平《しゅうへい》も子どものころ同じことをしていた。そのたびに夫に怒鳴《どな》られていた。夫は職人気質《しょくにんかたぎ》で、根には持ったりしないが、怒鳴《どな》る。手が出る。修平《しゅうへい》が印刷所の仕事を継《つ》がなかったのは、ああやってしょっちゅう怒鳴《どな》られていたからかもしれない。

本が好きな弓子ちゃんは、前からずっとうちの印刷の仕事に興味《きょうみ》を持っていた。活字がぎっしり詰《つ》まった棚《たな》をながめながら、これをならべて刷ったら本ができるんだよねえ、と目を輝《かがや》かせていた。

だが、夫がいるときには印刷所にはいれない。それでも夫の機嫌《きげん》が良いときは、そばに立って夫が活字を組むのを見ていた。時間に余裕《よゆう》があるときは、文選《ぶんせん》を手伝わせてもらったこともあった。

カナコさんが作った折り紙の手紙のおかげだろう、弓子ちゃんは字を覚えるのが早かった。小学校にあがる前にひらがなはもちろん漢字もだいぶ読めるようになり、絵本ならたいていひとりで読むことができた。

小学生になると図書室の本を借りて、どんどん厚《あつ》い本を読めるようになった。大人になったら印刷屋さんになって、本を作ってみたいと言っている。

——弓子が大人になるころには、うちみたいな印刷屋さんはなくなってるかもしれないよ。

夫は笑って言った。

「今日はね、おじいちゃん、帰りが遅《おそ》いし、ちょっと手伝ってもらおうかな」

そう答えると、弓子ちゃんの顔がぱっと輝《かがや》く。

「ほんと？　じゃあ、すぐに手伝う。本は終わったあと読む。おばあちゃん、肩痛《かたいた》いもんね。わたし、けっこう力持ちなんだよ。友だちだっておんぶできるし。じゃあ早くお皿片《かた》づけよう」

弓子ちゃんは元気よく立ちあがり、流しに皿を運んだ。

よほどうれしかったのだろう。片《かた》づけが終わると、弓子ちゃんは張《は》り切って工場にはいって来た。

「いまは名刺《めいし》を印刷してるんだよ」

「うん、わかった」

手《て》キンには動力はない。上にある円盤《えんばん》に出したインキをローラーで練り、そのインキを下にセットした版《はん》につけ、反対側に置いた紙を押《お》しつける。インキを練るのも紙に押《お》しつけるのも、機械の左側のレバーを上下して行う。そうして刷り終わった紙を外し、新しい紙を載《の》せる。

じゅうぶんに力があれば、左手でレバーを上下、右手で紙の交換《こうかん》を行うという形で、休みなく作業を進めることができる。だが、最近はあまり左肩《ひだりかた》があがらない。といっても、納期《のうき》は明日だからそうそう休んでもいられない。

「なにすればいいの？　レバーおろす？」

弓子ちゃんが訊《き》いてくる。

「うーん、それはまだちょっと力が足りないかなあ」

くすっと笑った。

「できるよ」

弓子ちゃんが重いレバーを両手で握《にぎ》り、ぐいっとさげる。

「ほら」

たしかにちゃんとさがっている。渾身《こんしん》の力で、腕《うで》がぶるぶるふるえている。

「ちょっとならいいけど、まだだいぶたくさん刷らないといけないからね。弓子ちゃんだと疲《つか》れちゃうかな。だから、レバーさげるのはおばあちゃんがやる」

「でも、肩痛《かたいた》いんでしょ」

「左肩《ひだりかた》はね。でも、両手でおろせば大丈夫《だいじょうぶ》。だけど、レバーを両手でさげてると、右手が使えないでしょ？　紙を交換《こうかん》するために毎回レバーから手を離《はな》さなくちゃいけない。そうすると時間がかかっちゃうんだ。だから弓子ちゃんには、紙の交換《こうかん》をしてもらいたいの」

「うん、わかった」

弓子ちゃんがつぶらな瞳《ひとみ》でこっちを見る。カナコさんに似《に》てきたなあ、と思う。

「刷り終わった紙を外して、こっちにある新しい紙を同じ場所に置く。ぴたっとはまるようにテープで位置決めしてあるからね。曲がらないように置くんだよ。刷り終わった紙はインキが乾《かわ》いてないからね、文字にさわらないようにして、このスタンドに一枚《まい》ずつ立てる」

「大丈夫《だいじょうぶ》だよ。いつもおばあちゃんがやってるの見てるから。ちゃんとできる」

「これはお仕事で頼《たの》まれたものだから、落としちゃダメだよ。角が折れたり、汚《よご》れちゃったりしたら使えなくなっちゃう。急がなくていいから、落ち着いて、ていねいにね」

慣《な》れない子どもの手だと、紙を取り出すのも、刷りあがった紙をスタンドに立てるのも、少し時間がかかるだろう。でも、夕方までにあと数百枚《まい》刷るだけだ。そんなにあせらなくてもいい。それに作業がゆっくりの方が肩《かた》も辛《つら》くないだろう。

「じゃあはじめよう」

レバーを上下してインキを練る。それからさらにおろして版《はん》につけた。

「一枚《まい》置いて」

「はい」

弓子ちゃんが紙を置く。落とさないように、ずれないようにていねいに。

「上手だね。じゃあ、刷るよ」

ぐいっと両手でレバーをさげた。下まで行って、レバーを戻《もど》す。版《はん》が離《はな》れるとすぐに弓子ちゃんは紙をのぞきこんだ。

「刷れた、刷れた」

弓子ちゃんが紙を外す。ほおっと息をつくと、目を紙に近づけ、じいっと文字を見ている。その仕草がなんとなく夫に似《に》ていて、ちょっと笑いそうになる。

「うん、きれいだね、合格《ごうかく》。じゃあ、スタンドに立てて」

「はい」

弓子ちゃんは刷りあがった紙をスタンドに立てると、あたらしい紙を取り出した。

弓子ちゃんははじめのうちは作業に時間がかかっていたが、だんだん慣《な》れて、リズムよく仕事ができるようになってきた。

自分が紙を置くところで「紙替《か》えて」と言い、わたしがレバーをおろすと「ぎゅー」と言う。「紙替《か》えてぎゅー」とふたりで歌うように口ずさんでいると、あっという間に仕事が進み、考えていたより早く名刺《めいし》は刷り終わった。ちょうど三時だ。

「じゃあ、おやつにしよう」

「やったー！　おなかすいたー！」

「今日はよく働いたからね、特別なおやつにしよう」

「そんなのあるの？」

「あるんだよ」

タネをあかせば、今日が最後だと思って、昨日こっそり弓子ちゃんの好きなカステラを買っておいたのだ。

「ちゃんと手を洗《あら》わないとね」

いっしょに洗面所《せんめんじょ》に行き、よく手を洗《あら》う。二階にあがり、お湯を沸《わ》かしてお茶を入れ、戸棚《とだな》からカステラを出した。

「じゃーん」

机《つくえ》にカステラの箱を置く。

「カステラだ！」

弓子ちゃんが飛びあがる。

「たくさん働いてくれたからね」

カステラに包丁を入れる。

「どんくらい？」

「こんくらい」

弓子ちゃんが指で切る場所を指した。

「ずいぶん太いね。食べられる？」

「食べられるよ。だってたくさん働いたもん」

弓子ちゃんが胸《むね》を張《は》る。お皿においたカステラをじっと見つめ、手にしたフォークで切る。かなり大きいひとかけを口に運んで、がんばって口を開けた。

「おいしい！」

弓子ちゃんが手でほっぺを包む。

いいなあ、と思う。

弓子ちゃんにはまだまだ出会っていないおいしいもの、あたらしいものがたくさんあるんだ。これからそれに出会っていく弓子ちゃんをずっと見ていることはできないけれど、いまのこの顔を見られただけで、すごくしあわせだ。

いっしょに暮《く》らしたあいだのいろいろなことが頭をよぎる。保育園《ほいくえん》の行き帰り。みんなで川越《かわごえ》まつりに行ったこと。赤間《あかま》川の川沿《かわぞ》いを散歩したこと。

クレアモールにある丸広《まるひろ》百貨店の屋上遊園地「わんぱくランド」も大好きで、何度も行ったっけ。小さな観覧車《かんらんしゃ》「わんぱくホイール」に、てんとう虫の形のモノレール。園内を駆《か》けまわり、目をきらきらさせてのりものに乗る弓子ちゃんはほんとにかわいかった。

カナコさんに見せたい。大きくなって、いろんなものと出会っていく弓子ちゃんを見せたい。そんな気持ちになって、カステラを一生懸命《いっしょうけんめい》食べている弓子ちゃんの頭を見た。てっぺんにつむじがふたつならんでいる。

「ねえ、弓子ちゃん」

「うん？」

弓子ちゃんが顔をあげた。

「弓子ちゃんのおかげでね、お仕事ちょっと早く終わったの。だから残った時間で、弓子ちゃんへのプレゼントを作ろうかな、って思ったんだけど」

「プレゼント？　なに？」

「弓子ちゃん、印刷所でなにか作ってみない？　お手伝いじゃなくてね、なにか弓子ちゃんのもの。名刺《めいし》でもいいし、栞《しおり》でもいいよ」

「ほんと？　じゃあ、レターセットがいい」

弓子ちゃんが身を乗り出して言う。

「レターセット？」

「うん。三日月堂《みかづきどう》のマークのはいったレターセット。お客さんの名前のはいってるやつ。わたしの名前がはいってるのを作りたいんだ」

名入れレターセットは三日月堂《みかづきどう》の人気商品だった。便箋《びんせん》と封筒《ふうとう》に好きな色のインキで持ち主の名前を入れ、三日月に烏《からす》がとまった三日月堂《みかづきどう》のマークがはいる。自分用に作る人もいれば、贈《おく》り物にする人もいた。

「レターセットか。そうだね、弓子ちゃんももうお手紙書けるもんね。じゃあ、それにしようか」

栞《しおり》やカードなら余《あま》り紙でできるが、レターセットはそうはいかない。商品用の紙と封筒《ふうとう》を使うことになる。でも最後なんだし、夫も許《ゆる》してくれるだろう。

「やったー」

弓子ちゃんはうれしそうだ。

「じゃあ、ここ片《かた》づけたら作ろうか。名前、どうする？　ひらがなにする？」

弓子ちゃんの名前「月野《つきの》弓子」のうち、「月」と「子」は一年生で習った。漢字ノートで練習していたのを見たことがある。でも、「野」と「弓」はまだのはず。

「なんで？　わたし、自分の名前、全部漢字で書けるよ。活字だって探《さが》せる」

弓子ちゃんは、机《つくえ》の上に指で字を書いた。

「ごめん、ごめん、そうだよね。弓子ちゃん、本、たくさん読んでるもんね」

あわててそう言った。


活字の棚《たな》は、部首ごとに画数順に文字がならんでいる。漢和辞典と同じだ。

「レターセットに使う文字はこの大きさなんだよ」

九ポイントの活字の棚《たな》の前に立ち、弓子ちゃんに言った。

「小さいね」

九ポイントの活字は、縦横《たてよこ》三ミリちょっと。印刷された文字としてならんでいるとあまり小ささを感じないが、活字で見ると細い。

「ここから探《さが》せるかなあ。漢字には部首っていうものがあるの。似《に》た形の字が集まってグループになってる」

活字の棚《たな》を指しながら、弓子ちゃんに説明する。

「ほら、こんなふうに」

棚《たな》に書かれたにんべんの文字、さんずいの文字などを指しながら言った。

「うん……」

弓子ちゃんがうなずく。

「グループに共通する形がそのグループの代表で、代表の画数でならび順が決まってるのね。でもって、グループのなかで、画数が少ないものからならんでる」

弓子ちゃんが首をかしげた。

「ああ、わかった！」

どう説明したらいいか考えていると、字をながめていた弓子ちゃんが言った。

「『月』も『弓』も『子』もこれ以上分けられない。グループの代表の形だよね。

それぞれに画数があるから……。『月』は四でしょう?」

宙《ちゅう》に字を書きながら言う。

「うん。ええと、じゃあ、『弓』も四?」

弓子ちゃんも宙《ちゅう》に字を書き、自信なさそうに言った。読めるけれど、習っていない字だから、書き順まではわからないのだろう。

「残念。『弓』は三画。『子』は?」

「三……かな?」

「そう。『野』だけは『里』の仲間だね。『里』は……」

「七画」

「うん、そう。じゃあ、探《さが》せる?」

「やってみる」

文選《ぶんせん》箱を持ってきて、弓子ちゃんに渡《わた》す。弓子ちゃんは文選《ぶんせん》箱を片手《かたて》に持ち、棚《たな》を端《はし》からずっとながめ、うーん、うーん、と言いながら、字を探《さが》している。

そのあいだにわたしはレターセット用の罫線《けいせん》のはいった組版《くみはん》の準備《じゅんび》をすることにした。しょっちゅう作るものなので、名前の字だけ入れ替《か》えればいいようにセットしてある。

「あ、あった」

弓子ちゃんの声がする。

「おばあちゃん、『子』、あったよ」

弓子ちゃんが活字を一本取り、文選箱《ぶんせんばこ》に入れる。ことっというかすかな音がした。

「『弓』もあった」

意外に早く字を見つけている。「野」だけ少し時間がかかったが、ほどなく四つの活字を文選箱《ぶんせんばこ》に入れて持ってきた。

「よくできたね。そしたらね、ここにはめこむんだよ」

名前の場所に弓子ちゃんの持ってきた活字を入れる。

「すごいよねえ、ぎっしり詰《つ》まってる。文字じゃないのがいっぱいだね」

弓子ちゃんが版《はん》を見ながら言う。

「そうだね、文字がないところには隙間《すきま》用の込《こ》めものを入れなくちゃならない」

チェースのネジを締《し》めながら答えた。

「弓子ちゃんの名前はね、お父さんとお母さん、おじいちゃんとおばあちゃん、みんなで考えたんだよ」

「そうなの？」

「最初に弓子って言ったのはお母さんだった。『思いを遠くまで届《とど》けられる人』っていう意味なんだって」

「ふうん」

「そしたら、おじいちゃんが『すごくいい』って言い出して。弓って、三日月と形が似《に》てるでしょ？」

「そうか、『三日月堂《みかづきどう》』だから？」

弓子ちゃんが笑った。

「そうそう。三日月堂《みかづきどう》だから」

チェースを持ちあげながら言った。

「重そうだね」

弓子ちゃんが心配そうに言う。

「重いよ。でも、大丈夫《だいじょうぶ》。慣《な》れてるから」

よっこらしょ、と言いながら、手《て》キンにチェースをはめこんだ。さっき名刺《めいし》を刷っていたときの目印を外し、レターセットの便箋《びんせん》用の目印に換《か》える。紙の厚《あつ》さを考え、印圧《いんあつ》も調整した。

「紙はどうしようか。色が何種類かあるんだよ」

弓子ちゃんの前に見本をならべる。

「そうだなあ、やっぱり、真っ白がいいかなあ」

弓子ちゃんが白い紙を選んだ。

「じゃあ、インキの色はどうしようか」

「うーんと、どうしようかなあ」

弓子ちゃんが首をかしげる。

「じゃあね、紺色《こんいろ》」

「紺色《こんいろ》？」

「うん。夜の空の色。名字が『月野』だし、『三日月堂《みかづきどう》』だから」

弓子ちゃんは考えながら言う。紺色《こんいろ》とは渋《しぶ》い選択《せんたく》だ。小さいからピンクとか水色みたいなかわいい色を選ぶと思っていたのに。

「わかった。紺色《こんいろ》だね」

紺《こん》のインキを出し、へらで円盤《えんばん》に置いた。

「じゃあ、刷ってみようか。やり方はさっきと同じだよ。まずは試し刷り」

ヤレを置き、インキを練ってから、レバーをぎゅっとおろす。紺色《こんいろ》の名前と罫線《けいせん》が白い紙に浮《う》きあがる。

「すごい。できた。わたしの便箋《びんせん》」

弓子ちゃんが目を丸くする。

「この色でいい？」

「うん」

大きくうなずく弓子ちゃんの横からルーペで覗《のぞ》きこむ。『野』の字に少し欠けがある。弓子ちゃんに言って、もうひとつ『野』の字を拾ってもらう。いったんチェースを外し、あたらしい字に取りかえて、もう一度刷る。

今度はきれいだ。

「じゃあ、本番、刷るからね。弓子ちゃん、お手伝いしてね」

「わかった」

弓子ちゃんはあたらしい紙を持ち、印刷機にセットした。

3

便箋《びんせん》を十枚《まい》、封筒《ふうとう》を五枚《まい》。刷り終わると六時近かった。弓子ちゃんは自分で作った便箋《びんせん》と封筒《ふうとう》をうれしそうに何度もながめている。

夫もうすぐ帰ってくるだろうし、今日は修平《しゅうへい》も来て、いっしょにごはんを食べるのだ。買い物はすんでいるし、下ごしらえもしてあるけれど、急いで支度《したく》しなければ。

「弓子ちゃん、インキ、まだ乾《かわ》かないから、もうちょっとそのままにしておこう。手を洗《あら》って、夕飯の支度《したく》、手伝ってね。超特急《ちょうとっきゅう》でしないと」

「わかった」

弓子ちゃんはあわてて洗面所《せんめんじょ》に行った。わたしも手を洗《あら》い、二階にあがる。米を研ぎ、味噌汁《みそしる》の出汁《だし》を取る。胡麻和《ごまあ》えを作るためにほうれん草をゆで、たけのこと豚肉《ぶたにく》とワカメを煮《に》る。弓子ちゃんに味噌汁《みそしる》の具の油揚《あぶらあ》げを切ってもらった。

こういうのも今日限《かぎ》り。明日弓子ちゃんが行ってしまったら、夫とふたりのしずかな生活になる。

だんだん身体《からだ》もきかなくなって、この先弓子ちゃんの面倒《めんどう》を見るだけの自信はなかった。でも、ここまで大きくなるあいだ、少しは役に立つことができた。

「ねえ、おばあちゃん」

弓子ちゃんがこっちを見る。

「なに？」

「わたし、玉子焼き作ってもいいかな?」

「え、いいよ。でも、どうして?」

「お父さんに見せるの。玉子焼き作れる、って言っても、お父さん、信用してくれないかもしれないでしょ。だから、作って見せるの」

「わかった。いいよ。ちゃんと言ってあげるよ、弓子ちゃんが作ったんだ、って」

そう答えると、弓子ちゃんは満足そうに笑った。

弓子ちゃんの玉子焼きが上手に焼きあがり、おかずも味噌《みそしる》汁もできて、ごはんが炊《た》きあがったとき、夫と修平《しゅうへい》がいっしょに帰ってきた。駅から歩いてくる途中《とちゅう》でいっしょになったらしい。

作ってあったふきの煮物《にもの》も出し、食卓《しょくたく》についた。たけのこの煮物《にもの》を見た修平《しゅうへい》が、久《ひさ》しぶりだなあ、とうれしそうに言った。

「そしてこのお味噌汁《みそしる》と玉子焼きは、わたしが作りました」

弓子ちゃんが立ちあがり、えっへん、と胸《むね》を張《は》る。

「ほんとか?」

修平《しゅうへい》が目を丸くした。

みんないっしょの食卓《しょくたく》がうれしかったのだろう。弓子ちゃんは楽しそうに笑い、たくさんしゃべった。風呂《ふろ》のあともしばらくみんなでなごんだ。ふだん無口な夫まで、今日はよく笑った。

修平《しゅうへい》、変わったな。あかるく、前向きになった。カナコさんが亡《な》くなって数年、ずっと魂《たましい》が抜《ぬ》けたようになっていたけど、いまはちがう。悲しみが消えたわけではないだろう。強くなったのだ。なにかをおだやかに受けとめ、次に進もうとしているように見えた。

夫は片山《かたやま》さんのことを少し話した。墓参《はかまい》りにはたくさんの人が集まったらしい。

「やっぱりいつか「我《われ》らの西部劇《せいぶげき》」を本にしたいなあ」

ぽつんとそう言って、お酒を飲んだ。

朝型《あさがた》の夫が早々《そうそう》に床《ゆか》につくと、修平《しゅうへい》も仕事と引っ越《こ》し準備《じゅんび》で疲《つか》れているのか、部屋にはいってしまった。明日は弓子ちゃんを送り出さなければならない。あわてて片《かた》づけものをする。いつのまにか弓子ちゃんの姿《すがた》もない。

もう眠《ねむ》ってしまったのかな。今日はおばあちゃんと寝《ね》る、って言ってたけど。

戸締《とじ》まりを確認《かくにん》するために一階の工場におりようとして、下に電気がついているのに気づいた。消し忘《わす》れてた、と思ったとき、なにかが動いているのに気づいた。

「弓子ちゃん」

ここにいたのか、と思いながら声をかける。弓子ちゃんはさっき印刷したレターセットをじっと見ていた。

「これ、もう大丈夫《だいじょうぶ》かな。乾《かわ》いたかな」

「うーん、そうだなあ。もうさわっても手にはつかないと思うけど、完全に乾《かわ》いてないかもしれないから、あんまりこすらない方がいいよ」

「そうか……」

弓子ちゃんは残念そうにレターセットを見た。

「明日の朝には乾《かわ》いてるから、ちゃんと箱に入れてあげるよ」

「うん。そうだね」

弓子ちゃんはまだ少し心残りがあるみたいだ。

「どうかしたの？」

「ううん。なんでもない。ただ、お手紙書こうと思ったの。おじいちゃんとおばあちゃんに、ありがとう、って」

弓子ちゃんの言葉に、なにも言えなくなる。

「それはね、いいよ。せっかくのレターセットだから、もったいないよ。おじいちゃんやおばあちゃんじゃない人に書こう。特別なときに」

「でも、おばあちゃんたちとお別れだから……」

弓子ちゃんが下を向いて、唇《くちびる》を噛《か》む。お父さんのことは大好きだけど、あたらしい暮《く》らしには不安もあるのだろう。

「じゃあ、横浜《よこはま》に行ってから書こう。手紙は会えないときに書くものだから」

弓子ちゃんの前にかがんで、目の高さを合わせる。

「そうなの？」

弓子ちゃんがじっとこっちを見た。

「さっき、おばあちゃん、言ってたよね。弓子、って名前、思いが遠くに届《とど》くように、って意味だって」

「そうだよ」

「遠く、ってどこまでかな？　でも、お母さんのとこには……届《とど》かないよね」

弓子ちゃんがうつむく。胸《むね》がぎゅっと締《し》めつけられた。

「お母さんにも手紙書きたい。いっぱい伝えたいことがあるんだよ。玉子焼き作れるようになったこととか、このレターセット、自分で刷りましたよ、とか。でも、書いても届《とど》かないから……」

「あのね、弓子ちゃん」

弓子ちゃんの目をじっと見る。

「届《とど》かない手紙でも、書いていいんだよ」

「そうなの？」

弓子ちゃんがびっくりしたようにわたしを見た。

「わたしもときどき書いてるよ。死んじゃったお母さんとかおばあちゃんに。それに、ときどき話しかける。今日の煮物《にもの》はうまくできましたよ、とか、今日は夕焼けがきれいでしたよ、とか。届《とど》かないかもしれないけど、届《とど》いてるかもしれない。それに、きっとそれは大事なことなんだよ」

「じゃあ、この便箋《びんせん》、使っていい？」

「いいよ」

弓子ちゃんが大きく息を吸《す》う。目に涙《なみだ》がたまっているが、泣かなかった。

「じゃあ、もう寝《ね》ようね。明日は忙《いそが》しくなるからね」

弓子ちゃんがうなずく。電気を消して、いっしょに階段《かいだん》をのぼった。

朝起きると、夫はもういなかった。居間《いま》にも台所にもいない。印刷所から音がした。もう起きて仕事しているのかな、と思いながら下におりた。夫は机《つくえ》に座《すわ》って、紙をそろえ、箱に入れている。

「ああ、それ……」

夫が手にしているのが弓子ちゃんのレターセットだと気づいた。

「作ったのか」

こちらを見ずに訊《き》いてきた。

「昨日、たくさんお手伝いしてくれたから。いっしょに作ったんです。弓子ちゃんが活字を拾って、いっしょに刷りました」

「そうか」

「勝手に、ごめんなさい」

「いいさ。お前は弓子に甘《あま》いなあ」

夫が微笑《ほほえ》み、ふっと息をつく。弓子ちゃんと暮《く》らしているあいだ、何度も同じことを言われた。

「でも、あんな小さいときにお母さんを亡《な》くしたんですよ。だからこそ人より苦労する、甘《あま》やかさない方がいい、って言いたいのかもしれませんけど……」

人一倍、ちゃんとするようにしなければいけない。いつもそう言われていた。

「たまにはいいよ。人には優《やさ》しくされた記憶《きおく》が必要だ」

夫がぼそっと言った。

「お前はよくやってた。このレターセットもよくできてる。いい色だな」

「弓子ちゃんが選んだんです、紺色《こんいろ》」

「そうか」

夫が息をつき、レターセットをながめた。

「さびしくなるな」

そう言って、印刷された名前をなでる。

月野弓子。

紺色《こんいろ》の文字。

「弓子ちゃん、このレターセットでお母さんに手紙書きたい、って。届《とど》かない手紙でも書いていいか、って」

「そうか」

ひっそりとつぶやいて、天井をながめる。

「届《とど》かない手紙。書いてもいいのかもしれないな」

ひとりごとのように言うと、倉庫の方を見た。あそこには片山《かたやま》さんの版《はん》が眠《ねむ》っている。

「そうそう、弓子ちゃん、印刷屋さんになりたい、って言ってましたよ。昨日もすごく楽しそうでした」

「じゃあ、大きくなったらバイトに来てもらおうか」

夫はちょっと笑った。

二階からガタガタ音がする。弓子ちゃんか修平《しゅうへい》か。

「さあ、朝ごはんにしよう」

夫がレターセットの箱を持って階段《かいだん》をのぼり、わたしもあとを追った。

# ひこうき雲

# 1

商店街に古い歌が流れていた。七十年代のフォークソング。かぐや姫《ひめ》の「神田《かんだ》川《がわ》」、イルカの「なごり雪」、チューリップの「心の旅」、ガロの「学生街の喫茶店《きっさてん》」、風の「22才の別れ」。

両手に荷物をぶらさげていて、耳をふさごうにもふさげない。音からのがれたいと思いながら、曲を聞くうちに涙《なみだ》がこぼれそうになった。

人生は選択《せんたく》の連続だ。選んだもの、選ぶしかなかったもの。どういう事情《じじょう》であれ、日々《ひび》なにかを選び、生きていかなければならない。そのたびに選ばなかったものが背中《せなか》にまとわりつき、重くなっていく。

夢《ゆめ》が大きければ大きいほど、選ばなかった、選べなかったものも大きくなる。夢《ゆめ》ばかり見ていたころから遠く離《はな》れて、選ばなかった、選べなかったものだけがふくらんで、それを背負《せお》って歩いている。

曲がとまり、少し間があく。次の曲の前奏《ぜんそう》が聞こえてきたとき、ああ、もうダメだ、と思った。荒井由実《あらいゆみ》の「ひこうき雲」。ダメだ、泣いてしまう。どうしたらいいかわからず立ち止まる。

うしろから来た人が肩《かた》にぶつかる。ごめんなさい、と謝《あやま》るが、その人はふりかえらず通り過《す》ぎてしまった。手に提《さ》げた買い物袋《ぶくろ》がただぶらぶら揺《ゆ》れて、道の端《はし》に退《しりぞ》いた。人混《ひとご》みのなかなのに、涙《なみだ》がぽろぽろこぼれ、しゃがみこんだ。

2

大学時代、わたしは友人と三人でバンドを組んでいた。ピアノの聡子《さとこ》、ギターのカナコ、ボーカルのわたし。荒井由実《あらいゆみ》の曲もよく歌った。

だれにも言わなかったけれど、わたしはほんとは歌手になりたかった。若《わか》いシンガーソングライターがどんどんデビューしていたから、もしかしたら自分もなれるかもと望みを抱《だ》いた。

父親は会社の重役で、家ではワンマン、母も堅《かた》い考え方の人だ。だから大学にいるうちにデビューするしかないと思っていた。大学祭の発表だけでは足りない、路上でもなんでもいいから人目に触《ふ》れる機会を増《ふ》やしたかった。

だが、無理だった。一度だけ駅前で歌ったが、そのとき近所の人に見つかってしまったらしい。両親に話が伝わり、そんな恥《は》ずかしいことは許《ゆる》さない、大学のサークルもやめろ、と言われた。

あきらめるしかなかった。大学内でしか歌わないという条件《じょうけん》つきでサークルを続けるのを許《ゆる》してもらうだけで精一杯《せいいっぱい》だった。

聡子《さとこ》は、仕方ないよ、大学祭で全力を尽《つ》くせばいいじゃない、とあかるく言った。聡子《さとこ》にとってはこれは単なる趣味《しゅみ》、音楽で生きていく気はないんだろうと最初から知っていた。だから歌えなくても痛《いた》くも痒《かゆ》くもないんだ、と思った。

カナコは残念そうな顔をしたが、なにも言わなかった。わたしの気持ちをなんとなく察していたんだろうと思う。だがなにかできるわけじゃない。そういうときはなにも言わない。カナコはそういう人だった。

結局、デビューなんて無理だった。何度か作詞《さくし》作曲を試みたけれど、たいした曲は作れなかった。大学祭でも結局有名な曲のカバーばかり。そんな才能《さいのう》はなかったのだ、と思った。

だけど。もしあのとき家を飛び出してでも路上ライブを続けていたら……？　わたしは作詞《さくし》も作曲もうまくない。でもカナコは？　聡子《さとこ》は？　ふたりの力を借りたらなにかできたかもしれない。

でも、そんなあやふやな夢《ゆめ》にふたりを巻《ま》きこむわけにはいかなかった。カナコはひとりで上京、経済的《けいざい》にも親を頼《たよ》れず、よくバイトをしていた。教師《きょうし》になるんだ、と言っていた。教師《きょうし》になれば安定するし、ひとりでも生きていけるから、と。聡子《さとこ》は学問が好きで、進学したいみたいだった。

いや、きっとそういう問題じゃないんだ。カバーだったとしても、わたしの歌に力があれば、道は開けていたかもしれない。わたしには親に逆《さか》らってでも外で歌う勇気がなかった。本気じゃなかった。ただそれだけのことだ。

大学を出るとき、音楽活動はすっぱりやめた。父は女は就職《しゅうしょく》なんてしなくてもいい、したってどうせ使いものにならない、と言っていたけれど、家を出たかったから就職《しゅうしょく》活動した。自分の力で生きたかった。

だが、会社勤《かいしゃづと》めになっても、あいかわらずの実家暮《ぐ》らし。ひとり暮《ぐ》らしなどありえないことだった。勤《つと》めはじめて二年ほど経《た》ったとき、父の勧《すす》めで見合いをすることになった。

相手は父の会社の取引先の重役の息子だった。斉木茂《さいきしげる》さんといって、わたしより五歳《さい》年上。学歴《がくれき》も高く、会社でも出世コースを進んでいると言う。高学歴《こうがくれき》、高収入《こうしゅうにゅう》、高身長。いわゆる三高で、顔立ちも整っている。見合いの席での言葉遣《ことばづか》いもふるまいもきちんとしていた。

茂《しげる》さんとその両親はわたしを気に入ってくれたらしい。うちの両親もいたく茂《しげる》さんを気に入っていた。裕美《ひろみ》は気位《きぐらい》が高すぎるところがあるからああいう強い男性《だんせい》じゃないと。母はそう言って笑った。

わたしは結婚《けっこん》なんてしたくなかった。でも、もしほんとうにいやだったら、逃《に》げることだってできただろう。わたしは逃《に》げなかった。ある年齢《ねんれい》になれば結婚《けっこん》する。そういうものだと思っていた。

正直、会社勤《かいしゃづと》めにも限界《げんかい》を感じはじめていた。女性《じょせい》はたいてい結婚退職《けっこんたいしょく》していき、昇進《しょうしん》して重要な役職《やくしょく》についている人などほとんどいない。それに役職《やくしょく》についたからどうだというのだ。所詮《しょせん》人の会社、歯車にすぎない。

大学生のころまでは、広いステージに立ち、好きな歌を歌って注目を浴びることを夢見《ゆめみ》ていたけれど、それが潰《つい》えたいま、会社員でも主婦《しゅふ》でも、なんでも同じに思えた。恋愛結婚《れんあいけっこん》にあこがれる気持ちもなかった。

たぶん、わたしはあきらめることを覚えなければならないんだ、と思った。夢《ゆめ》をあきらめ、それでもなお生き続けることを。なんのためかはわからない。たぶん親のため。子孫のため。わたし以外のだれかのために生きる。それが大人になるということだ。

それならこの人はぴったりだ。声が大きく、自分が優秀《ゆうしゅう》だと知っている。会社のなかで偉《えら》くなることを目指し、そうすればいいことがある、と信じている。こういう人といっしょにいれば、自分の若《わか》いころの夢《ゆめ》をくだらないと思えるようになるかもしれない。

結婚《けっこん》が決まると、式の会場や衣装《いしょう》、招待客《しょうたいきゃく》を決めたり、新居《しんきょ》の準備《じゅんび》で日々《ひび》追われた。母に言われて会社の帰りに料理教室にも通った。茂《しげる》さんは礼儀《れいぎ》正しく、わたしと会うときはいつも立派《りっぱ》なレストランを予約してくれた。

結婚式《けっこんしき》は盛大《せいだい》だった。母の希望で和装《わそう》と洋装《ようそう》でお色直しをした。茂《しげる》さんのお父さんの会社の人と、父の会社の人たちが大勢《おおぜい》集まり、わたしの同僚《どうりょう》や大学の同期も華《はな》やかに着飾《きかざ》っていた。みんなに、素敵《すてき》な人だね、とうらやましがられた。

聡子《さとこ》とカナコだけは黒い地味なワンピース姿《すがた》だった。産後間もないカナコは今日だけ子どもを夫に預《あず》けて来たのだという。少し疲《つか》れているようだったが、幸せそうだった。ふたりの顔を見たとき、もしかしたらわたしはまちがえたのかもしれない、と少し思った。

それでも式が終わってハワイに新婚《しんこん》旅行に行き、あたらしい生活をととのえているあいだは、ようやく自分が一人前になったような気がして、それなりに満足していた。自分も人並《ひとな》みになった、こうして生きていくのも悪くない、と思った。

結婚《けっこん》生活が始まってみると、茂《しげる》さんはかなり亭主関白《ていしゅかんぱく》だった。ひとりっ子だということもあるだろう。外では柔和《にゅうわ》だが、家では自分が絶対《ぜったい》で、折れることがない。何度かぶつかって、とても太刀打《たちう》ちできないと気づいた。

親からはずっとわたしは勝気だと言われ続けていた。女なんだから強すぎるのはダメ、口のきき方に気をつけろ、と。祖父母《そふぼ》と会えば、裕美《ひろみ》は理屈《りくつ》っぽい、と煙《けむ》たがられた。

大学にはいると、サークルでもゼミでも、同年代の男子たちから女王様タイプとちやほやされた。それですっかり自分は強い女性《じょせい》で、それでいいんだと思いこんだ。だが、実際《じっさい》のところ、わたしは単に気位が高い女子にすぎなかったのだ。

茂《しげる》さんの言動に少しでも異《い》を唱えると、女のくせに生意気だ、と怒鳴《どな》られた。父もよく声を荒《あら》らげる人だったから、怒鳴《どな》り声には慣《な》れているつもりだった。子どものころから聞き慣《な》れてしまって、さほど怖《こわ》いと感じていなかったのだ。

だが茂《しげる》さんはちがう。大人になってから出会った人だ。会社で怒《おこ》られるのともちがった。家庭はもともと他人だった大人の男女が作る密室《みっしつ》だ。ふたりしか人がいないから、どうしたって強い方の理屈《りくつ》が通ってしまう。

正しいかどうかなんていうのは無意味な話だ。正しさというのは常《つね》にだれかにとっての正しさであり、ほかの人にとってそれが正しいとはかぎらない。強い方の主張《しゅちょう》が正しいとされ、弱い方が正しさを主張《しゅちょう》しようものなら、即座《そくざ》に叩《たた》きつぶされる。

わたしの会社勤《かいしゃづと》めのことでも何度ももめた。結婚《けっこん》後も勤《つと》め続けるなんてみっともないからやめろ、と言われた。わたしだって勤《つと》め続けてもどうにもならないと感じていた。だが、意地みたいなもので、これだけはゆずらなかった。

だがそれも妊娠《にんしん》で終わった。両方の親からも勤《つと》めはやめた方がいいと言われたし、会社からも退職《たいしょく》するようほのめかされた。出産、育児がいかに大変か、母から耳にタコができるほど聞かされ、まっとうするために仕事はやめた。

子どもは女の子で、想像《そうぞう》していたよりずっとかわいかった。自分の子が生まれるまでは子どもなんて大嫌《だいきら》いだった。いや、苦手だった。かわいいと感じたことなど一度もなかった。だから子育てなんてできるのだろうか、と心配だった。

だが、子どもが生まれるころになると、不思議とほかの人の赤ちゃんでもかわいく見えるようになって来た。これがホルモンの力なのか、と少しおかしかった。生まれてきた子どもは最初はしわしわで宇宙人《うちゅうじん》みたいだったが、世界のなによりもかわいく感じた。

名前は未希《みき》。茂《しげる》さんと考えてつけた名前だ。茂《しげる》さんは病院にやってきて、出産を終えたわたしに、よくやった、ありがとう、と言った。その言葉に胸《むね》がいっぱいになり、生まれてはじめてなにかを成し遂《と》げた、という気持ちになった。


里帰り出産だったから、家事はすべて母親まかせだった。

もちろん乳児《にゅうじ》の世話はたいへんで眠《ねむ》る時間もなかったけれど、久《ひさ》しぶりに自分で家事をしなくていい日が続き、言いようのない安心を感じた。高校時代から疎《うと》ましく思っていた母にはじめて深く感謝《かんしゃ》した。

だが、家に帰るとすべてをひとりでこなさなければならなくなった。眠《ねむ》る暇《ひま》もない。もちろん身なりを整える時間もない。気力もない。やつれていることは自分でもよくわかっていたが、茂《しげる》さんから、その格好《かっこう》もう少しなんとかならないのか、と苦言を呈《てい》されると、泣きそうになった。

そんなときだった。カナコが亡《な》くなったのは。前から長くないとは聞いていた。聡子《さとこ》から、カナコはもう危《あぶ》ない、早く会いに行ってあげて、と電話があった。だが、すぐにはかなわなかった。病院の決まりで、病室に乳児《にゅうじ》は連れていけない。

預《あず》ける先もなかった。実家は鎌倉《かまくら》で、子どもを預《あず》けてから病院に行くとなれば日帰りでは無理だ。八方塞《はっぽうふさ》がりになり、こちらの事情《じじょう》を理解《りかい》できず、ただ会いに行ってあげて、と連発する聡子《さとこ》に八つ当たりした。

だがカナコは恩人《おんじん》だ。どうしても会っておきたかった。母に頼《たの》みこみ、一日こちらに来て未希《みき》を見ていてもらい、病院に行った。それがカナコと会った最後だった。カナコはほどなく亡《な》くなり、未希《みき》が熱を出して葬式《そうしき》には行けなかった。

聡子《さとこ》とは疎遠《そえん》になった。もともとカナコや聡子《さとこ》以外は心を許《ゆる》せる友だちはなく、育児に追われて人と会う気にもなれなかった。同じように子育て中の人とならば話が合うかもしれないが、独身《どくしん》の友人と会っても話すことがない。わたしは家に閉《と》じこもるようになった。

日々忙《ひびいそが》しかったが、未希《みき》はかわいかった。未希《みき》のためならなんでもしよう、と思った。育児書を読んで、がんばって離乳食《りにゅうしょく》をつくり、絵本の読み聞かせをした。少し大きくなると、公園にも連れて行った。未希《みき》がわたしの世界の中心だった。

三年後、次女の真子《まこ》が生まれた。ふたり目だから少しは楽かと思っていたが、全然そんなことはない。真子にばかりかまっていれば、未希《みき》の機嫌《きげん》が悪くなる。未希《みき》と真子では性格《せいかく》も好みもちがう。

未希《みき》は自己主張《じこしゅちょう》が強いが、真子はどちらかというとぼんやりした子だった。未希《みき》はこちらが黙《だま》っていてもうるさいくらい自分のしたいことを主張《しゅちょう》してくるが、真子は意思表示《ひょうじ》がない。おとなしいから扱《あつか》いやすい、というものでもない。意思を汲《く》み取るのがむずかしく、逆《ぎゃく》に疲《つか》れることもあった。

幼稚園《ようちえん》にはいれば、園の行事の手伝いやPTA、ほかのお母さんたちとのつきあいもはじまり、別の意味で忙《いそが》しくなった。未希《みき》はピアノを習いたいと言い出した。茂《しげる》さんに頼《たの》んでピアノを買ってもらい、一日一時間の練習を見るようになった。

ずっと子どものことばかり考えていた。茂《しげる》さんに怒《おこ》られようと怒鳴《どな》られようと、子どものことでは絶対《ぜったい》にゆずらなかった。茂《しげる》さんも途中《とちゅう》であきらめたのか、子どもの教育に関してはまったく意見を言わなくなった。

楽になった、と思っていた。家事、育児についてはまかせてもらっている、信頼《しんらい》されているんだ、と思った。茂《しげる》さんの帰りは遅《おそ》くなっていたが、仕事で忙《いそが》しいのだろう、夫は仕事、自分は家事、それが家庭の在《あ》り方だと思いこんでいた。

だが、ちがったのだ。茂《しげる》さんにほかの女性《じょせい》がいるとわかったのは、未希《みき》が小学三年生のときだった。

あの日、皆《みな》が出かけ、家の掃除《そうじ》をしていたとき、玄関《げんかん》のコートかけの下から茂《しげる》さんの手帳が出てきた。コートのポケットから落ちて、そのまま忘《わす》れて出かけてしまったらしい。何気なく開くと、女性《じょせい》の名前と待ち合わせの記録がたくさん書きこまれていた。

目の前が真っ暗になった。はじめは信じられず、目を疑《うたが》った。待ち合わせの書きこまれた日にちを見るうちに、茂《しげる》さんの帰りが朝方になっていた日と重なった。

そういうことだったのか。茂《しげる》さんはわたしを信頼《しんらい》していたわけでもない。ただ関心がなくなったのだ。わたしにも、娘《むすめ》たちにも。

そうして、ほかの女と会っていたのだ。

身体《からだ》が裂《さ》けるようだった。

許《ゆる》せない。家の中を見まわす。あれもこれも全部嘘《うそ》だった。

家を飛び出し、近くを流れる川沿《かわぞ》いの道をふらふらと歩いた。どうしたらいいかわからない。今日茂《しげる》さんが帰ってきたとき、どんなふうに接《せっ》したらいいのだろう。問い詰《つ》めるべきなのか。でも、なんて言えば……。

空は晴れていて、川の上を大きな雲が流れてゆく。

茂《しげる》さんが別の女と会っていると思うと、悔《くや》しさで身体《からだ》がばらばらになりそうになる。なぜだ。茂《しげる》さんのことを好きだから？　ちがう。いまは茂《しげる》さんのことを重苦しいとしか思っていない。

それどころか、結婚《けっこん》する前から一度も茂《しげる》さんを好きだと思ったことなんてないような気がした。自分の夢《ゆめ》を殺《ころ》すためだけに結婚《けっこん》したんじゃないか。不遜《ふそん》なことだ。わたしだって茂《しげる》さんを騙《だま》したようなものだ。だからこういう仕打ちを受けるのはあたりまえだ。

一日家事もせずただ川辺を歩き、買い物もせず家に帰った。茂《しげる》さんの帰りは遅《おそ》く、ありあわせの材料で娘《むすめ》たちの夕飯を作り、風呂《ふろ》に入れて寝《ね》かせた。ふだんならここで自分も眠《ねむ》ってしまうところだったが、その日は起きて茂《しげる》さんの帰りを待った。テーブルに手帳を置き、その前に座《すわ》って待ち続けた。

茂《しげる》さんが帰ってきたのは明け方近かった。問い詰《つ》めようと思っていた。だが、玄関《げんかん》の鍵《かぎ》が開く音がしたとき、とっさに立ちあがり、引き出しに手帳を隠《かく》して寝室《しんしつ》にはいった。

胸《むね》がどきどきしていた。ベッドにもぐり、そのまま眠《ねむ》っているふりをした。しばらくして茂《しげる》さんが部屋にはいってきて、着替《きが》え、そのまま眠《ねむ》ってしまった。

わたしはそのまま眠《ねむ》れなかった。朝になり、寝室《しんしつ》を出て、手帳をコートかけの下においた。見えやすいように、コートから少しはみ出すような形で。それからいつものように朝ごはんの支度《したく》をして、娘《むすめ》たちを起こし、茂《しげる》さんに声をかける。いつもと同じように朝食を取り、茂《しげる》さんと娘《むすめ》たちが出て行く。茂《しげる》さんはコートを着ようとして下に落ちている手帳に気づき、何事もなかったかのように拾いあげ、コートのポケットに入れた。

皆《みな》がいなくなってから、ほっとして玄関《げんかん》に座《すわ》りこんだ。

わたしは怖《こわ》いのだ、と気づいた。

怖《こわ》いのだ。いまのこの生活が壊《こわ》れるのが。茂《しげる》さんとぶつかるのも怖《こわ》かった。だから見て見ぬふりをした。

それからしばらく、以前と同じ日々《ひび》が続いた。前とはちがって、わたしはこの生活が嘘《うそ》だと知っていた。茂《しげる》さんももちろんそのことを知っている。わたしがそれを知っているとは思わなかっただろうが。

だが、数ヶ月後、ひどい喧嘩《けんか》をしたとき、興奮《こうふん》したわたしは手帳に書かれた女性《じょせい》の名前を口走ってしまった。夫は狼狽《ろうばい》し、しどろもどろになった。歯止めがきかなくなり、わたしは怒《いか》り、泣いた。

夫はなぜか突然《とつぜん》開き直り、お前のせいだ、と怒鳴《どな》った。お前が俺《おれ》を満足させられないから、ここまで追いこまれたのだ、と。そうして近くにあった花瓶《かびん》を床《ゆか》に叩《たた》きつけて割《わ》り、わたしは怖《こわ》くなって黙《だま》りこんだ。

それからわたしたちの関係は冷えた。子どもの前では喧嘩《けんか》しないように、と思ってはいたが、おたがいにときどき感情《かんじょう》を抑《おさ》えられなくなり、爆発《ばくはつ》した。

どうにもならなくなって両親に相談したこともある。だが父親は、子どもじみたことを言って、とけんもほろろだった。

――離婚《りこん》？　俺《おれ》の立場はどうなるんだ。

父は頭ごなしにそう言った。父はわたしたちの結婚《けっこん》を機に社内での地位を高め、次期社長という噂《うわさ》も立っているようだった。

――浮気《うわき》のひとつやふたつでがたがた騒《さわ》ぐな。茂《しげる》くんは出世コースに乗っている。支《ささ》えるのが妻《つま》の役割《やくわり》だろう？　それを怠《おこた》っていたんじゃないのか。

父の言葉に呆然《ぼうぜん》とした。その通りだ。わたしはいつだって子どもたちのことしか見ていなかった。茂《しげる》さんからも同じことを言われた。でも、なぜ？　わたしはあなたの娘《むすめ》なのに。娘《むすめ》が軽んじられたのに、なぜ茂《しげる》さんの味方をするのか。

――だいたい、男というのはそういうものなんだ。家庭におさまる男なんて、出世できるはずがない。お前だってそれくらいわかっているだろう。

父もそうだった。うつむき、唇《くちびる》を噛《か》んだ。母はそのことでずっと苦しんでいた。わたしだってそれを知っていたはずなのに。

――結婚《けっこん》というのはそんな単純《たんじゅん》なものじゃない。それくらいわかるだろう、子どもじゃないんだから。

父が呆《あき》れたようにため息をつく。

――裕美《ひろみ》。あなたはむかしから気位が高すぎるの。子どものことだってあるでしょう? 別れるって言ったって、あなたひとりで子どもを育てられる? 未希《みき》や真子のことを考えなさい。

母も突《つ》きはなすように言った。そんなことはわかっている。未希《みき》や真子のことはだれよりもわたしが考えている。そればかり考えていたからこんなことになったのだ。母の理解《りかい》のなさに驚《おどろ》き、だからこの人はこんな人生を歩んできたのだ、と悲しくてたまらなくなった。

――自分、自分もいいけれど、もう大人なんだから。あなたは結局、むかしの夢《ゆめ》を捨《す》て切れてないのよね。

帰りがけ、門まで送ってきた母が言った。

——夢《ゆめ》?

ぼんやり問い返す。

——歌手になるとかなんとか。

——そんなの、いまは関係ないでしょう? 歌の話なんてしてないじゃない。

たしかにあのときは断腸《だんちょう》の思いで夢《ゆめ》を捨《す》てた。いまとなってはそれさえ小さいことのように思える。それくらい遠く離《はな》れてしまった。そんなものをいまさらなぜ持ち出すのだろう。母のそういう無神経《むしんけい》さがむかしから嫌《いや》だった。

——ううん、わたしからしたらおんなじことよ。あなたは結局、自分のことばっかり。そりゃ、子どものころはそれでいいわよ。わたしだってあなたがあなたらしく生きられるように、苦労した。

苦労? なんのことだろう、と思った。

——だけどね、いまはあなたが親なの。未希《みき》や真子が不自由してもいいの?

母がわたしを見た。

苦労。そうか、この人はわたしが不自由なく生きられるように、父と暮《く》らし続けてきたのか。だからわたしにも、同じことをしろ、というのか。「わたしらしく生きる」なんて、だれかの犠牲《ぎせい》の上に成り立つ戯言《ざれごと》だ、というのか。

急にいままで見えていなかった舞台《ぶたい》の裏側《うらがわ》が見えたような気がした。

歌手になりたい。有名になりたいとか、お金持ちになりたいとか、ちやほやされたいとか、そんなんじゃなかった。わたしはただ歌いたかった。聴《き》き入ってくれる人たちに自分の歌声を、歌の心を届《とど》けたかった。

でも母にとって、わたしの歌は不自由のない暮《く》らしの象徴《しょうちょう》にすぎなかった。歌も歌にこめたわたしの思いも、この人にとってはどうでもいいものだった。それこそがわたし自身なのに。

そんなものは全部、だれかの我慢《がまん》やどろどろした心に支《ささ》えられている、ということなのか。なにも答えず、うつむいたまま家をあとにした。

それから四年。長女は中学二年、次女は小学五年になった。茂《しげる》さんと女性《じょせい》の関係はずっと続いていて、家には帰ったり帰らなかったり。わたしも次第にその状況《じょうきょう》に慣《な》れ、前のように激《はげ》しい感情《かんじょう》は起こらない。茂《しげる》さんもたまに帰ってきたときには良い父親を演《えん》じ、嘘《うそ》ばかりの日々《ひび》が流れていた。

3

家に戻《もど》り、買ってきた食材を冷蔵庫《れいぞうこ》に入れる。ほうっとため息がもれ、この生活がいつまで続くんだろう、と思った。

黙々《もくもく》と夕食の下ごしらえをしていると真子が帰ってきた。今日は塾《じゅく》の日だ。春から進学塾《しんがくじゅく》に通いはじめたので、週に三日、学校から帰るとすぐにまた出かける。急いでおやつを食べ、塾《じゅく》のリュックを背負《せお》って家を出ていった。

未希《みき》が帰ってきたのは七時ごろだった。学校帰り、週に三日は音楽教室に通っているので、帰りはいつもこのくらいの時間になる。例によって、帰ってきて部屋着に着替《きが》えるなり、居間《いま》でだらだらと本を読みはじめた。

「未希《みき》、勉強しちゃって」

真子が帰って来るのは八時近くになる。だからそれまでのあいだに勉強を終わらせ、三人で夕飯にしたい。そう言っているのにいつもこんな感じになる。

「わかってる。でも、疲《つか》れてるんだよ」

未希《みき》はだるそうにつぶやく。

「そういえば、中間テスト、どうなったの？　もう結果、出たんじゃないの？」

そう訊《き》くと、未希《みき》はじっと黙《だま》った。

「まだ返ってきてないの？」

「なんで？　わたしのテストだよ。お母さんには関係ないでしょ」

「関係ない、って……」

中二になって面倒《めんどう》なことばかり言うようになった。もうなんでもいいか、という気持ちになりかけるが、保護者会《ほごしゃかい》で、まだ完全に手を離《はな》すことはしないでくださいね、と言われたのを思い出す。

「返ってきたの、きてないの？　見せてとは言わないから、どっちか教えて」

「返って……きたよ」

未希《みき》はぶすっと顔をそむける。表情《ひょうじょう》を見れば点が良くなかったのは明白だった。

「あまり、良くなかった？」

うかがうように言う。

「だから、結果は聞かないで、って言ったでしょ？」

未希《みき》が立ちあがる。

「鬱陶《うっとう》しいなあ、もう。結果、ダメでしたよ。ごめんなさい」

ふてくされた顔で言った。中二にはいってからだんだん成績《せいせき》が落ちてきている。とくに理数系《けい》。内容《ないよう》がむずかしくなってきているのはわかっているが、ここで脱落《だつらく》したら取り返しがつかない。

「でも……」

「わかってるよ、ここで脱落《だつらく》したら取り返しがつかない、でしょ？　いつもいつもおんなじことばっかり。自分がいちばんわかってるんだから」

「じゃあ、さっさと勉強しなさい。毎日復習《ふくしゅう》しないとダメだって……」

「わかってるよ」

未希《みき》が怒鳴《どな》る。

「なんのために私立《しりつ》にはいったのよ。せっかくお父さんに学費《がくひ》出してもらってるんだから……」

「お父さんなんて、ほとんど家にいないじゃない。知らないよ」

未希《みき》のその言葉がぐさっと胸《むね》に突《つ》き刺《さ》さる。

「いい加減《かげん》にしなさい」

思わず声を荒《あら》らげ、ここで成績《せいせき》が落ちたら推薦《すいせん》に響《ひび》く、せっかく苦労して私立《しりつ》にはいったのに全部水の泡《あわ》になる、とまくしたてた。

「なんで怒《おこ》るの。わけわかんない」
未希《みき》はそう言い捨《す》てて自分の部屋に行き、大きな音を立てて扉《とびら》を閉《し》めた。
またやってしまった。ひとり居間《いま》に残り、ため息をつく。成績《せいせき》が落ちてだれより
も悩《なや》んでいるのは未希《みき》自身。根は生真面目《きまじめ》だから、なんとかしなければならないと
も思っているはずだ。それを脅《おど》して言うことを聞かせようとするなんて。
――お父さんなんてほとんど家にいないじゃない。
きっとあの言葉のせいなんだ。未希《みき》は敏感《びんかん》だから、わたしたちの夫婦仲《ふうふなか》が良くな
いことを感じ取っているのかもしれない。だからこっちも腹《はら》が立つ。力でねじ伏《ふ》せ
ようとしてしまう。茂《しげる》さんがわたしにしていたのと同じ。
茂《しげる》さんに逆《さか》らえないから、力の弱い子どもに当たる。最低だ。だが、もう未希《みき》も
小さな子どもじゃない。小さいころは強く叱《しか》れば謝《あやま》ったけれど、だんだんそうもい
かなくなる。
我《が》が強い、勝気、理屈《りくつ》っぽい。わたしも子どものころからそう言われてきた。そ
ういう性格《せいかく》だから、茂《しげる》さんともうまくいかなくなったんだろう。未希《みき》にも似《に》たとこ
ろがある。自己主張《じこしゅちょう》が激《はげ》しい。いつか未希《みき》ともぶつかって、この家はばらばらにな
ってしまうのかもしれない。

あんなに大切だったのに。小さいころの未希《みき》の笑顔を思い浮《う》かべようとするが、うまくいかない。ずっといっしょに暮《く》らしているから、記憶《きおく》のなかの未希《みき》の顔も全部いまの顔に更新《こうしん》されてしまう。

インタフォンが鳴って、真子が帰ってくる。

「疲《つか》れたー。ごはんは?」

なにも知らない真子が無邪気《むじゃき》に言った。

「ああ、ごめん。いま作るね」

下ごしらえまではすませてある。あとは魚を焼き、味噌汁《みそしる》をあたためて盛《も》りつけるだけ。真子が着替《きが》えているあいだに魚を焼き、食卓《しょくたく》をととのえる。

「あれ、お姉ちゃんは?」

戻《もど》ってきた真子が言った。

「うん、ちょっと……」

成績《せいせき》のことで叱《しか》ったことを話す。真子は、また、と呆《あき》れたように言って、部屋を見てくる、と言った。

「ごはん、いらないって」

しばらくして帰ってきた真子が言う。

「そう」

やっぱりだ、と思いながら、真子にご飯を渡《わた》す。

「まあ、真子は食べなさい」

「うん。お腹《なか》すいた。いただきまあす」

真子はほがらかに言うと、ぱくぱくとご飯を口に運ぶ。

「未希《みき》、どんな感じだった?」

「ふつう、だったよ。勉強してた」

「そうか」

胸《むね》をなでおろす。勉強はしているらしい。未希《みき》も意地っ張《ぱ》りだから向こうから謝《あやま》ってくることはないだろう。反抗《はんこう》するのはかまわない。勉強しているのであれば、気持ちは腐《くさ》っていない、ということだ。

「お母さん、お姉ちゃんに厳《きび》しいよね」

「え、そう?」

「よく喧嘩《けんか》してるじゃない? お姉ちゃん、よく言うんだよ。お母さんは自分より真子の方がかわいいんだ、って。自分は扱《あつか》いにくいから、って」

「そんなこと言ってたの?」

むずかしい時期になってきたこともあるし、もともと気性《きしょう》の激《はげ》しい未希《みき》にはこちらも厳《きび》しく出ることが多かった。

「そんなつもり、ないんだけどな。未希《みき》は言い方キツイから、こっちもつい強く出ちゃう。わたし、あんまりいい母親じゃないね」

「そんなことはないんじゃない？」

真子はあっさりそう言った。

風呂《ふろ》にはいると、疲《つか》れているのか真子はすぐに眠《ねむ》ってしまった。わたしも床《とこ》についた。未希《みき》の部屋にはまだ電気がついていたけれど、声はかけないことにした。

──お母さんは自分より真子の方がかわいいんだ。

未希《みき》、そんなふうに思っていたのか。たしかにおだやかな性格《せいかく》の真子といる方が楽ではあるんだけど。そう感じている自分にはじめて気づき、気をつけなければ、と思った。

それにしても、真子のあのおだやかな性格《せいかく》はだれに似《に》たのだろう、茂《しげる》さんもわたしも激《はげ》しい性格《せいかく》で、未希《みき》もそれを受け継《つ》いでいる。そういう環境《かんきょう》で育って、人の顔色に敏感《びんかん》な子になってしまったのだろうか。それはそれでよくない気がする。

あのおだやかさ、聡子《さとこ》に少し似《に》ている。わたしも聡子《さとこ》みたいな性格《せいかく》だったらいい母親になれたかもしれないのに。

聡子《さとこ》とはあれっきりになってしまった。いまどうしているんだろう。もうすぐカナコの命日だ。今年も墓参《はかまい》りに行かなければ。そんなことを考えながらいつのまにか眠《ねむ》りに落ちていた。


翌朝《よくあさ》起きてみると、未希《みき》のために残しておいた夕食はきれいになくなっていて、お皿も洗《あら》って洗《あら》いカゴに立てかけられていた。茂《しげる》さんは帰ってきていない。

未希《みき》が起きてくる。いつも通り、おはよう、と声をかけると、低い声で、おはよう、と返してきた。黙《だま》って朝食と弁当《べんとう》を出す。

「ありがとう」

未希《みき》がぼそっとつぶやく。

「夕飯も食べたよ」

「知ってる。ちゃんとお皿洗《あら》ってくれてありがとう」

「あたりまえだよ。もう中二なんだから」

笑わずに言い、その後は無言でごはんを口に運んでいる。

「昨日は強く言いすぎた。ごめんね」

もう大丈夫《だいじょうぶ》な気はしたが、そのことだけはちゃんと謝《あやま》っておきたかった。未希《みき》はうつむいたまま、いいよ、とだけ言った。

しばらくして真子も起きてきた。未希《みき》はもう食べ終わりかかっていた。電車で私《し》立《りっ》に行っているので、真子より三十分早く家を出るのだ。真子の前にごはんを置く。

「勉強もしたよ。これからがんばる」

未希《みき》はそれだけ言って立ちあがり、家を出ていった。


日曜日は未希《みき》の音楽教室の発表会で、真子と三人で出かけた。茂《しげる》さんは土曜から泊《と》まりがけの接待《せったい》で出かけ、今日も遅《おそ》いと言っていた。

未希《みき》は幼《おさな》いころから音楽が好きで、幼稚園《ようちえん》のころにピアノを習いたい、と言い出した。茂《しげる》さんにはまだ早いだろう、と言われたが、音楽教育は早くはじめた方がいい、情操《じょうそう》教育だけでなく、知能《ちのう》の発達にもつながるから、と主張《しゅちょう》して許《ゆる》してもらったのだ。

ずっと近所のピアノ教室に通っていたが、小学校高学年になって、もう少し遠い大きなところに通うようになった。音大を目指すような子どもたちも通う教室だ。

未希《みき》は勉強はあまり好きではないが、ピアノの練習にだけは熱心だった。教室のない日は学校が終わるとすぐに帰ってきて、家で最低一時間は練習する。ピアノがよほど好きなのだろう。わたしもむかしそうだったから、気持ちはよくわかった。

発表会での未希《みき》の演奏《えんそう》はとても見事だった。力強くうつくしい響《ひび》きに胸《むね》が高鳴った。贔屓目《ひいきめ》ではなく、同じ年代の生徒たちのなかでもピカイチだったと思う。

もちろん楽団《がくだん》で演奏《えんそう》して給料をもらえるようになる人なんて、ほんのひとにぎりだ。そんなエリートになれるかはわからない。でも、学校の先生になるとか、音楽教室でピアノを教えるとか、道はいろいろある。

ホールの楽屋から出てきた未希《みき》に、演奏《えんそう》、素晴《すば》らしかった、と言うと、未希《みき》はいつもとはまったくちがう、晴れやかな笑みを浮《う》かべた。

帰りは三人で近くの街を歩き、食事をした。若者《わかもの》にも人気のある繁華街《はんかがい》で、個性《こせい》的な雑貨《ざっか》を扱《あつか》うお店が軒《のき》を連ねていた。

「この店、かわいい」

真子が声をあげ、立ち止まる。ショーウィンドウにきれいな刺繍《ししゅう》の小物や、木やガラスで作られた雑貨《ざっか》がならんでいた。

「ちょっとはいってもいい？」

真子はそう言うと、店の重そうな扉《とびら》を開けた。なかにはしずかな音楽が流れていた。真子も未希《みき》も、かわいいねえ、と言いながら、棚《たな》にならぶ小物をながめている。

わたしもむかしはこんな店が好きだった。ひとりで喫茶店《きっさてん》や雑貨店《ざっかてん》をながめてまわり、歌手になれなかったらこういう店を持つのもいいなあ、と夢想《むそう》していた。


外で夕食をとり、家に戻《もど》るとなぜか茂《しげる》さんが帰ってきていた。

「今晩《こんばん》は遅《おそ》くなるんだと思ってた」

「予定が変わったんだ」

茂《しげる》さんが不機嫌《ふきげん》な顔で答える。

「それより、どこに行ってたんだ」

「どこ、って……。今日は未希《みき》のピアノの発表会で、そのあと外で夕食を……」

前に話したはずだ、と思いながら答える。

「ピアノの発表会？　そんなの、聞いてない」

茂《しげる》さんが刺々《とげとげ》しい口調になった。

「話したと思うけど……」

はっきり聞こえないようにぼそっとつぶやく。

「まあ、いい。疲《つか》れた。なにか食べるものはないのか」

「ごめんなさい、今日は遅《おそ》いと思ってたから……」

冷蔵庫《れいぞうこ》を開け、あるものでなにか作れないか思いをめぐらす。

「まったく、この家は食べるものもないのか」

茂《しげる》さんのため息が聞こえた。

「こんなことなら外で食べてくればよかった。少しは買い置きしておけばいいじゃないか。予定が変わって早く帰ってくることもあるんだし。うちの実家ではいつもなんかしら用意されてたけどな」

実家と比較《ひかく》されたことに少しカチンときて、答えずにいた。

「お父さん、いつ帰ってくるかわからないじゃない」

なぜか未希《みき》が横から口をはさんできた。

「発表会のこともすっかり忘《わす》れてたみたいだし」

「だから言っただろう、発表会なんて、聞いてないって」

「言ったよ。それにずっとここに貼《は》ってある」

未希《みき》が冷蔵庫《れいぞうこ》の隣《となり》の壁《かべ》を指す。発表会告知《こくち》のチラシが貼《は》ってある。茂《しげる》さんはぐっと黙《だま》った。未希《みき》もなにも言わず、しばらく沈黙《ちんもく》が続いた。

「発表会がどうだったか、とか、なにも聞かないし」

未希《みき》はむすっとした顔でつぶやいた。

「疲《つか》れてるんだ。もう寝《ね》る」

茂《しげる》さんは表情《ひょうじょう》をこわばらせ、立ちあがった。

「ちょっと待って、シチュー冷凍《れいとう》してあったの思い出した。いまあっためるから」

「もういいよ。食べる気も失せた」

「でも……」

このままじゃいけない。未希《みき》はそっぽを向き、真子は部屋の隅《すみ》でじっとこちらを見ている。せっかく発表会がうまくいって、上機嫌《じょうきげん》で帰ってきたのに。

「もういい、って」

茂《しげる》さんは言い捨《す》てた。

なんでだろう。なんでこんなふうにうまくいかないんだろう。仕方がないじゃないか、遅《おそ》くなる、って話だったんだし。断《ことわ》らずに外で夕食をとったのは悪かったけど、こんなことまで言わなくても……。

それに反抗《はんこう》的な口をきいているのは、わたしじゃなくて未希《みき》だ。わたしにぶつけなくてもいいじゃないか。いら立ちがむくむくとふくれあがってくる。

「この家にはどうせ俺《おれ》の居場所《いばしょ》なんてないんだから」

茂《しげる》さんの嫌《いや》みっぽい口調に、ふくれあがったいら立ちが、ばん、と音を立ててはじけた。

「いつも帰って来ないのはそっちでしょう?」

声がふるえた。

「仕事だって言ってるだろう? だれの稼《かせ》ぎで生活してると思ってるんだ」

茂《しげる》さんが怒鳴《どな》った。しまった、スイッチを入れてしまった。心のどこかに、冷静にそう考えている自分がいた。

よく考えたら、接待《せったい》の仕事が予定より早く終わるはずがない。出張《しゅっちょう》と言っていたけど、やっぱり女だったんだ。いや、たしかに仕事はあったのかもしれないが、夜は女のところに行くつもりだった。いや、それがなにかの事情《じじょう》で取りやめになったんだ。

ほんとは接待《せったい》と言われたときから薄々《うすうす》わかっていた。だけど向き合うのが怖《こわ》くて、訊《き》かなかった。いや、面倒《めんどう》だったのかもしれない。無用にぶつかって傷《きず》つくのが嫌《いや》だった。それなら見て見ぬふりをした方がいい。

未希《みき》の発表会のことも、もしかしたらほんとに言ってなかったのかもしれない。家族は未希《みき》と真子とわたしの三人だけ。茂《しげる》さんは頭から消えていた。だとしたら、居場所《いばしょ》がないというのもあながちまちがってはいない。

「もう別れよう」

しばらく怒鳴《どな》り散らしたあと、茂《しげる》さんは目を伏《ふ》せ、しずかに言った。

「なに言ってるの？」

衝撃《しょうげき》を受け、思わず問い返す。

「前々《まえまえ》から考えていたことなんだ。君とは合わない」

未希《みき》と真子がじっとこっちを見ている。

「なんで？　なんで子どもたちの前でそんなこと」

「また子どもか。君にとって大事なのは子どもだけなのか」

「そんな」

「安心しろ。子どもたちが成人するまで養育費《よういくひ》は出す」

「なんで？　わたし……。離婚《りこん》って、そんなのひとりで決められることじゃないでしょう、わたしは……」

「裁判《さいばん》でもなんでもいいよ。とにかく別れる」

「待って」

「もう疲《つか》れたんだよ、君のそのヒステリーには」

そう言われてじっと黙《だま》った。母からよく言われた。あなたは自分の感情《かんじょう》を抑《おさ》えられないところがある、でもそれじゃ、うまくいかないわよ。

ヒステリー。なんでそんなことを言われなくちゃならないんだろう。最初に怒鳴《どな》り散らしたのはそっちじゃないか。肩《かた》がぶるぶるふるえ、涙《なみだ》がこぼれた。

茂《しげる》さんは音を立ててドアを閉《し》め、家を出ていってしまった。

未希《みき》も真子もじっと黙《だま》っている。しばらくすると未希《みき》はなにも言わず自分の部屋にはいってしまい、残された真子が、泣いているわたしの肩《かた》に手を置いて、自分も泣きながら、大丈夫《だいじょうぶ》だよ、と言った。

4

二週間後の日曜はカナコの命日だった。

うちからカナコの墓《はか》までは、一時間半ほどかかる。これまでは茂《しげる》さんが会社に、子どもたちが学校に出たらすぐに家を出て、墓参《はかまい》りをしてそのまままっすぐ家に帰ってきていた。

だが今回は日曜。学校は休みで真子の塾《じゅく》もない。中学生の未希《みき》がいるので留守番《るすばん》でも良いのだが、未希《みき》たちに話すといっしょに行くと言う。連れて行くのもいいか、と思った。

茂《しげる》さんはあれから家に戻《もど》らない。未希《みき》も真子もそのことについてはなにも口にしなかった。だがふたりともこの二週間、あきらかに表情《ひょうじょう》が硬《かた》く、いつも不安そうだった。いっしょに出かければ気晴らしになるかも、というのもあった。

「お墓参《はかまい》り、ってだれのお墓《はか》なの？」

電車をおり、墓地《ぼち》に向かう道すがら、未希《みき》が訊《き》いてくる。

「大学時代の友だち」

「じゃあ、お母さんと同い年なの？」

未希《みき》は驚《おどろ》いたように言う。

「そう。生きてればね。でも三十前に亡《な》くなったから」

「そんなに若《わか》く？　事故《じこ》？　病気？」

「病気。卒業して、結婚《けっこん》して、子どももいたんだけどね。その子、あなたより三つ年上だったはずだから、いまは高二かな」

「そうなんだ……」

未希《みき》はうなずき、歩きながら足元を見る。

そうだ、弓子ちゃんはいまどうしているのだろう。しばらくは川越《かわごえ》にある修平《しゅうへい》さんの両親の家で育てられていた、って聞いたけど。修平《しゅうへい》さんにもうずっと連絡《れんらく》していない。

川越《かわごえ》の修平《しゅうへい》さんの実家。一度だけ行ったことがある。印刷所だった。壁一面《かべいちめん》にぎっしり詰《つ》まった活字のことをいまでもよく覚えている。カナコは印刷所が気に入っていて、すごいでしょう、と何度も言っていた。

それから修平《しゅうへい》さんとカナコに連れられて川越《かわごえ》の街を歩いた。喜多院《きたいん》に川越城《かわごえじょう》本丸御殿《ごてん》、三芳野《みよしの》神社、旧川越織物《きゅうかわごえおりもの》市場。むかしながらの醤油《しょうゆ》屋や桶《おけ》屋、刃物《はもの》屋。東京のすぐ近くにこんなところがあるのか、とちょっと驚《おどろ》いた。

なにもかも遠い、自分とは関係ない遠いむかしのことのように思う。一年に一度だけこうしてカナコの墓《はか》に参る。それだけがわたしを過去《かこ》につないでいる。

「その子、さびしいよね。お母さんがいないなんて」

真子が小さな声で言った。

ふいに真子が小さかったころのことを思い出した。親戚《しんせき》の葬式《そうしき》に行って、棺《ひつぎ》が焼き場にはいるのを見て衝撃《しょうげき》を受けたらしい。その日はずっとなにもしゃべらず、夜眠《ねむ》る前、ふたりきりになったとき急に口を開いた。

――人って死んだらみんな燃《も》やされちゃうの？

不安そうに訊《き》いてくる。

――そうだね。

――ママも？

真子は小さな声で言った。

――そうだね、みんなだよ。

――やだ。

真子は首をぶるぶると横に振《ふ》る。

――わたしはママが死んでも絶対《ぜったい》にママの身体《からだ》を焼かない。だって焼いちゃったらママと会えなくなっちゃうから。

そう言って、わあわあ泣いた。

思い出すといまでも、涙《なみだ》が出そうになる。宝物《たからもの》のような記憶《きおく》だ。

坂道を歩き、雲を見あげる。こうして三人で歩けるのはあと何年くらいだろう。大きくなった弓子ちゃんと歩くこともなく逝《い》ってしまったカナコのことを思うと、申し訳《わけ》ないような気持ちになる。

きっと母の言う通りなのだ。わたしは自分が大事すぎて、茂《しげる》さんとの生活をないがしろにしていた。茂《しげる》さんだって悪い人じゃないんだ。

カナコの墓《はか》の前に立ち、花を供《そな》え、線香をあげる。未希《みき》は気を利かせたのか、真子を連れて墓地《ぼち》のなかを散策《さんさく》に行った。

「来たよ」

ぼそっとつぶやいて、手を合わせた。

「ダメだよね、わたし。たぶんもう茂《しげる》さんとはうまくいかない」

墓《はか》に向かって語りかける。カナコが生きていたらなんて言うだろう。修平《しゅうへい》さんといるカナコは幸せそうだった。弓子ちゃんのことをとても大事にしていた。

たぶんカナコももともとはわたしと同じくらい強い性格《せいかく》だ。だけどいろいろあったからなんだろう。激《はげ》しい言葉を口からこぼすことはほとんどなかった。我慢《がまん》強く、いろんなことをわかっているのになにも言わない。そんな人だった。

疎遠《そえん》になってしまった聡子《さとこ》も、やさしい人だった。あのやさしさにいつもいらいらしていたんだ。人の醜《みにく》い部分に気づかない、まっすぐな心がまぶしすぎて、ときどきいっしょにいるのが辛《つら》くなった。

あのふたりみたいな性格《せいかく》だったら、きっとこんなことにならなかった。絶対《ぜったい》向かないはずなのに、わたしはなんで結婚《けっこん》なんてしてしまったんだろう。子どもを産んでしまったんだろう。

そうするのがあたりまえ、そうしなければいけない、と思いこんでいた。女がひとりで生きていけるわけがない。どこかでそう思っていた。だがほんとうはわたしはひとりで生きるべきだったのかもしれない。親と戦ってでも。なんでそんな簡単《かんたん》なことに気づかなかったのか。

もう死んでしまいたい。うつむき、両手で顔をおさえた。

——なに言ってるの。

カナコの声がした。

あの屋上での出来事がよみがえる。

大学四年のときのことだ。歌手になる夢《ゆめ》を断《た》たれて、飛びおりようと屋上にのぼったわたしを、カナコが追いかけて来て止めた。

カナコの恵《めぐ》まれない境遇《きょうぐう》のことは聞いていた。お母さんは早くに亡《な》くなり、お父さんとも不仲。ひとりで東京に出て来た。生計を立てるためにアルバイトをしながら必死で大学に通っている。両親健在《けんざい》でぬくぬく自宅《じたく》で過《す》ごしている自分とは大ちがいだ。

だが、なにがわかるんだろう、と思った。親の束縛《そくばく》からのがれられない苦しさ。それがわかるの、と言い返し、口論《こうろん》になって……。

もう死にたい、と言ったわたしの頬《ほほ》をカナコは叩《たた》いた。

——あなたくらい強い人がなに言ってるの。負けてどうするのよ。

驚《おどろ》いてカナコを見た。叩《たた》かれるとは思ってても見なかったから。

それで一気に頭が冷えたのだ。ふたりでいろんなことを話した。なにを話したのか、内容《ないよう》はさっぱり覚えていない。たぶんどれも他愛のないことだった。だけど、いまはそれを思い出せないことが悔《くや》しくてたまらない。

「ひこうき雲」

小さくつぶやいて空を見る。

あのときカナコは「ひこうき雲」を歌ってくれた。なんであの歌だったのだろう。わたしたち三人のバンドで、ボーカルはいつもわたしだった。ハモリでカナコがはいることもあったが、カナコの声だけを聞いたのははじめてだった。

美声とはいえない。少しふるえるような声だった。だけど、儚《はかな》くて、心に突《つ》き刺《さ》さるようだった。こんなふうに歌う人だったのか。呆然《ぼうぜん》とその歌声を聞いた。

自然と口から歌が漏《も》れた。「ひこうき雲」の出だし。歌詞《かし》はいまも全部覚えている。まっすぐな声が墓《はか》の上に流れ、だんだん大きくなる。声がまわりに響《ひび》き渡《わた》る。

墓地《ぼち》にはほかにだれもいない。いたってかまわない。いつのまにか本気で歌っていた。

となりにカナコがいた。もう片方《かたほう》に聡子《さとこ》がいた。大学の小さなステージで、なにもかもきらきら輝《かがや》いていた。三人で練習した日々《ひび》。キャンパスの日差し。なにも持っていないのに、自分たちにすばらしい未来があるとただ信じていた。

あの日には帰れない。何年もかかって積みあげてきたはずの結婚《けっこん》生活は土台から崩《くず》れてしまい、わたしにはなにも残らなかった。

——歌手になりたいって言ったって、なれるのはひとにぎりだけ。なれたって、いいのは所詮若《しょせんわか》いころの何年かだけ。まぼろしみたいなものじゃない。だからいまの方がずっと幸せでしょう。生活は安定して、未希《みき》や真子もいる。これ以上の幸せはないじゃない。

母は何度もそう言った。その通りかもしれない。だけど、母が言ってた安定したなにかだって、ほんとはどこにもない。

なんでだよ、どうしてだよ。結局、なにも残りはしない。

いつのまにか声を張《は》りあげ、歌っていた。泣きそうになるのを堪《こら》え、歌い続けた。

歌い終わったとき、うしろから拍手《はくしゅ》が聞こえた。ふりむくと未希《みき》と真子が立っていた。ぽかんとわたしを見ている。

「あ、ちょっとね、あれ、思い出の歌なの。このお墓《はか》のなかの友だちとの……」

ごまかそうと取りつくろった。

「すごく、うまかった」

未希《みき》がぽつんと言った。唖然《あぜん》とし、ただ未希《みき》の顔を見た。

「そうだったよね。お母さん、歌、うまかったよね。そういえば、むかしはよくいっしょに歌ったね。忘《わす》れてた」

未希《みき》はそこまで言うとぽろっと涙《なみだ》をこぼし、うつむいて泣き出した。真子もわたしに抱《だ》きつき、泣いた。どうしたらいいかわからなかった。

なに言ってるんだろう、わたし。未希《みき》と真子がいるじゃないか。なにも残らなかった、なんてことはない。茂《しげる》さんと結婚《けっこん》しなかったら、未希《みき》と真子も生まれなかった。そして、生きなくちゃ、と思った。この子たちのために生き続けなくちゃいけない。

——やっぱり裕美《ひろみ》の声の方がいいなあ、わたしが裕美《ひろみ》の歌を聴《き》きたいから生きていてほしい。

カナコの言葉を思い出した。

——生きてれば、きっといいこともあるよ。

そうだね、カナコ。生きていれば。

カナコの墓《はか》を見おろし、心のなかで、ありがとう、とつぶやいた。


数日後、帰ってきた茂《しげる》さんの前に、離婚届《りこんとど》けを置いた。茂《しげる》さんは驚《おどろ》いて、そんなつもりじゃなかった、と答えた。あのときは自分もいらいらしていて言いすぎた、と。でも、わたしは引き下がらなかった。

「もともとはあなたが言い出したことでしょう」

できるだけ落ち着いた声で言った。

「勝手だな」

低い声でつぶやく。

「離婚《りこん》って、意味わかってるのか？ 俺《おれ》の立場はどうなるんだ？」

茂《しげる》さんはため息をつく。父と同じだ、と思った。俺《おれ》の立場。その言葉を聞いたとき、もう絶対《ぜったい》に譲《ゆず》らないと決めた。

おたがいの両親も巻《ま》きこんで、かなりもめた。父は口をきいてくれなくなったし、母からも叱責《しっせき》された。わたしが謝《あやま》れば元に戻《もど》れたかもしれない。だが、そうしなかった。

女性《じょせい》の存在《そんざい》を出せば裁判《さいばん》だって勝てるだろうが、茂《しげる》さんはそのことを親に知られることを恐《おそ》れて、結局離婚《りこん》を認《みと》めた。親権《しんけん》もわたしのものになり、真子が高校を出るまでは養育費《よういくひ》を払《はら》うと約束してくれた。

茂《しげる》さんは自分が家を出る、と言った。自分で引っ越《こ》し業者を手配し、黙々《もくもく》と荷物をまとめていった。夜遅《よるおそ》く、茂《しげる》さんの部屋から泣くような声も聞こえた。

引っ越《こ》しの日、きっと俺《おれ》が悪かったんだよな、と茂《しげる》さんは言った。

「そんなことないでしょう。わたしも強情《ごうじょう》で、我《が》が強すぎたんだと思う」

しずかに答えた。

「なんでうまくいかなくなったんだろうな」

茂《しげる》さんが泣いた。

やり直した方がいいのかもしれない、と一瞬《いっしゅん》思った。だが言わなかった。もう決めたことだ。父にも母にも許《ゆる》してもらえないだろう。子どもたちにも苦労をかけ、恨《うら》まれるかもしれない。それでももう決めたのだ、と唇《くちびる》を噛《か》んだ。

茂《しげる》さんの荷物がなくなった部屋を見て、真子は泣いた。

「これまで大切にしてきたものが全部壊《こわ》れちゃった」

むかし真子が描《か》いた家族旅行の絵が頭によみがえり、涙《なみだ》が出そうになった。

「ごめんね」

それだけしか言えなかった。真子は泣き続けている。

「親失格《しっかく》だね」

どうしようもなくなってぼそっとこぼす。

「お母さん」

そばにいた未希《みき》が言った。

「わたしはね、お父さんのこともお母さんのことも少し許《ゆる》せない。勝手だと思う。でも完璧《かんぺき》な人間なんていないでしょう」

わたしの目を見て、きっぱり言った。

「わたしは、お母さん、がんばった方だと思うよ。我慢《がまん》しているのが偉《えら》い、っていう考え方、わたしは好きじゃない」

目に涙《なみだ》を溜《た》め、じっとわたしを見る。

「だから、自分の決めたことはちゃんとやってよね。親失格《しっかく》なんて言うの、逃《に》げだよ。わたしたちの親をやめたらダメだよ。それが親の責任《せきにん》でしょう」

濃《こ》くはっきりした眉《まゆ》はわたしと似《に》ている、とよく言われる。わたしもむかしはこれくらい強く、潔《いさぎよ》かった。なにも背負《せお》うもののない子どもだからこその強さだといまはわかっているけれど。

「それに、お母さん、いいところもあるよ。とにかく、歌がうまい」

未希《みき》が無理矢理あかるい声を出す。

「歌？」

意外な言葉だった。

「うん。この前、お墓《はか》で歌ってたでしょう？　上手だった。歌手みたいに」

「そんなこと……」

「ピアノのこと、お母さん、応援《おうえん》してくれたよね。それがずっとうれしかった」

茂《しげる》さんからはたびたび、ピアノなんてなんの役にも立たない、やめさせて英会話でも習わせろ、と言われたが、わたしは絶対《ぜったい》に受け入れなかった。単なる意地、自分の夢《ゆめ》を未希《みき》に投影《とうえい》していただけなのかもしれないけれど。

「ほんとはわたしもピアノじゃなくて、歌を習いたいんだ。歌手になりたい」

「歌手に？」

未希《みき》の燃《も》えるような目に、胸《むね》のなかがぱあっと明るくなる。

「歌手になるのは大変だよ。なりたい人はたくさんいるから」

ああ、自分も母と同じことを言ってる。はっとして言葉を止める。あれは心配だったんだな。失敗してぼろぼろになった娘《むすめ》を見たくなかったのか。でもわたしは……たとえ落ちたとしても、羽ばたきたかった。

「だけど、なりたいなら応援《おうえん》するよ」

「うん。それでこそわたしの親」

未希《みき》は笑いながら泣いていた。

ふたりに謝《あやま》りたかった。だが謝《あやま》ったってなんにもならない。それよりわたしがしなければならないのは、ふたりをちゃんと育てること。自信がないとか言っている場合じゃない。

「ねえ、お母さん、あのときの歌、もう一度歌って」

真子が泣き顔のまま言った。

「いま?」

あのときはひとりっきりだから歌えたけど。

「いっしょに歌おうよ。あの歌、『ひこうき雲』っていうんでしょ? 音楽教室の先生に聞いて、覚えたんだ」

未希《みき》がそう言って、歌い出す。たしかな音程《おんてい》。透《す》き通った声。

大きくなったんだな。

途中《とちゅう》からわたしも声を合わせて歌った。真子も小さく歌い出す。

わたしは選んだのだ、この道を。自分の身勝手さが許《ゆる》せないけれど、わたしは聡《さと》子《こ》にもカナコにもなれない。このわたしのまま、未希《みき》と真子と生きて行かなければならないのだから。未希《みき》と真子が羽ばたけるようにしなければいけないのだから。

——生きてれば、きっといいこともあるよ。

そうだね、カナコ。生きていれば。

あの日の屋上の光景があざやかによみがえり、未希《みき》と真子と声を合わせた。

# 最後のカレンダー

# 1

川越《かわごえ》氷《ひ》川《かわ》神社の木々《きぎ》の葉も少しずつ色づいてきた。もう十一月か。

九月を過《す》ぎたあたりから、日にちが経《た》つのがどんどん早くなっていく。お日様をおがめる時間が短くなると一日を短く感じる。だから冬になると日にちが過《す》ぎるのが早くなるんだ。むかし母がそんなことを言っていたのを思い出した。

昼が短くなる代わりに夜は長くなるのだから、日が暮《く》れるのが早くなったからといって日数が経《た》つのを早く感じるわけでもあるまい。むかしはそう思っていたものだが、最近では九月が終わったと思うとあっという間に年末になる。

日が短くなっていくことと関係があるのかはわからないが、十月、十一月、十二月の時の流れは、一年のほかの時期とはまったくちがうもののように思える。

こうやって一年が終わり、また少し父や母がいたころから離《はな》れていく。子ども時代、青年時代、働きだしたころ、結婚《けっこん》し息子が生まれたころ、幼《おさな》い息子と遊んだころ。そういうあれやこれやから遠ざかり、知っている人たちも減《へ》ってくる。

車の窓《まど》から銀杏《いちょう》の木が見えた。まだ三時を少し過《す》ぎたばかりなのに、日はもうかたむきはじめている。

木も建物も斜《なな》めから照らされ、くっきりした形が浮《う》きあがる。銀杏《いちょう》の黄色い葉があかるく燃《も》えるようで、葉が色づくのは日の光が弱くなった代わりに世界を照らすためなのかもしれない、と思う。

神社の近くの商店に紙をおさめ、このあとは三日月堂《みかづきどう》に行くことになっていた。毎年、店の年賀状《ねんがじょう》とカレンダーの印刷を三日月堂《みかづきどう》に頼《たの》んでいる。今日はそのための紙をおさめに行くのだ。

わたしは川越《かわごえ》で紙店を営《いとな》んでいる。笠原《かさはら》紙店といい、わたしは五代目にあたる。創業《そうぎょう》当時は和紙の店だったが、世の中の変化に抗《あらが》うことができずに洋紙も扱《あつか》うようになり、一時は客の要望でコピー用紙も卸《おろ》していた。

最近はそうした客は量販店《りょうはんてん》に流れていき、もとの和紙の店に戻《もど》りつつある。むかしはたくさんあった書道教室は減《へ》ったが、このあたりには寺が多いから写経《しゃきょう》用の紙はずっと必要とされてきた。一般《いっぱん》の家の障子《しょうじ》は減《へ》ったが、伝統建築《でんとうけんちく》が見直されはじめてから障子紙《しょうじがみ》の需要《じゅよう》も増《ふ》えてきた。往時《おうじ》の勢《いきお》いはないが、なんとかやっていけている。

和紙の店という矜持《きょうじ》があるから、代々年賀状《だいだいねんがじょう》とカレンダーは和紙で作ってきた。

文字だけのシンプルなものだが、紙と印刷の質《しつ》の良さで楽しみにしてくれる人も多かった。

先代までは決まった和紙製造元《せいぞうもと》の紙を使っていたのだが、わたしの代になって変えることになった。ずっと取引していたその店が廃業《はいぎょう》してしまったからだ。

店を閉《と》じる、と聞いたときは、長いあいだ取引してきたその店がなくなることが辛《つら》かった。その店の紙を気に入っているお客さまもたくさんいたから、閉《し》まる前にできるだけ多く買いつけ、ストックした。

年賀状《ねんがじょう》とカレンダーもしばらくはストックを使って刷っていたが、数年で底をついた。カレンダーは店の顔だからやめることはできない。別の紙に変えるとしたらどこが良いのか、と悩《なや》んだ。

それで、いつも印刷を頼《たの》んでいた三日月堂《みかづきどう》に相談した。三日月堂《みかづきどう》は鴉山《からすやま》神社の近くにある印刷所で、先代のころから伝票や名刺《めいし》など印刷物はすべて三日月堂《みかづきどう》にお願いしていた。

いまでも活版《かっぱん》印刷ひとすじの店で、店主は「カラスの親父《おやじ》さん」というあだ名の腕《うで》の立つ職人《しょくにん》だった。

年賀状《ねんがじょう》とカレンダーの印刷も、ずっと三日月堂《みかづきどう》に頼《たの》んでいた。繊細《せんさい》な和紙だから、印刷できるのは一枚《まい》ずつ手《て》キンで刷ってくれる三日月堂《みかづきどう》だけだった。

製造元《せいぞうもと》が閉《と》じてしまった話をすると、カラスの親父《おやじ》さんは少し考えて、そしたらいっそ、カレンダーを和紙の見本帳にしたらどうだろう、と言った。わたしが各地の和紙を集め、店に置いているのを知っていたからだ。

――カレンダーは月ごとに紙を変える。それではしっこに紙の名前を書いておくんだ。そうしたら見本帳みたいになる。お客さんも和紙の種類を覚えられるし、気に入った紙があったら買ってくれるかもしれない。

親父《おやじ》さんはそう言った。なるほど、と思った。

もちろん高い紙もあるし、前のようにひとところの紙を使うより制作費《せいさくひ》は高くつく。だが、カレンダーを配るのは大事な取引先だけで数はそんなにないし、サイズを小さくすればなんとか対応《たいおう》できるだろう。

そのころのわたしは、時間ができると日本各地の和紙の産地におもむき、紙を買い集めていた。そのコレクションを見てもらい、和紙のことをもっと知ってもらいたい、という気持ちもあったのだと思う。

これまでの慣《な》れた紙から、いろいろな紙を束ねた形に替《か》える。年賀状《ねんがじょう》も毎年ちがう紙を使う。そう決めて、毎年紙を選ぶようになった。

親父《おやじ》さんによると、インキの吸《す》いこみ方は紙によってちがうそうで、紙の種類が変われば、その都度すべて調整し直さなければならないらしい。

十二種類の紙を用い、どの紙も文字が同じ太さに見えるように印刷するのはなかなか至難《しなん》の業で、親父《おやじ》さんはいつも、なんで自分の首を絞《し》めるようなことを提案《ていあん》してしまったんだろう、と苦笑いしていた。

だが、その親父《おやじ》さんも年を取り、去年くらいから、近いうちに店を畳《たた》む、と言うようになった。活版《かっぱん》は衰退《すいたい》した。名刺《めいし》や伝票を安価《あんか》に刷る大きな会社ができ、町の小さな印刷所というものは少なくなった。

三日月堂《みかづきどう》も、あたらしい機械を買ってあたらしい社員をとれば、大きく成長できたのかもしれない。だが親父《おやじ》さんはそれをしなかった。息子さんが店を継《つ》がなかったこともあるだろうが、親父《おやじ》さん自身が活版《かっぱん》にこだわっていたのが大きいと思う。

――ここはわたしの代で閉《と》じる。だから好きなように、活版《かっぱん》で死ぬまでやらせてもらう。

そう豪快《ごうかい》に笑っていた。

文選《ぶんせん》、組版《くみはん》、印刷。先代のころから三日月堂《みかづきどう》で働いていた職人《しょくにん》さんたちは、みんな引退《いんたい》していった。親父《おやじ》さんと同年代の職人《しょくにん》も次々《つぎつぎ》に退職《たいしょく》し、ついに奥《おく》さんとふたりだけになってしまった。

親父《おやじ》さんは、その分仕事も減《へ》ってきているからちょうどいい、と言っていたが、奥《おく》さんが体調を崩《くず》し、潮時《しおどき》と思ったらしい。夏に行ったとき、来年の春には店を閉《と》じることにした、と言われた。

――そうしたら、うちのカレンダーはどうしたらいいんですか、年賀状《ねんがじょう》だって。和紙に印刷できるのは三日月堂《みかづきどう》さんしかないんですよ。

――もう身体《からだ》が無理だって言ってるんだよ、休ませてくれよ。

親父《おやじ》さんは笑った。印刷は重労働だ。自分の両親の晩年《ばんねん》と重ね、しんどいんだろうなあ、と想像《そうぞう》はついた。

――それにな。妻《つま》の具合が芳《かんば》しくないんだ。

親父《おやじ》さんは迷《まよ》いながら言った。

――静子《しずこ》さんが?

――いまも入院してる。医者からはもう長くないと言われてるんだ。最後くらいはついていてやりたいんだよ。無理ばかりさせてきたから。

親父《おやじ》さんがうつむく。

――わかりました。そうしてください。それがいちばんですよ。カレンダーはまた別のことを考えますから。

別のこと、なんて言っても、なんのあてもない。だが、親父《おやじ》さんの気持ちを考えると、無理は言えなかった。

――申し訳《わけ》ないねえ。でも、そしたら今年は最後だからね。年賀状《ねんがじょう》もカレンダーも特別な紙を使って、いいものを作ろう。

親父《おやじ》さんは笑った。

2

三日月堂《みかづきどう》の横に車を停《と》め、入口の戸を開く。なかには親父《おやじ》さんがひとり、小型《こがた》自動機の手入れをしていた。しずかだ。何年か前までは何人も職人《しょくにん》がいて、いつも印刷機が動く大きな音がしていたのに。

以前は奥《おく》に伝票用の大きな印刷機があったが、伝票の注文も減《へ》り、その機械を扱《あつか》える職人《しょくにん》も引退《いんたい》してしまったので、数年前に処分《しょぶん》したらしい。いまはその場所に大きな机《つくえ》が置かれている。

「ああ、笠原《かさはら》さん、いらっしゃい」

親父《おやじ》さんが顔をあげる。

「年賀状《ねんがじょう》とカレンダーの紙、持ってきました」

「そうか。いまこれを片《かた》づけるから、ちょっとそこで待っててくれ」

伝票用の機械がなくなったあとに置かれた大きな机《つくえ》を指す。机《つくえ》の上には、刷りたての年賀状《ねんがじょう》が何枚《まい》も乾燥《かんそう》用のラックに立てかけられていた。

「年賀状《ねんがじょう》ですね」

「そうそう。この季節はやっぱり忙《いそが》しいよ。ありがたいことに、年賀状《ねんがじょう》はうちじゃないと、って言ってくれるお客さんもいるから」

「じゃあ、三日月堂《みかづきどう》が閉《し》まるってわかって、みんな困《こま》ってるんじゃないですか」

「まあね。でも、こればっかりはねえ」

親父《おやじ》さんがため息をつく。

「こうやって仕事をしてると、これからも年賀状《ねんがじょう》の時期だけ動かそうとも思ったけど……。まあ、先のことはね、また落ち着いてから考える」

ちょっとさびしそうに笑った。仕事一筋《ひとすじ》で生きてきた人が仕事をやめたらどうなるのか。空っぽになってしまうかもしれない。うちみたいにどうしても三日月堂《みかづきどう》で、というお客さんがほかにもいるのなら、やめなくてもよいのではないか。

とはいえ、静子さんも入院中のいま、親父《おやじ》さんひとりで店を切り盛《も》りするのはむずかしいだろう。

「年賀状《ねんがじょう》の注文だってどんどん減《へ》っているからなあ。二十年前、いや十年前と比《くら》べたって……。最初は写真入り年賀状《ねんがじょう》に持っていかれて、家庭用のプリンタの普及《ふきゅう》でまた減《へ》って」

親父《おやじ》さんは自動機のローラーをはずし、一本ずつていねいに拭《ふ》いている。

「最近じゃインターネットで注文できる印刷会社も増《ふ》えたから、商店からの注文もだいぶ減《へ》ったよ。年賀状《ねんがじょう》を作る人自体減《へ》ったし、うちに注文にくるのは、パソコンの使い方がわからない古くからのお客さんだけ。時代が変わったんだなあ」

むかしは無愛想な人だった。むずかしい顔で版《はん》を組み、職人《しょくにん》たちにも厳《きび》しい。客に対してもあまり笑顔を見せない。だから若《わか》いころのわたしは親父《おやじ》さんが苦手で、静子さんが出てくるとほっとしたものだった。

だが年をとって親父《おやじ》さんも変わった。いまでも愛想笑いはしないし、余計《よけい》なことはしゃべらないが、話しているとときどき笑顔を見せる。こちらも年をとって慣《な》れてきたのもあるだろうが、いまは朴訥《ぼくとつ》な親父《おやじ》さんに会うとほっとする。

父と似《に》たところがあるからかもしれない。父も寡黙《かもく》な人だった。とくにわたしが大人になって店の仕事を手伝うようになってからは、仕事の話くらいしかしたことがない。

　趣味《しゅみ》と呼《よ》べるようなものもなく、なにを考えているのか、どんなものが好きなのか、さっぱりわからなかった。そして、前触《まえぶ》れもなく、仕事の最中に倒《たお》れてそのまま亡《な》くなった。老後ののんびりした生活を経験《けいけん》することなく、現役《げんえき》のまま。

　だからわたしにとって父はずっと厳《きび》しい人だった。だが、最近少しずつ父のことがわかってきた気がする。父にとってはあの店がすべてだったのだ。趣味《しゅみ》も生きがいもすべてあの店にあった。

　いや、先祖《せんぞ》からの店を守り、家族を養う、それだけでいっぱいいっぱいだった、というべきだろう。同じ立場になってその意味がようやく飲みこめてきた。気づけばわたしもいつも険《けわ》しい顔をしている。父と同じように。

　三日月堂《みかづきどう》の親父《おやじ》さんの息子の修平《しゅうへい》は小学校、中学校で同学年だった。何度か同じクラスになったこともある。頭が良くて、とくに理系《りけい》の勉強ができて、わたしよりいい高校に進み、大学で天文学を学んで、大学院まで進んだ。

　高校の教師《きょうし》になって同僚《どうりょう》のカナコさんと結婚《けっこん》、弓子ちゃんが生まれた。だが、弓子ちゃんが三歳《さい》のとき、カナコさんは亡《な》くなった。それで弓子ちゃんは、幼《おさな》いころ何年かここで暮《く》らしていた。

親父《おやじ》さんはカナコさんのことをいたく気に入って、自慢《じまん》の嫁《よめ》だと言っていた。若《わか》いカナコさんが亡《な》くなったのはやりきれないことだったが、弓子ちゃんがいることで親父《おやじ》さんはずいぶんやわらかくなった気がする。

なぜか弓子ちゃんは印刷の仕事が好きだったようだ。小学校にあがってから修平《しゅうへい》に引き取られて横浜《よこはま》に行ったが、高校生になると、ときどき三日月堂《みかづきどう》の仕事を手伝いにくるようになった。

大学のあいだはよく見かけたが、社会人になってからはなかなか来られないらしい。親父《おやじ》さんは、ちょっとさびしいよ、と苦笑いしていた。そんなことも、むかしだったら絶対《ぜったい》口にしなかっただろう。

「待たせてすまなかったね」

片《かた》づけを終えた親父《おやじ》さんが手を洗《あら》い、机《つくえ》のそばにやってきた。

「それで、紙は決まったのかな」

「はい。決めました」

わたしはうなずき、カバンから見本を取り出した。

最後だから、とっておき、より抜《ぬ》きの紙を使いたい。これまで評判《ひょうばん》の良かった紙を集めることも考えたが、最近見つけてまだ紹介《しょうかい》していなかった紙も捨《す》てがたい。気合いがはいりすぎて、悩《なや》みに悩《なや》んだ。

年賀状《ねんがじょう》はなおさらだ。一枚《まい》にこれまでのすべての思いをこめたい。考え抜《ぬ》いた挙《あげ》句《く》、細川紙《ほそかわし》を使うことにした。埼玉県の小川町《おがわまち》で作られる細川紙《ほそかわし》。ユネスコ無形文化遺産《いさん》にも登録された由緒《ゆいしょ》正しい紙で、これまでにも何度かあいさつ状《じょう》に使っている。細川紙《ほそかわし》には、個人《こじん》的な思い入れがあった。

「そうか、細川紙《ほそかわし》か。たしかお母さんは小川町の生まれだったね」

親父《おやじ》さんは紙をながめ、目を細めた。

「そうです。実家はもともと紙屋だったそうで……」

「ああ、そうだったね」

母の実家は紙屋で、和紙を作っていた。

母がうちに嫁《とつ》いでしばらくして廃業《はいぎょう》してしまったのだが、母はよく紙作りの話をしてくれた。うちで簡単《かんたん》な紙漉《かみす》きをして紙を作ったこともある。その思い出はわたしの心に深く刻《きざ》まれていた。

「いい紙だね」

「はい。母の実家とゆかりのある店で作られたものなんです。やはり最後となると、これしかないかな、って。年賀状《ねんがじょう》はこの紙、カレンダーの表紙は薄《うす》い細川紙《ほそかわし》を使おうと思います」

「うん。いい選択《せんたく》なんじゃないか」

親父《おやじ》さんは顔をあげ、笑った。

小川町の和紙作りの歴史《れきし》は、八世紀《せいき》にさかのぼる。奈良時代、平安時代に製紙《せいし》が行われていた記録があるらしい。小川を中心とした比企《ひき》、秩父《ちちぶ》、男衾《おぶすま》が和紙の産地として発展《はってん》するのは江戸《えど》時代。江戸《えど》が日本の経済《けいざい》の中心になってからのことだ。

江戸《えど》の紙の消費量《しょうひりょう》が増大《ぞうだい》し、さまざまな紙が漉《す》かれた。なかでも代表的なものは細川紙《ほそかわし》だ。紀州《きしゅう》・細川村《ほそかわむら》から細川奉書《ほそかわほうしょ》という紙作りの技術《ぎじゅつ》が伝わり、丈夫《じょうぶ》で質《しつ》の高い紙を作れるようになった。

晴天だと紙の乾燥《かんそう》がはかどって儲《もう》かることから「ぴっかり千両」という言葉も生まれた。細川紙《ほそかわし》は強靭《きょうじん》で、帳簿《ちょうぼ》や台帳など記録用の文書やたとう紙に用いられた。有名な「江戸《えど》からかみ」の地紙にも用いられている。

近代になってからも小川町、東秩父村《ひがしちちぶむら》の紙として有名なのは細川紙《ほそかわし》で、戦時中は砲兵《ほうへい》紙などの軍需品《ぐんじゅひん》としても用いられ、風船爆弾《ふうせんばくだん》も細川紙《ほそかわし》で作られたという。

戦後、和紙の帳簿《ちょうぼ》や台帳といったものはなくなり、和本やたとう紙に用いられる程度《ていど》になっていたが、近年ユネスコ無形文化遺産《いさん》に登録され、再評価《さいひょうか》されるようになった。

「これを見ていると『紙のなかの紙』っていう感じがする」

親父《おやじ》さんがつぶやく。

「そうですね。飾《かざ》りはないが丈夫《じょうぶ》でうつくしい」

紙のなかの紙。まさにその通りだ。原料は国内産楮《こうぞ》のみ。煮熟《しゃじゅく》には草木灰《そうもくばい》またはソーダ灰《ばい》を用い、薬品漂白《ひょうはく》は行わない。「ねり」はむかしながらのトロロアオイ、叩解《こうかい》や漉《す》きなどの作業も伝統《でんとう》的な道具で行う。

流し漉《ず》きといって、簀桁《すけた》を縦横《たてよこ》に揺《ゆ》すりながら漉《す》く。そのため繊維《せんい》がよくからまり、破《やぶ》れにくくなる。未晒《みさら》しのため素朴《そぼく》だが、自然な光沢《こうたく》がすばらしく、よく「剛《ごう》直《ちょく》で雅味《がみ》に富んだ味わいがある」と言われる。

「こりゃあ、この紙に恥《は》ずかしくない印刷をしなくちゃいけないなあ」

親父《おやじ》さんが笑う。

「やっぱり手漉《てす》きの和紙はいいね。贅沢《ぜいたく》だなあ、とは思うけど、破《やぶ》れないし、感触《かんしょく》が格別《かくべつ》だ」

「和紙は繊維《せんい》が長いので、薄《うす》くても強靭《きょうじん》、寿命《じゅみょう》も長くて、千年もつ、と言われています。でも、大量生産には向かない。印刷適性《てきせい》の問題もありますしね」

和紙は長い繊維《せんい》をからめて作る。そのため薄《うす》くて丈夫《じょうぶ》、つややかで風合いのある紙になるが、拡大《かくだい》して見ると、微細《びさい》な隙間《すきま》が無数に空いている。障子紙《しょうじがみ》の通気性《つうきせい》がいいのはそのためだ。だが印刷の際《さい》は、この微細《びさい》な孔《あな》のせいで滲《にじ》みが起こる。

一方、洋紙はもともと印刷のために作られたもの。西洋で製紙《せいし》がはじまった当初はボロ布《ぬの》を叩《たた》いて材料にしていたらしい。いまも原料は木材パルプ。短い繊維《せんい》を集めて固める。表面は平滑《へいかつ》でインキがよくのるように作られている。

いまは和紙も機械漉《きかいす》きのもの、印刷適性《てきせい》の高いものが開発されている。品質《ひんしつ》では手漉《てす》きにかなわないが、そうしなければこの先、生き残れないだろう。

「多くの人が紙や印刷物を必要とする時代になったっていうことなんだな。わたしたち印刷屋の仕事もそれで成り立ってきた。でも、いまはもう、うちみたいな活版《かっぱん》印刷じゃ、その流れに追いつけない」

親父《おやじ》さんは苦笑いする。

「印刷機の製造《せいぞう》も終わってるし、活字作るとこも減《へ》った。うちみたいな町の印刷屋はもうなくなってしまうのかもしれない。まったくなあ。世の中の流れから取り残されたような気分だよ」

「そうですねえ。紙や印刷だけじゃない。世の中全体がどんどん変わってゆく」

川越《かわごえ》の街もだ。

うちの近所の「大正《たいしょう》浪漫《ろまん》夢《ゆめ》通り」は、かつては「銀座《ぎんざ》商店街」と呼《よ》ばれていた。川越《かわごえ》を代表する歴史《れきし》ある商店街だ。

古くは猪鼻《いのはな》町と呼《よ》ばれ、江戸《えど》時代や明治時代から何代も続く商店が軒《のき》を連ねていた。戦後は「銀座《ぎんざ》商店街」と呼《よ》ばれ、昭和三十年ごろには県内でいちはやく全蓋型《ぜんがいがた》のアーケードを作った。活気あるはなやかな場所だった。

平成にはいって、商店街をあげて再整備《さいせいび》を行うことになった。アーケードを取り外し、電線は地中に埋《う》め、道路は御影石《みかげいし》の石畳《いしだたみ》にした。

アーケードや店の看板《かんばん》を外すと、それまで表に見えなかった古い建物が姿《すがた》をあらわした。昭和、いや、戦後という時代が覆《おお》い隠《かく》していた、それ以前の姿《すがた》が見えるようになったのだ。一番街《いちばんがい》の整備《せいび》も進み、観光客もやってくるようになった。

「変わるのは自然なことだ。悪いことじゃない」

親父さんは少し笑った。

「方介《ほうすけ》くんは家の仕事、どうして継《つ》いだんだ？」

親父《おやじ》さんに訊《き》かれ、答えに詰《つ》まる。

「さあ、どうしてでしょうねえ」

自分でもよくわからず、首をひねった。

「それしかなかった、っていうのかな。わたしは修平《しゅうへい》くんみたいに頭もよくないし、勉強もそれほど好きじゃなかったし。そういうものだと思っていた、というか、それしかできることがなかった、というか……」

もごもごと口ごもる。親父《おやじ》さんはわたしが持ってきたサンプル用の紙を机《つくえ》のうえに広げて、厚《あつ》みや質感《しつかん》を確《たし》かめている。

なんでだったんだろう。なんで店を継《つ》いだんだろう。

子どものころから店を継《つ》ぐように言われて育った。自分もそうしたんだ、と父は言った。紙なんて、和紙なんて、どこがいいのかわからなかったし、商売に向いているかどうかも考えたことがない。自分にはその道しかないと思いこんでいた。

川越《かわごえ》には古くからの商店や問屋の子どもがたくさんいる。小学校でも商店街のどこかの店の子どもは大勢《おおぜい》いた。三代目、四代目なんていうのは序《じょ》の口で、なかには十数代目なんていう子もいた。

とくに長男は、わたしと同じように店を継《つ》ぐのがあたりまえ、と思っている子が多かった気がする。それを誇《ほこ》りに思うものもいれば、重荷だとぼやくものもいた。

いや、口に出すのが本心とはかぎらない。強がりもあっただろう。だがそれが定めだと思っていることには変わりがなかった。

だがクラスにはそうでないものもいる。次男、三男。親が勤《つと》め人で家業のないもの。長男でも、ほかにやりたいことがある、というもの。修平《しゅうへい》のように。彼《かれ》らは大学に行ったあと就職《しゅうしょく》する。そういうあり方がなんだか不思議だった。

「修平《しゅうへい》は高校時代からうちの仕事は継《つ》がない、って言ってたからな。結局それでよかったのかな、と思ってる。修平《しゅうへい》が継《つ》ぐとなれば、うちもあたらしいものを取り入れなくちゃならなくなっただろうしなあ」

紙を曲げたり光に透《す》かしたりしながら、親父《おやじ》さんが言った。

「わたしは活版《かっぱん》が好きなんだ。修平《しゅうへい》が家を継《つ》がなかったから、わたしは活版《かっぱん》の仕事を貫《つらぬ》き通すことができた。それはそれでしあわせだったと思うんだよ」

「そうですか」

修平《しゅうへい》とは中学まで同じ学校だった。成績優秀《せいせきゆうしゅう》で、幼馴染《おさななじみ》でなかったら近寄《ちかよ》りがたいタイプだったかもしれない。中学の途中《とちゅう》から天文学に夢中《むちゅう》になり、天文学者になりたい、と言い出した。

——学者？

聞き慣《な》れない言葉に驚《おどろ》いて訊《き》き返した。学者？　しかも天文学者？　そういう仕事があるのは知っていた。でも、自分とは関係のない、遠い世界のことのように思っていた。そんな浮世離《うきよばな》れした仕事で食べていけるのか。

——それって、どうやったらなれるんだ？

——さあ。でも、大学には天文学科っていうものがあるみたいだし、そこに行けばいいんじゃないかな。

修平《しゅうへい》の答えもぼんやりしたものだった。

——でもさ、天文学ってなんの役に立つんだ？

——役に立つ？

——だからさ、三日月堂《みかづきどう》は印刷が仕事だろ。うちは紙を売るのが仕事。紙や印刷が必要な人がいるのはわかる。だから商売が成り立つ。けど、天文学は？　なんのための、だれのための仕事なんだ？

わたしがそう訊《き》くと、修平《しゅうへい》は黙《だま》った。

——そういうのは考えたことなかったけど、人は月にだって行ったじゃないか。役に立つんだよ、いつか。

その年の夏、アポロの月面着陸がニュースになったばかりだった。だから宇宙飛《うちゅうひ》行士《こうし》になりたい、という夢《ゆめ》はよく聞いた。

――天文学者っていうのは、宇宙《うちゅう》に行けるのかな。

――さあ、よくわからないけど……。でも、宇宙《うちゅう》に行くのはちょっと……。

修平《しゅうへい》が言いよどむ。

――ちょっと、なに？

――いや、ちょっと……怖《こわ》くないか？

――なんで怖《こわ》いんだよ？　事故《じこ》が怖《こわ》いのか？　それとも宇宙人《うちゅうじん》？

笑って訊《き》いたが、修平《しゅうへい》はなにも答えなかった。

「やっぱり面白いなあ、和紙は」

親父《おやじ》さんの声がした。カレンダーの表紙に使う薄《うす》い細川紙《ほそかわし》をじっと見つめている。

「ほんとうに繊維《せんい》が長いんだね。だから薄《うす》いのに張《は》りがある。破《やぶ》れにくいし、折れにくい。いい紙だ。インキののり方は、やってみないとわからないけど」

「面倒《めんどう》なことばかり頼《たの》んですみません」

頭を掻《か》きながら謝《あやま》った。

「いや、面白いよ。やりがいがあるんだ、こういう仕事はね。年をとってもまだまだあたらしいことがある。笠原《かさはら》さんのとこの仕事はいつも刺激《しげき》がある」

親父《おやじ》さんはうれしそうに言った。

「不思議だなあ。細川紙《ほそかわし》というのは古いものだ。その古いものがあたらしい。わたしたち印刷屋は、紙というと、どうしても洋紙と思ってしまうから」

「和紙と洋紙とでは同じ紙でもかなりちがいますからね」

「DTPもあたらしいかもしれないが、わたしにとっては細川紙《ほそかわし》もあたらしいんだよ。それに、これ、うちじゃなきゃ印刷できないだろ?」

親父《おやじ》さんが楽しそうに話す。

「世の中が変わって、技術《ぎじゅつ》も変わる。なんでも機械でできるようになる。だけど、実際《じっさい》には、機械で扱《あつか》えるようにすれば、前にあった細かいことが削《そ》ぎ落とされていってしまう」

「そうかもしれないですね。電子レンジや食洗機《しょくせんき》は便利だけど、繊細《せんさい》な陶磁器《とうじき》や漆《しっ》器《き》には使えない。そうすると、器も、レンジや食洗機《しょくせんき》に対応《たいおう》できるものばかりになっていく。知らず識《し》らず、機械に縛《しば》られていく」

「大量生産できる和紙、プリンターで印刷できる和紙。この先、和紙もそういう形に変わっていくかもしれない。でも、機械で扱《あつか》える形に変わることで、本来和紙にあった良さが削《けず》られてしまうかもしれない。手作業の活版《かっぱん》印刷だから、むかしながらの紙に刷れるように調整できる」

親父《おやじ》さんが熱っぽく語る。

机《つくえ》の上の紙を見おろす。

わたしだって、むかしはうちの仕事を時代遅《じだいおく》れだと思っていた。店の手伝いだってあまり好きじゃなかった。東京の大きな会社のサラリーマンというのがはなやかな存在《そんざい》に思えて、憧《あこが》れたこともある。

うちは早くに父親が亡《な》くなった。だから考える間もなく店を継《つ》がざるを得《え》なくなった。継《つ》いだばかりのころは、もう和紙なんて流行らない、こんな店は潰《つぶ》して、別の商売をはじめた方がいいんじゃないか、と思ったりもした。

だが、和紙を捨《す》てられなかった。

「むかしは和紙なんて古い、って思ってましたけどね。書道は学校で習うけど、障《しょう》子《じ》や襖《ふすま》のある家も減《へ》ったし。だけど、いつのまにか紙を捨《す》てられなくなってた。それどころか、畳《たた》む、っていう店があると、できるかぎり紙を引き取ってしまう」

「ははは」

親父《おやじ》さんが笑った。

いつからそうなったのだろう。店は継《つ》いだけれど、そういうものだと思っていたというだけで、特別和紙が好きだったわけじゃない。なにがいいのかわからない、とも思っていたのに。

「だから、店の棚《たな》には無数の和紙が詰《つ》まっているんです。息子の宗介《そうすけ》には、売れないものを買いつけてきてどうするんだ、と呆《あき》れられてますけどね」

宗介《そうすけ》の渋《しぶ》い顔が浮《う》かぶ。

「でも、いまそこにちゃんとあるじゃないですか。むかしからの歴史《れきし》を背負《せお》って存《そん》在《ざい》してる。ないことにはできないんですよ」

もう紙を漉《す》く人がいなくなって、伝統《でんとう》が失われてしまう産地もある。一度失われたらもう復活《ふっかつ》しない。消えていくのは必要ないからだ、とも思うけど、かつてあったものが世界から消えてしまうことに耐《た》えられない。

「宗介《そうすけ》くん、いまは大学生だっけ？」

「ええ。でも全然勉強してないんですよ。バイクを買ってからはツーリングに夢中《むちゅう》になって、こっそり小説のようなものも書いているみたいで」

「小説？」

親父《おやじ》さんが興味津々《きょうみしんしん》という顔になる。

「いえ、見たことはないんですけどね。かと思うと、最近はIT企業《きぎょう》に就職《しゅうしょく》したい、と言い出して。どこで聞きかじってきたのか、これからは文系《ぶんけい》の職業《しょくぎょう》はダメだ、とか。いったいなにがしたいのか、よくわからないですよ」

わたしが言うと、親父《おやじ》さんは声に出して笑った。

「まあ、若《わか》いころはそんなものじゃないか」

「そうなんでしょうか。わたしから見ると、なんだか浮《うわ》ついてるっていうか、物事のかっこのいいところしか見てない気がして」

ため息をつき、苦笑いした。

「それが若《わか》いってことなんじゃないか。自由になるのは学生のうちだけだからね。いまは思う存分《ぞんぶん》好きなことをさせてやった方がいい。弓子も、学生のあいだはよく手伝いに来てくれたけど、社会人になってからは忙《いそが》しくなってしまって」

親父《おやじ》さんは少しさびしそうな顔になった。

「弓子さん、ここの仕事が好きだったみたいですねえ。いつも楽しそうだった」

「まったく、若《わか》い女の子が活版《かっぱん》印刷なんてなあ。力仕事だし、手も汚《よご》れるし。まあ、だから、これでよかったんじゃないかな。時代は変わるんだ。わたしがこの船に乗ったころは、大きな船だったからな。みんな忙《いそが》しくて、仕事もたくさんあった」

「そうですね」

時代は変わる。宗介《そうすけ》にもよくそう言われる。そのたびにケンカになる。宗介《そうすけ》が正しいのかもしれない。だが、なぜかそう簡単《かんたん》に譲《ゆず》れない、と思ってしまう。

——結局親父《おやじ》はさ、自分が店を継《つ》いで苦労したから、息子に同じ苦労をさせたいだけなんじゃやないか。

いつだったか宗介《そうすけ》に言われた言葉が、ずっと胸《むね》に刺《さ》さっている。

「うちも、わたしの代で閉《と》じることになるのかもしれない。宗介《そうすけ》は継《つ》がないと思いますし」

わたしはため息をついた。

「まあまあ、まだわからないさ。時代も変わるけど、人も変わる。年を取るとね。宗介《そうすけ》くんだっていつかわかるかもしれない」

親父《おやじ》さんが笑った。

「そうそう、笠原《かさはら》さんとこのカレンダーと年賀状《ねんがじょう》、文字はもう組んであるんだよ。まだ時間あるかな。そしたら試し刷りしてみよう」

親父《おやじ》さんが言った。

「ええ、大丈夫《だいじょうぶ》です」

「じゃあ、ちょっと待っててくれ。倉庫から出してくるから」

「そしたら、わたしも車から紙をおろしますよ」

親父《おやじ》さんは奥《おく》の倉庫に行き、わたしは車に戻《もど》って積んできた紙の束を運んだ。細《ほそ》川紙《かわし》のほか、カレンダーで使うのもこれまで評判《ひょうばん》だった紙、あたらしく見つけた紙から厳選《げんせん》したものばかりだ。

こうやって三日月堂《みかづきどう》で刷るのもこれが最後か。そう思うとさびしかった。

3

カレンダーのスタイルは去年と変わらない。カレンダーの方は日にちをずらし、年号を変えるだけ。年賀状《ねんがじょう》も基本《きほん》は変わらないが、文面は毎年同じだと芸がないので少しずつ変えている。

カレンダーの試し刷りを見ながら、日付のまちがいがないか、祝祭日などにずれがないか確認《かくにん》した。年賀状《ねんがじょう》の文面もチェックした。親父《おやじ》さんは活字の状態《じょうたい》を確認《かくにん》し、欠けやかすれのあるものを交換《こうかん》している。わたしの方で少し変更《へんこう》したいところが出て、親父《おやじ》さんにその部分を組み直してもらった。

「そうだ、方介《ほうすけ》くん」

親父《おやじ》さんが老眼鏡《ろうがんきょう》を外しながらこっちを見る。親父《おやじ》さんは目がいいらしい。近くは老眼鏡《ろうがんきょう》が必要だが、遠くはまだ視力《しりょく》が一・二あるそうで、ふだんは裸眼《らがん》だ。

「年賀状《ねんがじょう》、一枚《まい》刷ってみないか？」

「え、わたしが、ですか？」

「そう」

親父《おやじ》さんがにんまり笑う。思いがけない申し出に戸惑《とまど》った。客のわたしが刷るなんてことは、考えたこともなかった。親父《おやじ》さんは印刷のプロだ。わたしは紙のプロ。だからおたがいの領分《りょうぶん》に手を出さない。

「いや、それは……。素人《しろうと》のわたしが機械にさわるなんて」

「機械っていっても、手《て》キンだから。カレンダーは平台で刷るから、素人《しろうと》にはちょっと無理だろう。だけど手《て》キンは、がっちゃん、ってレバーを引くだけだし」

親父《おやじ》さんは手キンのレバーをなでる。

「最後だからね。わたしの仕事を、三日月堂《みかづきどう》の仕事を、お客さんにも覚えていてもらいたい。なんだかそんな気がしたんだ」

親父《おやじ》さんがじっとこちらを見る。その目を見て、しぜんとうなずいていた。

親父《おやじ》さんが機械に版《はん》をセットし、インキをのばす。

「まずは試し刷りだ。いま、ヤレを出すから」

親父《おやじ》さんが引き出しをあける。ヤレとは印刷で失敗した紙だ。本来なら捨《す》ててしまうところだが、試し刷り用にとっておく。紙によってインキののり具合がちがうから、本番と同じ紙で試し刷りができるように。

引き出しのなかを探《さが》すと、何枚《まい》か細川紙《ほそかわし》が出てきた。以前あいさつ状《じょう》に使ったものだ。

「今回のは、これと同じ紙だね」

親父《おやじ》さんは老眼鏡《ろうがんきょう》をかけ、紙をくらべながら言った。

「そうですね」

わたしはうなずいた。

「この紙か。じゃあ、圧《あつ》は……」

手《て》キンのレバーのあたりを調整し、ヤレで試し刷りをする。

「うん、まあ、こんなもんかな」

親父《おやじ》さんは印刷したものをルーペで見ながら言った。

「じゃあ、刷ってみようか」

本番用の紙を手に取る。機械に紙をセットし、親父《おやじ》さんがレバーを引いた。インキのついたローラーが版《はん》をなで、紙が版《はん》に押《お》しつけられる。版《はん》が離《はな》れると、文字がくっきり浮《う》かびあがっていた。

「やっぱり、こういう紙が相手だと緊張《きんちょう》するな」

紙を手に取り、文字を見つめながら親父《おやじ》さんがつぶやく。

「わかります。まっさらな紙というのは、だれも踏《ふ》んでない雪野原みたいで……」

そこまで言ったとき、急に母の顔が浮《う》かび、口をつぐんだ。

——きれいな紙はねえ、だれも踏《ふ》んでない雪野原みたいで、切ってしまうのがもったいないような気がするよ。

母はハサミで紙を切りながら、よくそう言っていた。

——書いたり、切ったりして使うものなのにね。そのままがいちばんうつくしいような気がしてしまう。

紙屋の娘《むすめ》だった母は、紙細工や紙を使った遊びが得意《とくい》だった。店に来る子どもたちに折り紙や切り紙を教えたり、大人向けに和綴《わと》じの教室を開いたりしていた。

わたしも母から折り紙や切り紙を習った。母の手は魔法《まほう》の手のようで、一枚《まい》の平面である紙から立体的な動物が生み出され、うつくしい模様《もよう》が切り出された。子どものころは、あの手を飽《あ》きることなくながめていた。そしてそこから生み出されるさまざまな形を。次はなんだろう、なにができるのだろう、と固唾《かたず》をのんで見守っていた。

「さあ、方介《ほうすけ》くんの番だ。刷ってみて」

親父《おやじ》さんがレバーをさしてにやっと笑う。わたしはおそるおそるレバーを握《にぎ》った。

ここには何度も来たことがある。この機械もそのたびに目にした。動かしているところも見慣《みな》れている。だが、さわるのははじめてだ。

ぎゅっと握《にぎ》る。冷たい、だがまろやかな感触《かんしょく》。長年人に握《にぎ》られてきたからだろうか。しっくり手になじんだ。

親父《おやじ》さんが紙をセットした。

まあたらしい、細川紙《ほそかわし》。光沢《こうたく》のあるうつくしい紙。

「二回くらい、途中《とちゅう》までレバーをさげて戻《もど》して、ローラーにインキをつける」

親父《おやじ》さんの説明通り、レバーを引く。ローラーに円盤《えんばん》のインキがつく。

「こうですか」

「そうそう。それから版《はん》のところまでおろす。それを二、三回くりかえして」

レバーを引いたり戻《もど》したりをくりかえす。円盤《えんばん》がくるっとまわり、ローラーについたインキが版《はん》に伸《の》びる。

なるほど、こういう仕組みだったのか。いままで何度も見ていたはずなのに、ちゃんとわかっていなかった。

「そうそう。そしたら最後にレバーを下までぎゅっとおろす」

言われるままにレバーをさげた。版《はん》と紙が触《ふ》れ合う。ぎゅっと押《お》しつける。

「それで大丈夫《だいじょうぶ》。レバーを戻《もど》して」

力を抜《ぬ》く。レバーはぐいっともとに戻《もど》り、紙の上に文字が浮《う》かびあがっていた。

「刷れてますね」

黒い文字がうつくしかった。

「ああ、よく刷れてる」

文字を見ながら親父《おやじ》さんがうなずく。

母の生み出した折り紙や切り紙が頭に浮《う》かんで、ちらちら揺《ゆ》れた。店のなかにあふれる子どもたちの声。それを遠く見ながら、紙を整理している父。引き出しにしまわれたたくさんの和紙。産地で見た紙漉《かみす》きの風景。

いくつもの手と紙。紙を折ったり切ったりしながら、紙に話しかけていた母。

「いま、なぜか母のことを思い出してました」

ぽろっと言った。

「紙細工が得意《とくい》で、店で折り紙や切り紙を子どもに教えたりしてたんです。わたしも子どものころ教わりました」

「へえ。そうだったのか」

「ちょっと変わった人でね、紙を扱《あつか》うとき楽しそうにひとりごとを言うんです。見えないものと会話してるみたいな感じで。もしかしたら紙と話していたのかもしれない」

「紙と話す……」

親父《おやじ》さんは不思議そうな顔をした。

「子どもみたいでしょう?」

わたしは笑った。

「そうだな、でも、わからなくもない」

親父《おやじ》さんは印刷所のなかを見まわした。

「この店のなかはずっとうるさかった。いつもなにか機械が動いてたからね。でも職人《しょくにん》がいなくなって、だんだんしずかになってきて。最近じゃ、わたしがひとりで手《て》キンを動かすだけの日も多いから、しんとしてるんだ」

さっきこの店にはいってきたときのことを思い出した。しずかだった。むかしは職人《しょくにん》がたくさんいた。いつも大きな音がして、職人《しょくにん》たちの声が響《ひび》き渡《わた》っていた。

修平《しゅうへい》が子どものころはここの階段《かいだん》で遊んだこともある。危《あぶ》ないから印刷所にははいるな、とよく怒鳴《どな》られた。

修平《しゅうへい》は大人になって家を出た。弓子ちゃんが暮《く》らした時期もあったけど、もういない。職人《しょくにん》たちもいなくなり、静子さんも入院。いまここにいるのは親父《おやじ》さんだけ。

「ときどき、なにか聞こえるような気がするときがあるんだよ。むかしの音がね、こう、遠くから」

親父《おやじ》さんが目を閉《と》じた。

印刷機に高い窓《まど》からの光があたっている。

和紙を買い集めるようになったのは、母が死んでからかもしれない。廃業《はいぎょう》しそうな店の紙を見ると、たまらない気持ちになる。その店がなくなったら、もうその店の紙は作れない。そう思うと、買い取らずにはいられない。そんなことばかりじゃ商売にならない、とも思うけれど、いてもたってもいられなくなる。

「なんというか、人生っていうのは短いもんだな。最近、よくそう思うよ」

親父《おやじ》さんがしずかに笑った。

「わたしなんか、人生のほとんどをこの印刷所のなかで過《す》ごしたようなもんだ。外には広い世界があるっていうのに」

親父《おやじ》さんが天井を見あげる。

「なにかを印刷して、人に渡《わた》して……。ただ、それだけ。広い世界で生きる人から見たら滑稽《こっけい》なことかもしれない。でも、悪い仕事じゃなかった」

「ええ。そうですね」

「まあ、そこそこね、いい人生だったと思うよ」

わたしを見て、にんまり笑った。

よかった。なぜかそう思った。

「うちもだいぶお世話になりました。三日月堂《みかづきどう》さんがなかったら、笠原《かさはら》紙店のカレンダーはなかった。ほんと、来年からどうしたらいいのか。困《こま》ってますよ」

ちょっと冗談《じょうだん》めかして言った。

「ああ、それなんだが」

親父《おやじ》さんはそう言って、引き出しから小さな紙を出してきた。

「ここに電話してみてくれ」

紙を手渡《てわた》し、言った。

「足立《あだち》区にある印刷所だよ。そこはまだ活版《かっぱん》の印刷を請《う》け負ってる。平台もあるから、カレンダーも刷れるだろう」

「ほんとですか?」

印刷所の名前と電話番号が、鉛筆《えんぴつ》の文字で書かれていた。

うちのために探《さが》してくれていたのか。親父《おやじ》さんの顔をまじまじと見た。

「なかなか腕《うで》の立つ人だよ。わたしより少し若《わか》くて、まだしばらく仕事するって」

親父《おやじ》さんはぶっきらぼうに言った。

「ありがとうございます。助かります」

深く頭をさげた。これでまたしばらくカレンダーを続けられる。

「和紙の印刷だって言ったら、ちょっと渋《しぶ》い顔してたけどな」

親父《おやじ》さんが笑った。

「そうだ、方介《ほうすけ》くんはよく和紙の産地に行くって言ってたよな」

「ええ」

「今度どこかに行くとき、連れていってくれないか。印刷所から出て、いろいろ見てみたいんだ。紙のことも知りたいし、人の手が生み出すものを見ておきたい」

親父《おやじ》さんといっしょに紙作りを見に行く。

なぜかひとあし早く心に春が来たような気がした。父が亡《な》くなってから、カラスの親父《おやじ》さんを父のように思っていたのかもしれない。父は死ぬまで忙《いそが》しかったから、いっしょに旅をした記憶《きおく》がない。

「いいですね、ぜひ行きましょう。予定が立ったらお知らせします」

そう答えると、親父《おやじ》さんはまたにまっと笑った。

店を出る。もう暮《く》れかかっていた。親父《おやじ》さんが入口前まで出て来てくれた。店をちらっとふりかえる。来年になったら、もう三日月堂《みかづきどう》は閉《と》じられてしまう。

——まあ、そこそこね、いい人生だったと思うよ。

さっきの親父《おやじ》さんの言葉が耳の奥《おく》で響《ひび》いた。

父と母はどうだったただろう。

わからない。考えても仕方がない。みんな、なんのために生きているのかなんてわからない。どう生きるのがしあわせかなんてわからない。わからないまま、毎日を過《す》ごす。その積み重ねが大切なものになる。

自分もただ、毎日しっかり生きるだけ。親父《おやじ》さんのように。

車に乗り、ハンドルを握《にぎ》る。エンジンをかけ、発進する。

三日月堂《みかづきどう》の前にはいつものように親父《おやじ》さんが立って、手を振《ふ》ってくれていた。

# 空色の冊子

1

朝の光で目が覚める。窓《まど》の外から鳥の鳴く声が聞こえた。

起きあがり、台所に立つ。カゴから出したりんごを洗《あら》う。自分の手の白さにびっくりする。こんなに白かったのか、と思う。

印刷の仕事をしているころは、手はいつも黒ずんでいた。洗《あら》っても洗《あら》っても、インキの黒さが染《し》みこんでいた。皮膚《ひふ》がそういう色に変色して、もう元に戻《もど》らないものだと思っていた。

食パンをトースターに入れ、粉《こな》と水をセットしてコーヒーメーカーのスイッチを押《お》す。りんごの皮を剝《む》いていると、こぽこぽと水が沸《わ》く音がしはじめる。やがて、ぽんっと音を立ててトーストが焼きあがり、カップにコーヒーが落ちはじめた。

去年の夏、妻《つま》の静子が亡《な》くなった。静子の病状《びょうじょう》が悪くなって、その年のはじめに長年続けていた印刷所を閉《と》じた。それから半年、毎日のように病院に通った。

静子は寝《ね》たきりだったが、意識《いしき》ははっきりしていた。むかしのことを話すとうれしそうに笑った。亡《な》くなる前に一度だけでも家に連れて帰ってやりたかった。

夏の日の夕方、静子は息を引き取った。消えていくようだった。骨粗鬆症《こつそしょうしょう》で静子の骨《ほね》は脆《もろ》く、軽かった。ほとんどが灰《はい》になってしまい、残った骨《ほね》の量はふつうの人の半分もない、と言われた。静子はそこまで燃《も》え尽《つ》きて死んだのだ、と思った。

子どもは修平《しゅうへい》ひとりしかできなかった。ほんとうはその前に姉がいたのだが、死産だった。修平《しゅうへい》はその後すぐにできた子どもだ。修平《しゅうへい》が生まれたのはちょうど一年後。姉の命日と同じ日だった。

そんなことがあったせいか、静子は修平《しゅうへい》を大事に育てた。三日月堂《みかづきどう》の仕事もほんとうにがんばってくれた。家事と育児と仕事ばかりの人生だった。病気になる前に旅行でもすればよかった。

静子のいない日が来るとは思ってもいなかったので、しばらくはただ呆然《ぼうぜん》としていた。三日月堂《みかづきどう》も閉《と》じてしまったから、毎日なにもすることがない。ただ淡々《たんたん》と身のまわりのことをこなすだけで日々《ひび》がすぎていった。

四十九日の法要が済《す》んだころ、ある朝突然《とつぜん》、自分の手の白さに気づいた。ああ、ほんとはこんな色だったのか。はじめて目にする自分の手の皮膚《ひふ》の色に驚《おどろ》いた。しばしぼうっとながめ、急に涙《なみだ》が出た。

以来ずっと、手を洗《あら》うたびにまだ手の白さに驚《おどろ》いている。わたしのこんな色の手を、静子は知らない。あの世で再会《さいかい》したら、どうしたの、その手、と訊《き》かれるかもしれない。

これがほんとの色なんだよ。心のなかでつぶやく。驚《おどろ》く静子の顔が浮《う》かんで、ちょっと笑った。

朝食のあとは洗濯《せんたく》をしたり片《かた》づけ物をしたり。不思議なもので、老人ひとりで暮《く》らしていても、洗濯物《せんたくもの》も出るし、ゴミも出る。放っておけば郵便受《ゆうびんう》けもいっぱいになる。働いていなくても腹《はら》は減《へ》るから、買い物だって行かなきゃならない。きちんと管理しなければ冷蔵庫《れいぞうこ》のなかのものはだんだん腐《くさ》っていく。

生きるとは無駄《むだ》なことばかり。そうした雑事《ざつじ》をこなすたび、まだ生きてるんだなあ、と思う。印刷所の仕事をしていたころは、そんなこと思いもしなかった。日々《ひび》仕事に追われて、生きるとか死ぬとか、そんなことを考える余裕《よゆう》もなかった。

ああ、印刷所の機械や活字、どうしようか。産業廃棄物《さんぎょうはいきぶつ》だし、処分《しょぶん》するのはかなりたいへんだ。自分が生きているうちに処分《しょぶん》しないと。

——印刷所は父さんの身体《からだ》の一部みたいなもんだろう？　処分《しょぶん》したらさびしくなる

よ。そのままにしておこうよ。

処分《しょぶん》の話をすると、修平《しゅうへい》は決まってそう言った。

たしかに静子もいなくなって印刷所までなくなったら、がっくりきてしまうかもしれない。だが、修平《しゅうへい》は教師《きょうし》だ。機械類を処分《しょぶん》するのがどんなに面倒《めんどう》なことかわかっていない。修平《しゅうへい》にも弓子にも面倒《めんどう》をかけたくない。わたしがやるしかない。

だが、いざ下におりて工場を見ると、どうしても捨《す》てられなくなる。工場は、静子とわたしの生きてきた証《あかし》そのものだ。どこを見てもなつかしい。もう少しあとでもいいか、と思う。そんなふうに先のばし、先のばしにして、結局そのままになっている。


昼食には干物《ひもの》を焼いた。それにごはんと豆腐《とうふ》の味噌汁《みそしる》。料理といってもその程度《ていど》だが、だいぶ慣《な》れた。

でも、玉子焼きは弓子の方がうまいなあ。この前来たときに孫の弓子が作ってくれた玉子焼きを思い出した。弓子の玉子焼きは静子の作ったのと同じ味がする。作り方を習ったものの、自分で作るとどうも同じようにならない。

弓子も社会人になって、前のようには来られなくなった。大学生まではよく三日《みか》月堂《づきどう》の手伝いに来てくれた。高校生から返版《へんぱん》、文選《ぶんせん》、組版《くみはん》を教えた。

弓子は修平《しゅうへい》とちがって、単純《たんじゅん》作業をいやがらなかった。いつだったか、返版《へんぱん》をしているとき頭のなかがすっきりする、と言っていた。全部終わると、パズルが解《と》けたときみたいでうれしい、と。静子も以前同じことを言っていたなあ、と思った。

負けず嫌《ぎら》いなところもあって、おかげで文選《ぶんせん》や組版《くみはん》の覚えも早かった。当時はまだときどきやって来ていた職人《しょくにん》たちに、弓子ちゃんは親父さんの孫だけあるなあ、と感心されていた。

だが、この仕事がいくらできるようになっても未来はない。静子もわたしも、これからの時代、活版《かっぱん》印刷よりパソコンを覚えた方がいいんじゃないか、と心配した。弓子はちゃんとわかっていたんだろう。大学卒業後は大きな企業《きぎょう》に就職《しゅうしょく》した。

働きはじめるとやはり忙《いそが》しいようで、前のようには遊びにこられなくなった。それでも静子が入院してからは毎週のように見舞《みま》いにきてくれた。弓子がやって来ると、静子も少し楽しそうだった。

2

食事の片《かた》づけを終えると、外に出た。ひとりになってから、よく散歩に出るようになった。足腰《あしこし》が弱るのを防《ふせ》ぐためもあるが、川越《かわごえ》の町をよく見ておきたい、という気持ちもあった。

父の代から印刷屋をはじめ、この町のいろいろな仕事を引き受けてきた。町を歩いていると、つきあいのある店があちこちにある。店の前を通るたびに、その店から頼《たの》まれた印刷物が頭をよぎる。

住む人も、店も、わたしが生きてきた数十年のあいだにずいぶんと様変わりした。川越《かわごえ》で生まれ育ったから、子ども時代からの知り合いも少なくないが、少しずつ減《へ》ってきた。静子のように、あちらの世界に行ってしまった。カナコさんや片山《かたやま》さんのように、若《わか》いうちに逝《い》ってしまった人もいる。

わたしが子どものころからあった安藤《あんどう》写真館もずいぶん前に閉《と》じた。修平《しゅうへい》の七五三の写真を撮《と》った店だ。カメラが普及《ふきゅう》し、写真館の客も減《へ》った。それで先代が引退《いんたい》したとき、喫茶店《きっさてん》に商売替《が》えしたのだ。

いまは「羅針盤《らしんばん》」という喫茶店《きっさてん》になり、写真館の跡取《あとと》りが営《いとな》んでいる。建物はむかしのままで、なかには古い写真が飾《かざ》られている。雰囲気《ふんいき》がよく、コーヒーもおいしいから、なかなか流行《はや》っているようだ。わたしもときどき足を運ぶ。

シアターホームランもなくなり、高澤《たかざわ》通り沿《ぞ》いにたくさんあった問屋も姿《すがた》を消していった。銀座《ぎんざ》商店街は大正浪漫夢《たいしょうろまんゆめ》通りに変わった。一番街《いちばんがい》も古い建物が本来の姿《すがた》をあらわし、蔵造《くらづく》りの町並《まちな》みと呼《よ》ばれている。

だがときどき、ぼんやり歩いていると、ふいにむかしの風景がよみがえる。そこには逝《い》ってしまった人たちもなつかしい姿《すがた》で立っていて、以前のように話したり、笑みを浮《う》かべていたりする。

大正浪漫夢《たいしょうろまんゆめ》通りの近くまで来たので、久《ひさ》しぶりに笠原《かさはら》紙店をのぞいてみることにした。和紙の店で、うちは長年ここのカレンダーを作ってきた。月ごとに種類の違《ちが》う和紙に印刷するという、なかなかむずかしい、だが面白みのある仕事だった。

店には店主の方介《ほうすけ》さんがいて、いつも通りに紙の整理をしている。昨年のカレンダーまではうちが作ったが、その後店を閉《と》じたので、去年の年末は別の印刷所を紹《しょう》介《かい》した。腕《うで》の立つ職人《しょくにん》がいて、今年のカレンダーもなんとか仕上がったらしい。

「ああ、親父《おやじ》さん」

わたしに気づいて方介《ほうすけ》さんが話しかけてくる。

「久《ひさ》しぶりだね」

年末、方介《ほうすけ》さんが仕上がったカレンダーを見せにやってきた。それ以来だった。

「その後、お元気でしたか」

方介《ほうすけ》さんが訊《き》いてくる。ひとりになったわたしを心配しているのだろう、カレンダーを見せに来たときも、ついでに料理の差し入れまで持ってきてくれた。

「まあまあだよ。心配しなくても、ちゃんと魚を焼くくらいはしてるよ」

笑いながら言った。

「そうですか、よかった」

方介《ほうすけ》さんがほっとしたように笑う。

「洗濯《せんたく》して、掃除《そうじ》して、買い物して、料理して。毎日毎日、生きてくだけでどんどん時間が過《す》ぎる。こんなんじゃいかんなあ、とも思うけど」

「元気そうでよかったですよ。そうそう、前に紙漉《かみす》きを見に行く話をしましたよね。今度行ってみませんか？」

「ああ、それもいいね」

そういえばそんな約束をしたんだった。方介《ほうすけ》さんは産地までおもむき、各地の和紙を集めている。紙漉《かみす》きの様子を見られるところもあるらしい。

長年印刷所を営《いとな》んできたから、製紙《せいし》工場に行ったことはある。だがそこで作られているのは洋紙だし、すべて機械の作業だ。一度手で紙を漉《す》く様子を見てみたいと思っていた。

それで、最後のカレンダーを刷ったとき、方介《ほうすけ》さんに連れて行ってくれ、と頼《たの》んだ。だがその後、静子の病状《びょうじょう》が悪化して、その話も立ち消えになっていた。


方介《ほうすけ》さんの紙の産地めぐりのスケジュールを聞いていたときのことだ。どん、と揺《ゆ》れた。地震《じしん》だ。店のなかの棚《たな》がぐらぐら揺《ゆ》れる。

「大きいですね」

方介《ほうすけ》さんが店内を見まわしながら言う。揺《ゆ》れは大きく、長かった。机《つくえ》の下にはいった方がいいかもしれない、と思うほどだった。遠くでなにかが割《わ》れる音がした。

「美代子《みよこ》、大丈夫《だいじょうぶ》か」

方介《ほうすけ》さんが店の奥《おく》に叫《さけ》ぶ。

「大丈夫《だいじょうぶ》ー」

奥《おく》さんの美代子さんの声が聞こえた。まだ少し揺《ゆ》れている気がする。じっと黙《だま》って様子をうかがう。店の奥《おく》の扉《とびら》から、美代子さんが出てきた。

「おい、大丈夫《だいじょうぶ》だったか？」

方介《ほうすけ》さんが美代子さんに言った。

「え、ええ、なんとか。棚《たな》はひとつも倒《たお》れなかったけど、飾《かざ》り棚《だな》の上にあった壺《つぼ》がひとつ落ちて割《わ》れちゃった」

「壺《つぼ》はまあ仕方がない。怪我《けが》がなくてよかったよ」

「いまの、地震《じしん》……？　ちょっと大きかったよね」

美代子さんが不安そうに言う。

「そうだな。普通《ふつう》じゃなかった。震源地《しんげんち》がどこかわからないが、たいへんなことかもしれないぞ」

「テレビ、つけてみる」

美代子さんが扉《とびら》のなかにはいった。

「そうだな。親父さんも、どうぞ」

方介《ほうすけ》さんに誘《さそ》われるまま、部屋にあがった。ただごとではない予感がした。状況《じょうきょう》がわからない状態《じょうたい》では動けない。

美代子さんがテレビをつけると、すぐにニュースの画面が映《うつ》った。どうやら震源《しんげん》地《ち》は東北で、宮城《みやぎ》県牡鹿《おしか》半島の東南東沖。マグニチュード七・九。

「マグニチュード七・九？　大地震《だいじしん》じゃないか」

方介《ほうすけ》さんが声をあげる。東北では震度《しんど》七を記録した場所もあるらしい。東京の各地もかなり揺《ゆ》れたようだった。

「宗介《そうすけ》、どうしてるかしら」

美代子さんが電話をかけようとするがつながらない。わたしも修平《しゅうへい》や弓子が心配になって電話を借りたが、やはりつながらなかった。

「方介《ほうすけ》さん、とりあえず今日は帰るよ」

「大丈夫《だいじょうぶ》ですか？　これだけの地震《じしん》だ。余震《よしん》があるかも」

方介《ほうすけ》さんが言った。

「ひとりで大丈夫《だいじょうぶ》ですか？　このまましばらくうちにいてください」

美代子さんもわたしをじっと見る。

「いや、でも、家のことも心配だ」

印刷所も。閉《と》じたとはいえ、あそこには大量の活字がある。どうなっているか不安だった。

「そうですね。でも、もしなにかあったら、うちに来てください。電話は通じないみたいだから……。状況《じょうきょう》がはっきりしたら、こちらからも様子を見にいきます」

方介《ほうすけ》さんにそう言われ、外に出た。

町のあちこちに人が出ていた。うろたえながら、なにか口々《くちぐち》にしゃべっている。人混《ひとご》みを抜《ぬ》け、まずは三日月堂《みかづきどう》に急いだ。

ふるえる手で鍵《かぎ》を開け、なかにはいる。建物のなかはしんとしていた。見たところ、機械や活字棚《だな》に異状《いじょう》はない。ほっと胸《むね》をなでおろしたが、奥《おく》にはいってみると、活字棚《だな》のうちのひとつが倒《たお》れ、なかの活字が床《ゆか》に落ちていた。

駆《か》け寄《よ》って、しゃがみこむ。ぐちゃぐちゃになって床《ゆか》に山積みになった活字。活字は脆《もろ》い。鉛《なまり》の合金だからやわらかいのだ。文字の部分は細い線の組み合わせだから、衝撃《しょうげき》で簡単《かんたん》に欠けてしまう。

欠けた活字は使えない。面倒《めんどう》なのは、活字を見ただけでは欠けているかどうか判《はん》別《べつ》できないことだ。紙に印刷すればわかる。だが、これだけの量の活字をすべて押《お》して確《たし》かめるなんてできるわけがない。なかには無事な活字もあるだろうが、手間を考えたら、すべて鋳造《ちゅうぞう》にまわすしか……。

そこまで考えたところで、力が抜《ぬ》けて座《すわ》りこんだ。もう廃業《はいぎょう》したんじゃないか。だからそもそも関係ない。この活字はどっちにしても処分《しょぶん》するしかないんだ。

よろよろと立ちあがり、倉庫のなかを見る。むかし組んだ名刺《めいし》の版《はん》がはいったゲラ箱が崩《くず》れていたが、片山《かたやま》さんの版《はん》は無事だった。

二階の部屋はあちこちいろいろなものが落ちたり、倒《たお》れたりしていた。家のなかをまわって窓《まど》やドアをチェックして、床《ゆか》に散乱《さんらん》したものを片《かた》づけた。

状況《じょうきょう》が気になってテレビをつける。ヘリからの映像《えいぞう》が映《うつ》り、我《わ》が目を疑《うたが》った。津《つ》波《なみ》だ。家が、道路を走る車が、すべて押《お》し流されていく。嘘《うそ》だ。あの車には人が乗っていただろう。どうなってしまったんだ。あんな水が町に押《お》し寄《よ》せて……。

耐《た》えられず、テレビを消す。もう一度修平《しゅうへい》と弓子の携帯《けいたい》に電話をかけるがつながらない。

倒《たお》れた活字棚《だな》を起こし、床《ゆか》に散らばった活字を箱に入れはじめた。拾っても拾ってもキリがない。倒《たお》れた棚《たな》がひとつだけでよかった。

気がつくと日が暮《く》れていた。六時すぎ、弓子から電話がかかってきた。公衆《こうしゅう》電話からららしい。携帯《けいたい》電話は通じないが、公衆《こうしゅう》電話だけはつながるのだ、と言っていた。修平《しゅうへい》も弓子も無事だったようだ。

ふたりとも地震《じしん》が起こったときは職場《しょくば》にいた。修平《しゅうへい》の勤務《きんむ》先の高校は自宅《じたく》から徒歩十五分。近くに住む生徒を家に戻《もど》し、遠方から通っている生徒はそのまま学校で待機させていたようだ。

弓子の会社は地震《じしん》のあとすぐに帰宅《きたく》指示《しじ》が出た。電車はすべて止まっていたし、タクシーもつかまらない。それで二時間以上かけて歩いて帰ってきた。家に修平《しゅうへい》がいないので、徒歩で学校まで行き、修平《しゅうへい》の無事を確認《かくにん》。

修平《しゅうへい》はそのまま学校に残り、弓子は家に帰る途中《とちゅう》の公衆《こうしゅう》電話からうちに電話をかけてきたのだった。家のなかにも大きな被害《ひがい》はなかったようだ。わたしの無事だけ確認《かくにん》すると、公衆《こうしゅう》電話に列ができてるから、と言って電話を切った。

夜になって、またテレビをつけた。被災地《ひさいち》の津波《つなみ》の映像《えいぞう》がくりかえし流れ、胸《むね》が潰《つぶ》れそうになる。マグニチュードは八・八に引きあげられ、死傷者《ししょうしゃ》、行方不明者の数もどんどん増《ふ》えていく。この情景《じょうけい》を静子が見なくてよかった、と思った。

3

翌々日《よくよくじつ》の日曜日、修平《しゅうへい》と弓子が来て、ひとりで拾いきれなかった活字の片《かた》づけを手伝ってくれた。いつかは活字屋に回収《かいしゅう》してもらうことになるのだろうが、いまはそれどころではない。とりあえずまとめて倉庫に入れた。

最終的にはマグニチュード九・〇となり、観測史上《かんそくしじょう》もっとも大きな地震《じしん》となった。津波《つなみ》はおさまったが、原発のことなどもあり、緊張《きんちょう》した状態《じょうたい》が続いている。

死傷者《ししょうしゃ》の数は日々更新《ひびこうしん》され、ニュースを見るたびに胸《むね》が詰《つ》まった。相変わらず余震《よしん》も続いている。地面が揺《ゆ》れると身体《からだ》がすくむ。被災地《ひさいち》の人はどれだけ恐《おそ》ろしい思いをしたのか、と思う。

川越《かわごえ》でも、どこそこの土蔵《どぞう》の壁《かべ》が崩《くず》れたらしい、とか、瓦《かわら》が落ちたらしい、という噂《うわさ》を聞いた。だが、負傷者《ふしょうしゃ》は出ていないようだ。計画停電《けいかくていでん》が実施《じっし》されるようになり、川越《かわごえ》の町でも何度か電気が消えた。

修平《しゅうへい》たちから、心配だから横浜《よこはま》に来ないか、と誘《さそ》われたが、危険《きけん》はどこにいても同じ、自分は静子と三日月堂《みかづきどう》にいたい、と答えた。

買い物の帰り、あけぼの保育園《ほいくえん》の前を通りかかった。地震《じしん》があったあとなのに、園児たちの元気な声が響《ひび》いている。

「ああ、月野さん」

門の方から聞き覚えのある声が聞こえた。柾子《まさこ》先生だった。

あけぼの保育園《ほいくえん》は弓子が通った保育園《ほいくえん》だ。市の認可保育園《にんかほいくえん》に指定されているが、私立《しりつ》の園なので、異動《いどう》はない。弓子が通っていたころ、園長は浜田康子《はまだやすこ》先生だった。柾子《まさこ》先生はそのころ主任《しゅにん》だった先生で、康子園長が引退《いんたい》したあと園長に就任《しゅうにん》した。

弓子の保育園《ほいくえん》時代、うちが印刷所だと話すと、康子園長から卒園記念冊子《さっし》を作ってくれないか、と頼《たの》まれた。

あけぼの保育園《ほいくえん》では、卒園の際《さい》、子どもたちの作品集とアルバムを作って渡《わた》す。作品集はもちろん、アルバムも子どもたち個々《ここ》の写真を集めた手作りのもので、みな内容《ないよう》がちがう。卒園証書《しょうしょ》もあるが、以前からもう少し内容《ないよう》のある記念冊子《さっし》を渡《わた》したいと考えていたのだそうだ。

康子園長の構想《こうそう》は八ページ。表紙、見開きで園長からのメッセージ、見開きで行事など園での出来事の記録、見開きで保育園《ほいくえん》スタッフと園児たちの名前、裏表紙《うらびょうし》には園の歌の歌詞《かし》という構成《こうせい》だ。

子どもたちが小学校にあがり、字が読めるようになったら自分で読むという意図で、できるだけやさしい漢字のみで、総《そう》ルビにする。来賓《らいひん》、スタッフ、各家庭に配布《はいふ》。園児の定員は十七名だが、希望があれば祖父母《そふぼ》などにも渡《わた》すと考えて、毎年八十部ほど刷る。

もちろん引き受けることにした。弓子のことで園には日ごろからお世話になっている。静子はいつも、あけぼの保育園《ほいくえん》の先生たちはほんとうにすばらしい、子どものことを真摯《しんし》に考えてくれて、頭があがらない、と言っていた。

以来、弓子が卒園したあとも記念冊子《さっし》の仕事を続けていた。三日月堂《みかづきどう》は年明け早々《そうそう》に閉《と》じたが、去年もこの冊子《さっし》だけはうちで刷った。だが、今年はそうはいかない。印刷所をいくつか紹介《しょうかい》し、良いところを選んでください、とお願いしていた。

「この前の地震《じしん》は大丈夫《だいじょうぶ》でしたか」

柾子《まさ》園長が訊《き》いてくる。

「ええ、うちはなんとか。弓子たちも無事です。園はどうでしたか？　あの日はたいへんだったでしょう？」

「ちょうどお昼寝《ひるね》の時間だったので、園児は全員園内にいたんです。外に散らばっていなかったので、助かりました。でも、泣いてしまう子もいて……」

あけぼの保育園《ほいくえん》にはゼロ歳児《さいじ》クラスもある。全員を落ちつかせるのはさぞたいへんだっただろう。

「帰宅困難《きたくこんなん》になってしまった親御《おやご》さんもたくさんいらしたので。深夜までうちで預《あず》かった子もいました。親御《おやご》さんたちもたいへんだったと思います。ずいぶん長い距《きょ》離《り》歩いて来られた方もいて……。お子さんと会って、安心して泣いていた方もいらっしゃいました」

「そうですか」

「だれも怪我《けが》をしなかったので、よかったです。被災地《ひさいち》の話を聞くと、ほんとに……。うちでもなにかできることがあれば、とは思っているんですが」

園長が言葉を詰《つ》まらせる。子どもの命を預《あず》かる身だ。被災地《ひさいち》の学校や保育園《ほいくえん》、幼稚園《ようちえん》の話もずいぶん報道《ほうどう》されているし、人ごととは思えないのだろう。

「休みを取っていっしょに実家に戻《もど》ったりする親御《おやご》さんもいるので、いまは園児の数がちょっと少ないんです。子どもたちは不思議ですよね。まだ余震《よしん》があると怖《こわ》がりますが、遊びはじめるとけろっとしてる。まだまだこれからもたいへんでしょうけど、子どもたちを見ていると、がんばらなきゃ、って思います」

しっかりした口調で言った。前の康子園長とは少しタイプがちがうが、信頼《しんらい》できる人だと思っていた。

「ところで例の記念冊子《さっし》はどうなってますか？　そろそろ卒園式でしょう？」

大災害《だいさいがい》のあとだ。冊子《さっし》の印刷はどうなっているのだろう、と少し気になっていた。紹介《しょうかい》されたうちのひとつに決めてお願いすることになった、とは聞いていた。もちろん活版《かっぱん》印刷ではなく、オフセット印刷だ。

「ええ、それが……」

園長が少し言い淀《よど》んだ。

「あたらしい印刷所、担当《たんとう》もとても良い方で、自分にも同じくらいの年の子がいるからがんばります、って言ってくれました。冊子《さっし》の作り方が去年までとだいぶ変わって、最初は戸惑《とまど》いましたけど、若《わか》いスタッフのおかげで原稿《げんこう》作りも順調に進んでたんです。でも……」

「もしかして、地震《じしん》の影響《えいきょう》ですか？」

「ええ。機械がいくつか壊《こわ》れてしまったらしいんです。電力もままならなくて。卒園式までに間に合わない、納品《のうひん》の目処《めど》が立たない、って連絡《れんらく》がありました」

「それで？」

「こんなときですからね。あとから送ることも考えましたが、結局今回は印刷所での印刷をあきらめることにしました。でも冊子《さっし》がないのはさびしいから、園のコピー機で刷って、みんなで手で留《と》めよう、って」

「それは……」

思わずうなった。だが、仕方がない。印刷所の事情《じじょう》もわかる。稼働《かどう》できる機械が減《へ》ってしまっているのだろう。現場《げんば》も混乱《こんらん》しているはずだ。

「原稿《げんこう》はもう全部できてるんですよね」

わたしが訊《き》くと、園長は不思議そうな顔でうなずいた。

「うちで刷りますよ」

思わずそう言っていた。

「え、でも、三日月堂《みかづきどう》さんは、もう閉《と》じて……」

園長が目を丸くする。

「ええ、閉《と》じました。だからもう注文は受けてない。でも、機械も活字もまだあるんです。だから、刷ることはできる」

「でも、日数が……」

「大丈夫《だいじょうぶ》ですよ。前と同じ組み方でいいんですか」

「え、ええ」

「それなら慣《な》れてるし、すぐに組めます。ほかに仕事がありませんからね。すぐにでもはじめられます。いまは大型《おおがた》印刷機は動かないのですが」

記念冊子《さっし》は見開きで刷るので、いつもは大判《おおばん》を刷れる平台を使っていた。だが工場を閉《と》じたあと電気の容量変更《ようりょうへんこう》の工事をしたため、大きな機械は動かせなくなった。電力会社に頼《たの》めば容量《ようりょう》を戻《もど》すことはできるが、いまはどう考えても無理だ。

「でも、うちには手《て》キンがある。動力がなくなろうが、手《て》キンだけは動きますから」

なにかしたかった。

地震《じしん》の被害《ひがい》は大きすぎて、自分にはなにもできることがない。記念冊子《さっし》を作るのだって年寄《としよ》りの気休めかもしれない。そうわかっていても、手を動かしたかった。

園長は戸惑《とまど》っているようだった。

「なにかやらせてくださいよ。コピーの文字っていうのは、紙のうえに粉《こな》がのってるだけ。水に濡《ぬ》れたら流れてしまう。印刷の文字とはちがいます。わたしもずっとこの園の記念冊子《さっし》を作ってきました。子どもたちにほんとの文字を手渡《てわた》したい」

「ほんとの文字……」

園長が目を見開く。

「そうですね。ちゃんと残るものを渡《わた》したい。お願いします」

園長はそう言って、深々《ふかぶか》と頭をさげた。


園長から原稿《げんこう》を受け取り、スケジュールを確認《かくにん》した。たしかにぎりぎりだ。引き受けてしまったものの、これはたいへんだ。だが、心は燃《も》えていた。

三日月堂《みかづきどう》に戻《もど》り、手《て》キンにかけていた布《ぬの》を剥《は》がす。久《ひさ》しぶりに見る機械に胸《むね》が高鳴る。身体に血液《けつえき》がめぐり直すような気がした。

これからまだ大きな地震《じしん》がくるかもしれない。原発のこともある。東日本に人が住めなくなる、という事態《じたい》だって起こるかもしれない。園児たちもここを離《はな》れざるを得《え》なくなるかもしれない。そのとき卒園冊子《さっし》は、自分がここにいた数少ない証《あかし》のひとつになる。

こんなことでなにか成し遂《と》げた気持ちになってはいけない。ほんとはもっとやるべきこと、考えるべきことがあると思う。だが、いまのわたしにはこれくらいしかできない。

わたしはもう一度だけ自分の仕事をする。それだけだ。

記念冊子《さっし》はA５判《はん》で、見開きにするとA４になる。ふつうはA４で刷って綴《と》じるが、手《て》キンには大きすぎる。だが、手《て》キンなら一ページずつ刷れる。見開きの紙の片側《かたがわ》だけ刷って、位置を変えて反対のページを刷る。手間は二倍かかるが、この際《さい》仕方ない。

肩《かた》、動くのかな。八ページの冊子《さっし》を八十部。手《て》キンのレバーを六百四十回おろすということか。まあ、できるさ。むかしはそれくらいなんでもなかった。

まずは組版《くみはん》だ。植字台のカバーも取り払《はら》い、園長の原稿《げんこう》を広げる。タイトルを見て、はっとした。

「勇気を持って、元気に進もう」

原稿《げんこう》を受け取ったとき、柾子《まさこ》園長は言っていた。ほんとは二月中に書いた原稿《げんこう》があって、印刷所にはそちらを送っていた。だが、園のコピー機で作ると決まったあと、原稿《げんこう》をもう一度書き直したのだ、と。

地震《じしん》のあとに書いた文章だ。地震《じしん》のことはむき出しには書かれていない。けれど、ちゃんとわかる。


これからどうなるのかわからない。そんな時代を生きていかなければならない。あせっちゃいけない。あきらめてもいけない。

たいへんなこともあるだろうけど、いつもとなりの人に手をさしのべよう。となりの人の手をにぎろう。

どんなときでも、勇気を持って、元気に進もう。


原稿《げんこう》はそう終わっている。読みながら、そうだな、とうなずいた。結局、わたしたちにできるのはそれだけなのかもしれない。

老眼鏡《ろうがんきょう》をかけ、文選《ぶんせん》箱を手に活字棚《だな》の前に立つ。

ああ、でも、この冊子《さっし》は総《そう》ルビなんだよなあ。ルビの活字は小さい。肉眼《にくがん》ではとても判別《はんべつ》できない。最近はルーペを使っていたが、今回はあまり時間がない。

弓子、呼《よ》ぶか。

一瞬《いっしゅん》そう思い、首を横に振《ふ》る。むかしはこういう仕事は弓子に手伝ってもらったものだったけど、こんなときだ。弓子もふだん以上に忙《いそが》しいだろう。効率《こうりつ》は悪いがルーペでがんばるしかない。

作業を続けていると、電話が鳴った。出ると弓子だった。

「おじいちゃん、その後大丈夫《だいじょうぶ》？」

「ああ、大丈夫《だいじょうぶ》だよ。それより、お前、今日は会社じゃないのか？」

「なに言ってるの？　もう九時過《す》ぎだよ。会社は終わって、帰ってきたところ」

「え、九時過《す》ぎ？」

あわてて時計を見る。たしかに九時を過《す》ぎている。版《はん》を組んでいるうちに五時間以上経《た》っていたということだ。

「って言っても、いまは会社もわけわからない状態《じょうたい》で、毎日残業なんだ。今日はわりと早い方」

弓子は損保《そんぽ》の会社に勤《つと》めている。震災《しんさい》後の対応《たいおう》がたいへんなのだろう。

「なにか困《こま》ってること、ない？　明日も半日は出なくちゃいけないけど、日曜は休みだから、川越《かわごえ》まで行けるよ」

そういえば明日は土曜だった。本来なら休みだが半日勤務《きんむ》ということらしい。

「困《こま》ってることか……」

植字台の方を見る。

「生活には困《こま》ってないんだが、困《こま》ってないこともない」

あやふやな言い方になる。

「どういう意味？」

「いや、実はさ……」

あけぼの保育園《ほいくえん》の卒園記念冊子《さっし》を引き受けたことを話した。

「ああ、あの記念冊子《さっし》、わたし、まだ持ってる。でも、そうか、印刷所もいまはたいへんだもんね。でも、うちの機械は？　大丈夫《だいじょうぶ》なの？」

「いや、前に機械の電気を止めちゃったから、平台は動かせない。だから手《て》キンで刷ることにした」

「え、手《て》キンで？　でも、冊子《さっし》、見開きだとＡ４でしょ？」

「一ページずつ刷ればいいだろう？」

「そうか。でも、たいへんだなあ」

「いや、印刷の前に組版《くみはん》が……。ずっと作ってたから慣《な》れてるし、量もそれほどないんだが、なにしろ総《そう》ルビだから」

「ああ、子どもでも読めるように総《そう》ルビなんだっけ。前に何度か手伝ったこと、あったね」

弓子が言った。

「じゃあ、明日行くよ。会社終わってからそっちに行って、手伝って、一晩泊《ひとばんと》まって日曜に作業すれば組版《くみはん》は終わるでしょ？」

「え、いいのか？　お前、仕事で疲《つか》れてるだろう？」

「大丈夫《だいじょうぶ》だよ。あけぼの保育園《ほいくえん》の仕事だもん」

弓子の声があかるく響《ひび》き、少し心が軽くなった。

4

土曜日の午後、弓子がやってきた。カバーを外した印刷機や植字台を見て、久《ひさ》しぶりだなあ、と息をついた。

「紙はどうするの？」

弓子が訊《き》いてきた。

印刷所に残っている紙で数がそろっているものは少なかった。あたらしく注文しても、いまの状況《じょうきょう》では間に合わないかもしれない。それで園長と相談し、印刷所にあった空色の紙を使うことになった。これまでの冊子《さっし》にくらべて厚《あつ》みのある高い紙だが、もう使わないのだからかまわない。

弓子とページを分担《ぶんたん》し、文字を組んだ。高校から大学まで教えてきただけあって、弓子もだいぶ達者になった。一人前といっていい。なにより、老いぼれの自分より目がいい。ルビもルーペを使わずに組んでいる。

世紀《せいき》が変わって、活版《かっぱん》印刷はどんどん減《へ》ってきている。大手の印刷会社もほとんどが活版《かっぱん》をやめたと聞く。町の印刷所も最近はあまり見かけない。

この記念冊子《さっし》をもらった子たちが大人になるころには、活版《かっぱん》印刷はこの世から姿《すがた》を消してしまっているかもしれない。でもこの冊子《さっし》をとっておいてくれたら、それがかつて活字というものがあった証《あかし》になる。

「ああっ、もう七時過《す》ぎてる。おじいちゃん、ごはん作るよ。なにがいい？」

「そうだなあ」

少し考え、玉子焼きのことを思い出した。

「玉子焼き、作ってくれ」

「え、玉子焼き？　そんなんでいいの？」

「いい。それで、作り方、わたしにも教えてくれ」

真面目《まじめ》な顔でそう言うと、弓子は、わかった、とうなずいた。


弓子といっしょに台所に立つ。冷蔵庫《れいぞうこ》から卵《たまご》と冷凍《れいとう》していた干物《ひもの》を出した。

最近はスーパーに行っても、乳製品《にゅうせいひん》を買うのがむずかしい。肉、魚、野菜も全体に少なく、客もみな産地を気にしながら買い物をしているようだ。照明が減《へ》って夜は暗く、どこに行っても人々《ひとびと》はぴりぴりしている。

こんな日がいつまで続くのだろう。災害《さいがい》が過《す》ぎ去っても、もうもとの気持ちには戻《もど》れないのかもしれない。

戦争のあとのことを思い出す。あのとき、わたしたちはどうやって生きてきたのだろう。当時、わたしは理系《りけい》の大学にいたから兵役をまぬがれた。だが兄は戦争に行って死んだ。なぜ兄が死んで自分が生きているのか、戦争が終わってからも長く悩《なや》んだ。家業を継《つ》いだのも、兄の代わりをつとめようと思ったからだ。

世の中は少しずつ活気を取り戻《もど》し、よみがえっていった。だが、戦争なんていうとんでもないことを引き起こしてしまったわたしたちが、こんなふうに能天気《のうてんき》に浮《う》かれていてよいものなのか。そういう思いがぬぐえなかった。

「こうやって混《ま》ぜたら、玉子焼き機に流しこんで……」

弓子は説明しながら熱した玉子焼き機に卵《たまご》を流しこむ。静子がずっと使っていた鉄製《てっせい》の玉子焼き機だ。弓子は慣《な》れた手つきで卵《たまご》を少しずつ足し、まるめていく。箸《はし》の動かし方が静子とそっくりだ。

「見事なもんだなあ。魚おろすのも、肉や魚を焼くのもできるが、これだけはうまくできないんだ」

「慣《な》れればできるよ。わたしがおばあちゃんから習ったの、小学一年生だよ」

「自転車といっしょで、小さいときからやってないとダメなのかもしれない」

「そんなはずないでしょ」

弓子が笑った。

「わたしね、記念冊子《さっし》をうちで刷ってる、っていうのが自慢《じまん》だったんだよね」

食事中、弓子が言った。

「自慢《じまん》?」

「うん。ほら、子どもって親が作ったものを誇《ほこ》りに思うじゃない? あの橋はお父さんが作ったんだ、とか。たぶんそれと同じ。うちで作った冊子《さっし》が園で配られるのが誇《ほこ》らしかった。だからみんなに自慢《じまん》してたの」

「そうだったのか」

くすっと笑った。はじめて知った。弓子がそんなことを考えていたなんて。

「それもあるのかな。冊子《さっし》はずっととってあるんだ」

弓子が微笑《ほほえ》んだ。弓子が小さかったころの記憶《きおく》がよみがえってくる。弓子はしっかりしていたが、それでもときどきカナコさんのことを思い出すのか、うずくまって動かなくなることがあった。

弓子がわたしたちと暮《く》らしていたのは、カナコさんが死んだから。だから、あの暮《く》らしの根元には、どうしようもない悲しみがある。それでも、弓子と暮《く》らしていると、ぼんやりした灯《あか》りのようなものが見えた。

二年経《た》ち、三年経《た》ち、保育園《ほいくえん》のいちばん上のクラスになるころには、弓子もよく笑うようになった。本来の負けず嫌《ぎら》いの性格《せいかく》も顔を出し、転んだり落ちたり、怪我《けが》をすることも増《ふ》えた。

だが、いつも元気だった。あの顔を見るたび、がんばろう、と思えた。

「ねえ、おじいちゃん」

食事が終わるころ、弓子が言った。

「組版《くみはん》は明日じゅうに終わると思うけど、印刷はどうするの？　次の週末までに必要なんでしょ？」

「まあ、ひとりでのんびり刷るさ。ほかに仕事もないんだし」

わたしはのんびり答えた。

「でも、手《て》キンでしょ？　八ページって言ったって、八十部刷るんだよ。たいへんじゃない？　でも平日は会社、とても休めないし」

弓子は、うーん、とうなった。

「大丈夫《だいじょうぶ》だよ。たかだか八十部。むかしみたいにはいかないが、何日かかければ」

むかしだったらそれくらい一日で簡単《かんたん》に刷れた。でもいまはそこまで身体《からだ》がきかない。

「じゃあ、こうしたら？」

弓子が突然《とつぜん》思いついたように言った。

「保育園《ほいくえん》の先生とか、お父さん、お母さんに手伝ってもらうの。手《て》キンでしょ？ 教えればみんなちゃんとできるよ」

「お客さまに刷ってもらうなんて、そんな……。とんでもない」

「それはそうかもしれないけど。こういう古い機械に触《ふ》れることってあんまりないし、喜《よろこ》ぶ人もいるかもよ」

「まさか。まあ、まだまだそれくらいなんとでもなる。あまり人を老人扱《あつか》いしないでくれよ」

笑って言うと、弓子も、そうかなあ、と言って笑った。


だが。結局弓子の提案《ていあん》を考えざるを得《え》なくなった。

日曜日、夕方には組版《くみはん》が終わり、弓子は帰っていった。翌日《よくじつ》、版《はん》を取りつけ、手《て》キンを動かしはじめた。久《ひさ》しぶりだったが、作業は順調に進んだ。その日のうちに片面《かためん》はすべて刷りあがった。

なんだ、けっこういけるじゃないか。まだまだ捨《す》てたもんじゃない。この分なら、明日の火曜か明後日水曜にはもう片面《かためん》も刷りあがる。一日乾燥《かんそう》させて、紙折り機で折って、木曜には納品《のうひん》できる。

ところが、火曜日に仕事をはじめてしばらくして、突然《とつぜん》肩《かた》に痛《いた》みが走った。湿布《しっぷ》を貼《は》り、仕事を続けようとしたが、とてもできない。とりあえず今日は休んで、明日様子をみて、と思った。

次の日起きても、痛《いた》みはおさまるどころかひどくなっていた。休まず印刷を続けていたのもまずかったのかもしれない。あわてて病院に行ったが、一週間は作業は無理だと言われた。

納期《のうき》が迫《せま》っている。やせ我慢《がまん》をしている場合ではない。情《なさ》けない話だが、あけぼの保育園《ほいくえん》に連絡《れんらく》し、柾子《まさこ》園長に事情《じじょう》を説明した。

「組版《くみはん》はもうできているし、片面《かためん》の印刷は終わっています。あとはレバーを引くだけ。どなたか手伝ってくれる方はいないでしょうか」

情《なさ》けない話だ。お客さまに頼《たよ》ることになるとは。

「それは、だれでもできる仕事なんですか?」

園長は落ち着いた口調で訊《き》いてきた。

「ええ、最初ちょっと練習してもらわなければなりませんが。男性《だんせい》の方が力があっていいですけど、妻《つま》や弓子も使っていた機械です。女性《じょせい》でも大丈夫《だいじょうぶ》だと思います」

「わかりました。探《さが》してみます。遅《おそ》い時間帯でも大丈夫《だいじょうぶ》でしょうか」

「ええ、何時でも。ほかに用事はないですし」

そう答え、電話を切った。

その日の夜、柾子《まさこ》園長から電話がかかってきた。卒園児の保護者《ほごしゃ》三人が手伝いにきてくれるらしい。お父さんがふたりとお母さんがひとり。明日、水曜の夜七時にうちまで来てくれると言う。

何度もお詫《わ》びとお礼を言って、電話を切った。


水曜の夜、柾子《まさこ》園長とあけぼの保育園《ほいくえん》の保護者《ほごしゃ》三人がやってきた。みな活字の棚《たな》と印刷機を見て驚《おどろ》きの声をあげている。

「わたしはエンジニアなんです。こういう古い機械には目がなくて。園長からお話を聞いて、ぜひお手伝いしたくて」

お父さんのうちのひとりが言った。

「わたしは他県の出身なんですが、むかしはうちの隣《となり》に活版《かっぱん》の印刷所がありまして。もうなくなってしまいましたけど、印刷所って聞いてなつかしくなって。川越《かわごえ》にもあったんですね、こういう印刷所が」

「わたしは『銀河鉄道《ぎんがてつどう》の夜』で活版《かっぱん》印刷を知ったんです。いつか本物を見てみたい、って思ってました」

もうひとりのお父さんと、お母さんが言った。

――こういう古い機械に触《ふ》れることってあんまりないし、喜《よろこ》ぶ人もいるかもよ。

弓子の言葉を思い出し、ほんとだったんだ、と思った。

さっそく手《て》キンの扱《あつか》い方を説明し、作業にはいった。レバーをおろす作業は男性《だんせい》ふたりにまかせ、女性《じょせい》には紙の交換《こうかん》を手伝ってもらった。

お父さんたちふたりは最初は力の加減《かげん》に戸惑《とまど》っていたが、やがて慣《な》れ、なめらかにレバーを上げ下げしている。

「なかなか楽しいですね、これ」

お父さんのひとりが楽しそうに言った。

こんなことがあるのか、となんだか不思議な気持ちだった。

弓子、お前が正しかったみたいだ。

「でも、続けているとけっこう疲《つか》れます。たいへんですね」

もうひとりもそう言って笑った。

「左手でレバーをおろしながら、右手で紙を交換《こうかん》してたんですよ。だから左肩《ひだりかた》を痛《いた》める」

静子もそうだった。忙《いそが》しかったころは男の職人《しょくにん》が大型機《おおがたき》を動かし、細かい名刺《めいし》の仕事は静子が手《て》キンで刷っていた。だんだん肩《かた》があがらなくなって、弓子が手伝いに来るようになった。

「そうだったんですね。ああ、でも、この印刷所が残っていてよかったです。おかげでこうして記念冊子《さっし》が刷れるんだから」

エンジニアだと言っていたお父さんが言う。

「ほんとに、ありがとうございます」

もうひとりのお父さんとお母さんが頭をさげた。

活版《かっぱん》印刷はもう過去《かこ》の遺物《いぶつ》になってしまったんだなあ、と思う。

いろいろあったよなあ。忙《いそが》しかったころの工場が頭に浮《う》かぶ。役所や企業《きぎょう》の文書に折込《おりこみ》チラシや広告《こうこく》、伝票、名刺《めいし》、ハガキ、封筒《ふうとう》、名簿《めいぼ》、取扱《とりあつかい》説明書、カレンダー……。ありとあらゆるものを刷った。

いまの若《わか》い人たちは信じないかもしれないけれど、むかしはなんだってここで刷っていたんだ。活字とこの古めかしい機械たちで。

生きるため、人は商売する、政治《せいじ》をする、教育をする。そのすべてに関わってきた。毎日仕事の依頼《いらい》があり、紙やインキを発注する。毎週活字屋が棚《たな》をチェックに来て、足りない活字を補充《ほじゅう》していく。機械を動かし、お金が流れる。そんなことしかしてこなかった。印刷物は日々《ひび》消耗《しょうもう》されて、あとに残らない。わたしの人生もそんなものだった。

刷りあがった紙をながめる。柾子《まさこ》園長の言葉が目にはいってくる。


どんなときでも、勇気を持って、元気に進もう。


はっと目を奪《うば》われる。そうだ、それしかない。

あせっちゃいけない。あきらめちゃいけない。どんなときでも、勇気を持って、元気に進む。この年になったって、結局それしかない。

活字と機械を捨《す》てずにいてよかった。最後にこの言葉を子どもたちに届《とど》ける手伝いができた。

空色の紙に園長の言葉が刷られてゆく。

子どもたちよ、みんな勇気を持って、進んでおくれ。

若《わか》いお父さん、お母さんたち。それから弓子。みんな元気に進んでおくれ。

レバーを引く音を聞きながら、そう祈《いの》っていた。

# 引っ越しの日

# 1

久《ひさ》しぶりに来た横浜《よこはま》の街は、遊園地みたいだった。
札幌《さっぽろ》だって大きくてきれいな街だけど、横浜《よこはま》の雰囲気《ふんいき》は独特《どくとく》だ。ハイカラな元町《もとまち》、にぎやかな中華街《ちゅうかがい》、異国情緒《いこくじょうちょ》のある山手《やまて》、古くからの港町《みなとまち》、テーマパークみたいなみなとみらい。そういうものがぎゅっと集まって、ひとつの街としてまとまっている。

昨日北海道から出て来て、以前同じ劇団《げきだん》にいた琴音《ことね》の出ている芝居《しばい》を見た。東京で一泊《ぱく》してそのまま帰るつもりだったけれど、やっぱりひとめ横浜《よこはま》を見ておこうと思ってやってきた。

わたしにとっての横浜《よこはま》は、元町でも中華街《ちゅうかがい》でも山手でもみなとみらいでもない。日ノ出町《ひのでちょう》から野毛山《のげやま》という丘《おか》にかけての一画だ。

わたしは大学時代を東京で過《す》ごした。都内に下宿し、都内の大学に通った。だが、それと同じくらい横浜《よこはま》にも通った。所属《しょぞく》していた劇団《げきだん》の拠点《きょてん》が横浜《よこはま》にあり、稽古《けいこ》が野毛山《のげやま》にあるスタジオで行われていたからだ。

大学を卒業してからは、稽古場《けいこば》の近くに引っ越《こ》した。日ノ出町《ひのでちょう》駅の近くの安アパートだった。駅の近くのスーパーでバイトしながら稽古《けいこ》に明け暮《く》れていた。劇団《げきだん》が解散《かいさん》した一年半前までは。

その半年ほど前、主宰《しゅさい》の菱田《ひしだ》さんが劇団《げきだん》を捨《す》て、行方《ゆくえ》をくらましてしまった。震災《しんさい》から一年ほどたったころのことだ。

もともと脚本《きゃくほん》も演出《えんしゅつ》も主演《しゅえん》も菱田《ひしだ》さんという、菱田《ひしだ》さんあっての劇団《げきだん》だった。ナンバー2と呼《よ》ばれていた国崎《くにさき》さんがあとを継《つ》いだが、うまくいかず解散《かいさん》になった。

菱田《ひしだ》さんがいなくなった理由はだれにもわからなかった。震災《しんさい》後、脚本《きゃくほん》が書けなくなり、予定していた公演《こうえん》もいくつか見送ることになった。その挙句《あげく》、だれにもなにも言わずに姿《すがた》を消してしまったのだ。

団員《だんいん》のなかには、菱田《ひしだ》さんを無責任《むせきにん》だと罵《ののし》る人もいた。菱田《ひしだ》さんを信じ、きっと帰ってくると主張《しゅちょう》する人もいて、団員同士《だんいんどうし》でもめごとにもなった。

わたしはどちらにもつかなかった。菱田《ひしだ》さんを責《せ》める気にはなれない。本人から理由を聞いたわけではないが、いつかこうなるんじゃないかとどこかで予感していた気がする。

これまで大切にしていたものが壊《こわ》れていくようで、争いごとが起こるたびに苦しくなった。結局メンバーは散り散りになった。大学二年でワークショップに参加して入団《にゅうだん》、それからずっと劇団《げきだん》中心に生きてきたというのに、終わるときは驚《おどろ》くほどあっけなかった。

仲違《なかたが》いもあったから、多くは連絡《れんらく》もつかない。いまでもやり取りがあるのは、仲のよかった数人だけ。琴音《ことね》もそのうちのひとりだ。

昨日の芝居《しばい》で、琴音《ことね》は比較的《ひかくてき》大きな役柄《やくがら》を演《えん》じていた。同じ劇団《げきだん》にいたころも琴音《ことね》の演技《えんぎ》は見ていたはずなのに、こんな表情《ひょうじょう》で、こんな動き方をするのか、と驚《おどろ》いた。自分も舞台《ぶたい》に立っているときとは見え方がちがうのかもしれない。

舞台《ぶたい》のうえの世界がまぶしかった。以前は自分もああいう場所に立っていたのが信じられない。遠いものを見るような気持ちだった。さびしいとか、戻《もど》りたい、というのとは少しちがって、すべてが夢《ゆめ》のなかのできごとだったように思えた。

菱田《ひしだ》さんの劇団《げきだん》にいた小百合《さゆり》がひとりで見に来ていて、公演《こうえん》が終わったあと飲みに行った。小百合もしばらく演劇《えんげき》から遠ざかっていたが、少し前からミュージカルの勉強をはじめたらしい。

老舗《しにせ》の劇団《げきだん》で、大きな舞台《ぶたい》に立つのは簡単《かんたん》ではないらしいが、歌って踊《おど》る練習が楽しくてたまらない、と言った。

そういえば、むかしから小百合はダンスと歌がうまかった。劇中《げきちゅう》で披露《ひろう》して喝采《かっさい》を浴びたこともあったっけ。中学までバレエを習っていたと聞いたこともあった。

――やっぱりね、ふつうの仕事には戻《もど》れないのかもしれない。

小百合は苦笑いした。

ほかの人たちの消息も少し聞いた。別の劇団《げきだん》に移《うつ》った人もいれば、わたしのように演劇《えんげき》をやめて、田舎《いなか》に帰った人もいるみたいだ。

国崎《くにさき》さんはあたらしい劇団《げきだん》を立ちあげようとして失敗し、いまは予備校《よびこう》で教えながら小説を書いたりしているらしい。

――国崎《くにさき》さんもがんばってはいたんだけどね。

小百合はつぶやく。

――うん。結局みんな、菱田《ひしだ》さんの喪失《そうしつ》から立ち直れなかったんだと思う。

わたしは答えた。

菱田《ひしだ》さんがそのあとどうなったのか知る人はいない。海外に行って放浪《ほうろう》しているらしい、という噂《うわさ》はあった。最近東京の街中で菱田《ひしだ》さんとよく似《に》た人を見かけた、という人もいた。だが、まったく精気《せいき》のない顔で、似《に》ているだけの別人だったのかもしれない、と言った。もし菱田《ひしだ》さん本人だったとしても、あれは別人だ、と。

——菱田《ひしだ》さんにはカリスマがあったもんね。舞台《ぶたい》って残酷《ざんこく》だよね。そういうの、はっきり出ちゃうから。カリスマは努力で宿るものじゃないっていうか。

小百合がふうっと息を吐《は》く。

だから国崎《くにさき》さんは相当苦労したんだと思う。埋《う》まらないものを埋《う》めようとして苦しんでいた。だけど、そのことを突《つ》きつけられたのは国崎《くにさき》さんだけじゃなかった。きっとみんなそうだったのだ。

みんな菱田《ひしだ》さんに引っ張《ぱ》られ、舞台《ぶたい》の魔術《まじゅつ》に魅《み》せられていた。自分も魔術師《まじゅつし》になった気でいた。だけどちがったのだ。ほんとうの魔術師《まじゅつし》は菱田《ひしだ》さんだけ。菱田《ひしだ》さんがいなければ、だれも輝《かがや》くことができない。

だからみんな劇団《げきだん》を去った。演劇《えんげき》の世界に残った人もいるけれど、大半は夢《ゆめ》から覚めたかのように現実《げんじつ》の世界に戻《もど》っていった。わたしもそうだ。あのころの自分が自分に思えない。

——琴音《ことね》、良かったよね。ちゃんと自分の居場所《いばしょ》が見つかったみたいじゃない？　やっぱり、若《わか》いからかな。

小百合が言った。琴音《ことね》はわたしたちより年下で、劇団《げきだん》が解散《かいさん》したときはまだ大学生だった。

——そうだね。今日の舞台《ぶたい》でもかがやいてた。っていうか、琴音《ことね》ってこんな感じだったんだ、ってちょっとびっくりしてたんだ。同じ舞台《ぶたい》に立ってると、意外とちゃんと見てないもんだなあ、って。

——ううん、ちがうと思うよ。

小百合は言った。

——ちがう?

——琴音《ことね》、あのころと変わったと思う。考えてみると、あの代の子たちはわたしたちほど菱田《ひしだ》さん信者じゃなかったんだと思う。

——そうかもしれない。

たしかに小百合の言う通りだ。琴音《ことね》たちの代は、劇団《げきだん》立ちあげのころのことを知らない。菱田《ひしだ》さんの影響《えいきょう》をあまり受けていないのはそのせいだろう。琴音《ことね》も、菱田《ひしだ》さんに気に入られてはいたが、ずっとマイペースで、菱田《ひしだ》流にならなかった。

——琴音《ことね》はいまの劇団《げきだん》にも安住しないいんじゃないかな。渡《わた》り歩いてゆくタイプ。

小百合は笑った。

——わたしもさ、あのころは菱田《ひしだ》さんの世界にどっぷりだったけど、いまは役者のオーラみたいなので勝負する演劇《えんげき》はもうちがうかな、って。あれは熱病みたいなものだったんだと思う。もっと基本《きほん》の技術《ぎじゅつ》を磨《みが》いて、多くのお客さんが楽しめるような芝居《しばい》をしたい。

グラスをかたむけながら小百合がつぶやく。

——小百合にはそっちの方が合ってるのかもね。身体《からだ》も動くし、歌もうまい。子どものころ、バレエやってたんだよね。

——うん。バレエ、挫折《ざせつ》したんだよね。小学校のときまでは細くて、先生からも期待されてた。だけどだんだん体形が変わって。バレリーナにはなれない、って気づいた。それでやめた。

はじめて聞く話だった。

——でも、悔《くや》しくて、苦しくて、舞台《ぶたい》のことが忘《わす》れられなくて。

——それで演劇《えんげき》に?

——そう。

小百合がうなずく。

——知らなかった。

——あのころは言えなかった。バレエで挫折《ざせつ》したことと距離《きょり》が取れてなかったんだと思う。負けを認《みと》めたくなかった。

なんとなくわかる気がした。

――若《わか》かった、ってことだよね。

小百合は苦笑いした。

――でも、じゃあ、結局これまでのいろんなものが合わさった、ってことなんだね。

――まあ、そういうこと。

あのころはわからなかった。それぞれがちがうものを背負《せお》ってここにいるんだ、ということが。みんな自分と同じように見えていた。いや、自分のことで精一杯《せいいっぱい》で、ほかの人のことなど見ていなかったのかもしれない。

――唯《ゆい》はどうなの？　もう舞台《ぶたい》には戻《もど》らないの？

――たぶん戻《もど》らない。

わたしの実家は札幌《さっぽろ》にある。家は飲食店。劇団《げきだん》を辞めて帰ってからは、ずっと店の手伝いをしている。

横浜《よこはま》にいたころは、芝居《しばい》の世界とスーパーで働く日常《にちじょう》を行ったり来たりしていた。ハレとケ。いまは日常《にちじょう》、つまりケの世界しかない。舞台《ぶたい》の世界は日に日に遠くなる。それでいい、そうするしかない、と思っていた。

わたしのハレの世界は菱田《ひしだ》さんの失踪《しっそう》で終わったんだ、と思った。

## 2

日ノ出町駅で電車を降《お》り、外に出た。

通りも立ちならぶ店も以前のままで、なんだかタイムトリップしたような気持ちになる。考えたら、まだ二年しかたっていないのだ。変わっていないのはあたりまえなのに、なんでそのままなんだろう、と感じた。

稽古《けいこ》で通ったスタジオに向かって歩いていく。日ノ出町やとなりの黄金町《こがねちょう》のあたりは、健全で漂白《ひょうはく》されたみなとみらいとはちがって、薄暗《うすぐら》いアンダーグラウンドな匂《にお》いが残っている。

もともと日ノ出町には陣屋《じんや》があり、お屋敷町《やしきまち》と呼《よ》ばれていた。黄金町《こがねちょう》かいわいは大岡川《おおおかがわ》沿《ぞ》いに問屋《とんや》が栄え、染色《せんしょく》工場などもあってにぎやかな商業地区だったのだそうだ。

だが関東大震災《だいしんさい》で大きな被害《ひがい》があり、街並《まちな》みも変わった。第二次大戦中にも空襲《くうしゅう》を受け、おびただしい死者が出た。

戦後は高架下《こうかした》にバラック小屋が立ちならび、黄金町《こがねちょう》のあたりには「ちょんの間」

と呼《よ》ばれる風俗店《ふうぞくてん》が林立するようになった。大岡川スラム、青線《あおせん》地帯と呼《よ》ばれ、昭和二十年代には麻薬密売《まやくみつばい》の温床《おんしょう》となっていたと言う。

二〇〇〇年代にはいって、こうした風俗街《ふうぞくがい》は一掃《いっそう》されて安全な町に生まれ変わっていったが、どこか怪《あや》しい雰囲気《ふんいき》は残っていた。わたしたち若《わか》い劇団員《げきだんいん》たちにとってはそれがたまらない魅力《みりょく》で、稽古《けいこ》のあとは黄金町《こがねちょう》のあたりの店でよく飲んだ。

大岡川沿《ぞ》いは平坦《へいたん》な土地だが、すぐ近くに野毛山《のげやま》という丘《おか》がそびえている。大岡川から少し行くとあちこちに野毛山《のげやま》にのぼる急坂がある。坂の上には図書館や野毛《のげ》山《やま》公園、小さな動物園があり、川沿《かわぞ》いとは打って変わって閑静《かんせい》な住宅街《じゅうたくがい》になる。

わたしたちが稽古《けいこ》に使っていたのは、この坂の途中《とちゅう》にあるスタジオだった。わたしは低地の路地にある小さな古いアパートに住み、低地にある駅の近くのスーパーで働いた。そうして稽古《けいこ》のときだけ坂をのぼり、ハレの場所に行く。坂をのぼったりくだったりすることで、ハレとケを行き来していた。

スーパーもアパートもそのままで、スタジオも変わらずそこにあった。なんだか拍子《ひょうし》抜《ぬ》けするほど以前のままだった。

自分が北海道に帰って、この土地でのことが遠いむかしのようになってしまっていたから、ここもなくなっていてほしかった。スタジオの前に立ったとき、なんでここに来てしまったのだろう、と後悔《こうかい》した。

しばらくぼんやりとスタジオの建物をながめてから、わたしは坂をのぼり、ここに住んでいたころはほとんど行かなかった中央図書館や野毛山《のげやま》公園のあたりを目的もなく歩きまわった。

なぜか帰りたくなくなっていた。ここにいると時間の流れとは関係ない場所に浮《う》かんでいるみたいだ。札幌《さっぽろ》に帰れば、またもとの時間に戻《もど》ってしまう。ほんとうはそろそろ横浜《よこはま》を出て、羽田《はねだ》に行かなければならない時間なのに、ただうろうろと歩き続けた。


野毛山《のげやま》の上から日ノ出町の方におりる広い階段《かいだん》の上に立ち、ぼんやり下を見ていたとき、女性《じょせい》がひとり坂をのぼって来た。わたしと同じくらいの年ごろで、なぜか見覚えがあるような気がした。

手にレジ袋《ぶくろ》をさげ、ふわふわと心許《こころもと》ない足取り。色が白く、化粧《けしょう》っ気もない。髪《かみ》もうしろで結んだだけ。ダッフルコートとジーンズ。あのコート……。

もしかして、弓子？

弓子は大学の友人で、このあたりに住んでいた。稽古《けいこ》のために大学から横浜《よこはま》に向かうときよくいっしょになった。野毛山《のげやま》の上のマンションに住んでおり、下宿ではなく、そこが実家だと言っていた。

わたしが劇団《げきだん》のことを話すと興味《きょうみ》を持って、何度か公演《こうえん》を観に来てくれた。卒業後、彼女《かのじょ》は会社員になったが、変わらず野毛山《のげやま》に住んでいた。わたしとは生活時間帯がまるでちがうが、駅近辺で偶然《ぐうぜん》顔を合わせることもあったし、公演《こうえん》を観に来てくれたこともあった。

「もしかして、弓子？」

あと四、五段《だん》でのぼり切る、というところまで来たとき、階段《かいだん》の上から呼《よ》びかける。彼女《かのじょ》は驚《おどろ》いたように顔をあげた。

「唯《ゆい》さん？」

目を丸くしている。

「どうしたの？　札幌《さっぽろ》に帰ったんじゃ……」

引っ越《こ》しのとき、弓子が手伝いに来てくれた。スーパーでガムテープやゴミ袋《ぶくろ》を買いこんでいたときに偶然《ぐうぜん》会って、明日引っ越《こ》しだと話したら荷造《にづく》りの手伝いに来てくれたのだ。

「劇団《げきだん》時代の友だちの芝居《しばい》を観に来たんだ。それでちょっとなつかしくなって」

「そうだったんだ」

弓子は少し微笑《ほほえ》んだ。澄《す》んだ瞳《ひとみ》も飾《かざ》り気のないところも変わっていない。だがずいぶん疲《つか》れているように見えた。手元のレジ袋《ぶくろ》を見ると、ゴミ袋《ぶくろ》とガムテープが透《す》けて見えた。

「いま、どうしてるの？」

弓子が訊《き》いてくる。

「札幌《さっぽろ》の実家にいるよ。家の手伝いをしてる。飲食店だって話したよね？」

「うん」

こっくりとうなずく。

「弓子は？　まだ前のところに勤《つと》めてるの？」

「ううん。いろいろあってね、やめたの。実は、明日引っ越《こ》しなんだ。いま荷造《にづく》りしてるとこ」

弓子はレジ袋《ぶくろ》を少しあげ、揺《ゆ》らした。

「そうなんだ」

引っ越《こ》し……。そういえば、わたしの引っ越《こ》しの手伝いに来てくれたとき、弓子はもうすぐ結婚《けっこん》するかもと言っていた。

でも、あれから二年も経《た》っている。いまでもここに住んでいるということは、まだ結婚《けっこん》していないということだろうか。それとも実家のすぐ近くに新居《しんきょ》をかまえた？　それとも、少し時期がのびて、これから結婚《けっこん》して新居《しんきょ》に行くということ？

だが、弓子の疲《つか》れた顔を見ると、そのどれでもないような予感がした。なにも言えず、じっと黙《だま》った。

「唯《ゆい》さん、まだ時間ある？」

「え、うん、まだ大丈夫《だいじょうぶ》」

とっさにそう答えていた。

「今日はこっちに泊《と》まるつもりだったから」

なぜか嘘《うそ》をついてしまった。

「よかった。そしたら、ちょっとうちに寄《よ》っていかない？　段《だん》ボール箱だらけで散らかってるけど」

家に誘《さそ》われたのははじめてだった。ひとり暮《ぐ》らしのわたしとちがって、家族と暮《く》らしているからだろうと思っていた。

「え、いいの？　でも、ご家族は？」

「いまはね、いないの。わたしひとりだけ」

弓子はさばさばした口調で言った。わたしひとりだけ。どういうことだろうか。

だがこれで、すでに結婚《けっこん》して新居《しんきょ》にいるという可能性《かのうせい》は消えた。

「ここには父とふたりで住んでたんだけど……」

弓子がぽつんと言う。ああ、そういえばそうだった。お母さんは弓子がまだ幼《おさな》いころに亡《な》くなって、お父さんとふたりだって聞いたことがあった。

「父が少し前に亡《な》くなったの。それで、ここを出ることにしたんだ」

「え……」

言葉を失った。

お父さんが亡《な》くなった？　じゃあ、疲《つか》れた顔もそのため？

「そうだったんだ。たいへんだったね」

ようやくそう答える。

「うん、まあね。でも、もう全部すんだ」

弓子がぼんやり答える。

「そうか。じゃあ、荷造《にづく》り、手伝うよ」

返す言葉に詰《つ》まって、思わずそう言った。

「それはいいよ。さすがに旅行で来てる人に手伝わせるわけには……」

弓子は困《こま》ったように笑って手を振《ふ》る。

「大丈夫《だいじょうぶ》。だって、わたしの引っ越《こ》しのときずいぶん手伝ってくれたじゃない？　わたし全然荷造《にづく》りできてなくて、弓子がいなかったらたぶん引っ越《こ》しできてない」

決して誇張《こちょう》ではない。引っ越《こ》し前日だというのに荷造《にづく》りはまったく進んでおらず、途方《とほう》に暮《く》れていたところに弓子がやって来て、てきぱきといるものといらないものに分け、どんどん箱に詰《つ》めていってくれたのだ。

「それに、大学時代だってかなりお世話になったしね。試験前にノート貸《か》してくれたでしょ？　あれがなかったら卒業できなかった」

「唯《ゆい》さんは大げさだなあ」

弓子がくすくす笑う。

だが、これも誇張《こちょう》ではない。稽古《けいこ》に明け暮《く》れ、授業《じゅぎょう》をサボることも多かった。学外の劇団《げきだん》に夢中《むちゅう》になっているので毛嫌《けぎら》いされたのか、わたしはあきらかにまわりから浮《う》いていた。自業自得《じごうじとく》と思われていたのだろう、ノートを貸《か》してほしいと頼《たの》んでも、いい顔はされなかった。

そんななか、快《こころよ》く貸《か》してくれたのが弓子だった。真面目《まじめ》な弓子のノートはいつもきれいで見やすかった。

――わたし、みんなに敬遠《けいえん》されているのに、なんで貸《か》してくれるの？

毎度借りているのでさすがに申し訳《わけ》なくなり、そう訊《き》いたこともある。

――敬遠《けいえん》されてる？

弓子はきょとんとした顔で答えた。

――学外の劇団《げきだん》の活動ばっかりしてるからね。あの人、なに、って思われてるんじゃないかな。

――そう？　わたしはやりたいことに向かっていける人はすごいと思うけどな。

弓子にそう言われ、呆気《あっけ》にとられた。その言葉があまりにも素朴《そぼく》で、まっすぐだったから。考えすぎだったのかもしれないが、まわりの学生たちの態度《たいど》に参っていたわたしには新鮮《しんせん》に響《ひび》いた。

「わかった。引っ越《こ》し先にも祖父母《そふぼ》が使ってたものが残ってるから、持ってくものは最小限《さいしょうげん》にするつもりだったの。もうだいぶ処分《しょぶん》したし、荷物少ないから二、三日で全部できると思ってたんだけど、意外とたいへんで。手伝ってくれたら助かる」

「かえって邪魔《じゃま》になるかもしれないけど」

わたしが言うと、弓子は笑った。

弓子のお父さんは、ここからわりと近い私立《しりつ》の高校で教師《きょうし》をしていたのだそうだ。癌《がん》で倒《たお》れ、手術《しゅじゅつ》して一度は回復《かいふく》したが、結局再発《さいはつ》して亡《な》くなった。

弓子はお父さんの介護《かいご》のために会社を辞め、結婚《けっこん》も結局しなかったらしい。相手の海外赴任《ふにん》が決まり、弓子も会社を辞めてついていくつもりだったのだが、お父さんの発病でそばを離《はな》れられなくなった。

「手術《しゅじゅつ》の前だったから、とりあえず結婚《けっこん》を延期《えんき》して、相手だけ先に赴任《ふにん》先に行ったんだけどね。手術《しゅじゅつ》が終わったからって言って、父をひとりにできるわけじゃなかった。そのうち結局再発《さいはつ》して……」

歩きながら、弓子は淡々《たんたん》と言った。

「もう少し待ってもらうわけにはいかなかったの？」

「待つ、とは言ってくれたんだけどね」

弓子が地面を見る。

「向こうは向こうで海外勤務《きんむ》のプレッシャーもあって、こちらは死と隣《とな》り合わせの生活で、感覚がだんだんずれていってしまったんだと思う。向こうが大事だと思うことをわたしは大事に思えない、向こうはわたしが大事にしていることの意味がわからない」

「なにをリアルと感じるかが変わっちゃったってこと?」

「そうだね」

弓子はうつむきながらうなずいた。

「向こうも譲《ゆず》れないものがあったんだろうけど、わたしも譲《ゆず》れなかった。いつまで待てばいい、って言われてもね。父がいつまで生きるかわからないし、それって、父が死ぬのを待つ、ってことでしょう? ああ、もう無理だな、って」

なにも言えなかった。わたしだったらキレるな。肉親の死にかかわる問題だ。しかも面倒《めんどう》を見られるのは弓子だけ。置いていけるわけがないじゃないか。弓子はおたがいさまだと思っているみたいだが、弓子は絶対《ぜったい》に悪くない。

「でも大丈夫《だいじょうぶ》。後悔《こうかい》してはいないんだ。縁《えん》がなかったんだ、と思ってる」

落ち着いた口調だった。向こうには向こうの見方、感じ方がある。それもそうなのかもしれない。縁《えん》がない、という言葉はまさにこういうときに使うのだ、とわかった気がした。

弓子の住むマンションに着き、エレベーターに乗る。部屋は五階らしい。エレベーターをおりて外廊下《そとろうか》を歩き、弓子が部屋の鍵《かぎ》を開けた。

「お邪魔《じゃま》しまーす」

なかを見まわしながら靴《くつ》を脱《ぬ》いだ。玄関《げんかん》の靴箱《くつばこ》の上の壁《かべ》には、貼《は》っていたものを剝《は》がした跡《あと》だろう、四角く白い部分があった。人が住んでた跡《あと》だ、と思う。弓子はお父さんとふたりでここに住んでた。胸《むね》がぎゅっと痛《いた》んだ。

夕暮《ゆうぐ》れどきで、部屋のなかはもう薄暗《うすぐら》い。弓子がぱちっと電気をつける。廊下《ろうか》にはずらりと段《だん》ボール箱がならんでいた。

「どうぞ。もうスリッパもないんだけど」

弓子が笑った。あかるい蛍光灯《けいこうとう》に照らされると、弓子はひどく疲《つか》れているように見えた。父親を介護《かいご》し、見送ったあとなのだ。しかもたったひとりで。

「とりあえず、お茶淹《い》れるよ。もう食器類もしまっちゃったけど、湯飲みと急須《きゅうす》とポットだけは残しといたから」

弓子は電気ケトルに水を入れ、スイッチを押《お》した。元気そうにふるまっているけれど、かなり参っているはずだ。弓子がお茶の準備《じゅんび》をしているあいだに、事情《じじょう》が変わって今日は帰らない、と家にメールした。

「ねえ、弓子、今日ここに泊《と》まってもいい？　まだホテル取ってなかったし」

これはほんとうだ。帰るつもりだったから取ってない。電気ケトルがくつくつと音を立て、やがてカチッと止まる。

「え、いいけど……。この状態《じょうたい》だよ？」

「それは大丈夫《だいじょうぶ》。ひとりでホテルに泊《と》まっても、なにもすることないし。久《ひさ》しぶりに弓子ともいろいろ話したい」

「いちおう布団《ふとん》はあるけど……。段《だん》ボール箱の隙間《すきま》で寝《ね》なくちゃだよ」

弓子が急須《きゅうす》にお湯を注ぎながら言った。

「いいよ、いいよ。そういうのは演劇《えんげき》時代で慣《な》れてる」

笑いながら言うと、弓子も笑った。

「前の家の最後の夜も弓子がいてくれたしね」

わたしのときは荷造《にづく》りがまったくできていなかったから、結局徹夜《てつや》になったのだ。弓子は朝までいっしょにいて、手伝ってくれた。

「荷造《にづく》りのあと、掃除《そうじ》もあるじゃない？」

弓子と壁《かべ》の汚《よご》れを落としたり、画鋲《がびょう》の穴《あな》を塞《ふさ》いだりしたのを思い出す。

北海道に帰ると決めたあとも、ずっと迷《まよ》っていた。劇団《げきだん》のなくなった横浜《よこはま》に未練なんてないはずなのに、ここでの暮《く》らしを捨《す》てるのが辛《つら》かった。荷造《にづく》りをせずにいたのもきっとそのせい。

弓子がいなかったら、引っ越《こ》せなかったかもしれない。弓子がいたから変な気を起こさずに黙々《もくもく》と作業できたのだ。

「ああ、そうか、掃除《そうじ》。そうだよね。すっかり忘《わす》れてた。そうか、掃除《そうじ》もあるね。まだまだやることたくさんあるなあ」

弓子はぽかんとそう言った。

お茶を飲んだあと早速荷造《にづく》りに取りかかった。

介護《かいご》用品はほとんどがレンタルで、お父さんが亡《な》くなったあと業者がすべて片《かた》づけていったのだそうだ。お父さんが最後に使っていた介護《かいご》用ベッドもなくなり、部屋が急にがらんとして、と弓子は言った。

衣類や食器などはすでにほとんど箱に入れられていたが、まだ細々《こまごま》したものがいろいろ残っている。冷蔵庫《れいぞうこ》のなかを空っぽにし、調味料もすべて新聞紙に包んで箱に詰《つ》める。

捨《す》てなければならないものもけっこうあって、ゴミ袋《ぶくろ》もどんどんいっぱいになった。このマンションにはゴミ置場があり、ゴミはいつ出してもいいらしい。いっぱいになったゴミ袋《ぶくろ》がいくつかたまると、一階のゴミ置場まで捨《す》てに行った。

「今回どうして引っ越《こ》すことにしたの？」

作業しながら、ふと気になって弓子に訊《き》いた。

「そもそも賃貸《ちんたい》だったしね。ひとりで住むには広いし……」

弓子はぼんやり天井を見あげる。

「父が亡《な》くなる一年前に、祖父《そふ》も亡《な》くなったの。それで、祖父母《そふぼ》が住んでいた川越《かわごえ》の家が空き家になった。父が相続したんだけど、家というより工場でね」

「工場ってどんな？」

「印刷所」

弓子が答えた。

「印刷所？」

それはずいぶん大きな工場なのではないか。住居《じゅうきょ》の下にあるような規模《きぼ》のものなんだろうか。

「古い町工場みたいな感じだよ。名刺《めいし》とかハガキとか伝票とかの印刷をしてたの。いまはみんなパソコンで作ったり、ネットで頼《たの》んだりするけど、むかしはどこの町にもそういう小さな印刷所があったんだよね」

弓子が言った。

「ああ、町の印刷所」

そういえば、うちの近くにもあったな。

商店街に小さな印刷所があって、うちの店もそこにいろいろ頼《たの》んでいた。わたしが高校生になるまではあった気がする。劇団《げきだん》を辞めて札幌《さっぽろ》に帰ったときはなくなっていたけど、いつなくなったんだろう。

大学在学《ざいがく》中も、卒業してからも、劇団《げきだん》が忙《いそが》しくて札幌《さっぽろ》に戻《もど》るのは年に数日。商店街の店を観察するような余裕《よゆう》はなかった。いや、見たのに記憶《きおく》に残っていないのかもしれない。札幌《さっぽろ》に帰っても心はいつも劇団《げきだん》にあって、上《うわ》の空だった。

おばあちゃんの体調が悪い、もう危《あぶ》ないかもしれない、と言われても、劇団《げきだん》の公演《こうえん》があって、結局最期に間に合わなかった。後悔《こうかい》はしたけど、大事な公演《こうえん》で、どうにもならなかった。

大事な公演《こうえん》……。どうにもならない……。だれにとって？　ぐっと唇《くちびる》を噛《か》む。

わたしだって弓子の婚約者《こんやくしゃ》のことを悪く言えない。

「うちは祖父《そふ》が頑固《がんこ》でね、活版《かっぱん》印刷一筋《ひとすじ》だったの」

「活版《かっぱん》印刷って、こう、棚《たな》から活字を拾って、ならべて、っていう？」

「そう。よく知ってるね」

「『銀河鉄道《ぎんがてつどう》の夜』に出てくるでしょ？　ゼミでも読んだじゃない？」

弓子とは専門《せんもん》ゼミでもいっしょだった。ここでも弓子は模範生《もはんせい》、わたしはサボりがちの劣等生《れっとうせい》だったけれど、なぜかゼミのときはまわりと打ち解《と》けることができた。わたしたちのゼミの先生の専門《せんもん》は大正期の童話と童謡《どうよう》だった。

「ああ、そうだったね」

「でも、活版《かっぱん》の印刷所なんて、いまどきめずらしいんじゃないの?」

「うん。大きな印刷所でもいまは活版《かっぱん》使っているところはほとんどないし。DTPが普及《ふきゅう》してからは町の印刷所も少なくなった」

「そうだよね。うちの店でもむかしは印刷所にいろいろ頼《たの》んでたけど、最近はうちのパソコンで作ってるもん。いまはわたしが作ってる」

「最近はそうだよね。でも、活版《かっぱん》が好きだった祖父《そふ》の気持ちはわかるんだ。曽祖父《そうそふ》の代からの店でね、祖父《そふ》より年上の職人《しょくにん》さんたちがだんだん辞めていって、最後は祖母《そぼ》とふたりになって、だからわたし、高校時代からよく手伝いに行ってたの」

「ほんと? じゃあ、活字拾ったりできるの?」

「できるよ。活字を組むのもできる」

「すごい。レアスキルじゃない?」

「そうかもね」

弓子はくすっと笑った。

「でも祖母《そぼ》の体調が悪くなったとき、最期はそばにいてやりたい、って言って、店を閉じた。それから祖母《そぼ》が亡《な》くなって……。祖父《そふ》は機械や活字を処分《しょぶん》するのがたいへんだってわかってたから、自分が生きてるうちになんとかしようと思ってたみたいだけど」

弓子はちょっとうつむく。

「父がね、機械がなくなったら祖父《そふ》ががっくりくるんじゃないか、って心配して、とりあえずそのままにしとくことにした。そのあと、祖父《そふ》が突然倒《とつぜんたお》れて……」

「そうだったんだ」

「工場と家は父が相続して、処分《しょぶん》しようとしたけど、たしかにたいへんなのよ。産《さん》業廃棄物《ぎょうはいきぶつ》だし、処分《しょぶん》にはお金も相当かかる。そうこうしているうちに今度は父の病気がわかって、工場の処分《しょぶん》どころじゃなくなった。それで、結局わたしがそのまま相続したの」

「大変だったんだね」

弓子はうなずきながら箱に蓋《ふた》をする。

「住居《じゅうきょ》に使ってた二階の部分はまだまだ住める状態《じょうたい》で、どうせ相続税《そうぞくぜい》は払《はら》わなくちやならないし、わたしもいまは無職《むしょく》だから家はどこでもいい。ここに住んでもいいかな、って」

「そうか。そしたら家賃《やちん》はかからなくなるもんね」

「うん」

弓子はほっと息をつき、部屋のなかを見まわす。

「ここに住み続けて、あたらしい仕事を探《さが》して、って……。なんかそういう気力がなくなっちゃってた」

力ない笑顔だった。生きていくためには働かなくちゃならない。でも、人間、そんなにがんばれるはずない。なにも答えられなかった。

「子どものころその家に住んでたことがあったから、なつかしかったっていうのもあるんだ。父が育った家でもあるし。とりあえずそこに住んで、近所で仕事探《さが》すのも悪くないかな、って」

弓子が顔をあげ、にこっと笑った。

「川越《かわごえ》かあ。いまはけっこう観光でにぎわっているみたいだしね。弓子も疲《つか》れてるだろうし、いったんその家で休んでリセットするのもいいかもしれないね」

「うん。そう思ってる」

弓子はしずかにうなずいた。

3

荷造《にづく》りが終わり、室内の掃除《そうじ》を終えると深夜近かった。

「お腹《なか》すいたねえ」

立ちあがり、腕《うで》を肩《かた》からまわす。

「ごめん、結局すっかり手伝わせちゃって」

申し訳《わけ》なさそうに弓子が言った。

「いいよ、うちのときは徹夜《てつや》だったんだから」

苦笑いしながら答える。

「なんか食べよう。って言っても、うちにはもうなにもないんだけど」

弓子が室内を見まわす。たしかになにもない。もう電気ケトルも梱包《こんぽう》してしまったから、お湯も沸《わ》かせない。

「買いに行くしかないよね。まだ開いてる飲み屋もあるだろうけど、明日も早いんでしょ？　コンビニでなにか買ってこよう」

この状況《じょうきょう》ではあたたかいものは食べられない。疲《つか》れ切っていて、外で食べる気にもなれない。稽古《けいこ》のときもこんな感じだったなあ、と思い出す。

「そうだね」

弓子もうなずく。わたしが来る前から作業していたのだから、弓子の方がずっと疲《つか》れているだろう。

ふたりでコートを着て、外に出る。

「そのコート、なつかしいね。大学時代にも着てたでしょ」

「そうなの。よく覚えてるね。会社にはさすがにこれじゃ行けなかったけど、いまはまたこればっかり」

弓子はくすくす笑った。

「高校時代、川越《かわごえ》の祖母《そぼ》が買ってくれたの。印刷所の手伝いに行ってね、アルバイト代ももらってたけど、冬のボーナスだって言って」

夜の道はしずかで、弓子の芯《しん》のある少し低い声がよく聞こえた。

「そうだったんだ」

「あったかいんだよ、これ。軽くて、着やすくて」

弓子が両腕《りょううで》を広げて笑った。

弓子の家のあたりにはコンビニはない。階段《かいだん》をおりて駅の方に行く。コンビニでおにぎりや飲み物を買った。深夜だからか、なぜかテンションが妙《みょう》にあがって、たくさんあるおにぎりのなかからなにを選ぶかで盛《も》りあがった。お酒も少し買った。

疲《つか》れていて甘《あま》いものも欲《ほ》しくなり、スイーツコーナーでもかなり悩《なや》んだ。結局弓子はどら焼き、わたしはクリームたっぷりのロールケーキを選んだ。さらにあたたかいものも食べたくなって、ふたりとも肉まんを買った。

「こんなに食べ切れるのかな」

大きくふくらんだレジ袋《ぶくろ》を見ながら弓子が言った。

「大丈夫大丈夫《だいじょうぶだいじょうぶ》。なんとかなるって」

たしかに買いすぎたな、と思いながら答える。

「なんかこういうの久《ひさ》しぶり、大学祭みたいで楽しいね」

肉まんを頬張《ほおば》りながら弓子が笑った。むかしと同じ笑顔だった。

「そうだね」

三年のとき、もう来年はみんな卒論《そつろん》や就職《しゅうしょく》活動で忙《いそが》しいし、これが最後のチャンスだから、と言って、ゼミで大学祭に参加することにした。児童文芸雑誌《ざっし》「赤い鳥」や「金の船」に関する展示《てんじ》と喫茶《きっさ》。大学祭近くになると毎日集まって準備《じゅんび》に明け暮《く》れた。

わたしもちょうど公演《こうえん》と公演《こうえん》のはざまで稽古《けいこ》があまりない時期だったから、毎日大学に残って展示《てんじ》の準備《じゅんび》に参加した。大学のそばのコンビニに買い出しに行って、ああでもない、こうでもない、と言いながら展示物《てんじぶつ》を作った。

「楽しかったよね、三年のとき」

「うん。毎日こうやってコンビニに買い出しに行って……」

弓子がうれしそうに微笑《ほほえ》む。

「肉まんもよく買ったよね」

「そうそう。お店の肉まんの数が足りなくて、どうしようってなったり」

弓子が笑う。

平和だったなあ、と思う。

あのころはみんなまだなにものでもなくて、なにかになれるってなんとなく信じてた。そう、なんとなく。なにかになるにはたくさん代償《だいしょう》が必要だってこともわからないまま、こうして生きていればいつかどこかにたどり着くものなんだろう、って根拠《こんきょ》なく思いこんでた。

みんな、なにになったんだろう。

階段《かいだん》をのぼっていく。空には星がたくさん出ていた。スタジオに行くのはこの階《かい》段《だん》ではないけれど、こうやって坂をのぼって、ハレとケを行き来していたころのことを思い出していた。

菱田《ひしだ》さんが好きだった。

菱田《ひしだ》さんにはほかの人にはないなにかがあった。星みたいななにか。みんなそこに引き寄《よ》せられていた。わたしもそう。

男はみんな菱田《ひしだ》さんみたいになりたいと思い、憧《あこが》れると同時に妬《ねた》んでもいた。女はみんな菱田《ひしだ》さんにとって特別な存在《そんざい》になりたがっていた。そういうどろどろした感情《かんじょう》がうずまくなかで、菱田《ひしだ》さんだけが涼《すず》しい顔だった。

菱田《ひしだ》さんは自分以外の人間にほとんど関心がない、いや、自分自身にも関心がないんだと思った。彼《かれ》にとっては人間は芝居《しばい》のためのパーツにすぎない。だからだれよりも他人の本質《ほんしつ》を見極めていて、なのにだれにも心を許《ゆる》さないんだ、と。

わたしはそんな菱田《ひしだ》さんが怖《こわ》くて、でもどうしようもなく惹《ひ》かれて、怖《こわ》いのを克《こく》服《ふく》するために菱田《ひしだ》さんと関係を持った。

だけど結局、菱田《ひしだ》さんのことはなにひとつわからなかった。関係を持っても、菱《ひし》田《だ》さんは変わらず透《す》き通った膜《まく》に覆《おお》われて、なかにはいれない。どんなに手をのばしても、菱田《ひしだ》さんの心に触《ふ》れることはできなかった。

弓子の部屋に戻《もど》り、段《だん》ボール箱の壁《かべ》に囲《かこ》まれた要塞《ようさい》のような場所で、買って来たおにぎりとおかずとお酒で小さな宴会《えんかい》をした。弓子も少しだけお酒を飲んで、気持ちがほぐれたみたいだった。

「なんか、最後の日に押《お》しかけて来ちゃって、ごめんね」

「なんで？　助かったよ。掃除《そうじ》まで考えたら、唯《ゆい》さんいなかったら徹夜《てつや》になってるとこだった」

「この部屋、小学校のころからお父さんと住んでた部屋なんでしょ？」

思い出も詰《つ》まっているはず。そう言いそうになって、口をつぐんだ。

「そうだね。それに、その前、母が生きてたころもここに住んでた。そのころは三人だったんだね。もうあんまり覚えてないけど」

三歳《さい》まではここに三人で住んでた。お母さんが亡《な》くなって川越《かわごえ》のお祖父《じい》さんの家に引き取られて、小学校二年でここに戻《もど》って来た。弓子の横顔を見ていると、なんだかじんわり悲しくなって来る。

大丈夫《だいじょうぶ》なんだろうか。川越《かわごえ》の工場の上に住むって言ってたけど、ほんとにそれで大丈夫《だいじょうぶ》なんだろうか。

わたしは劇団《げきだん》を辞めた。子どものころから役者になるのが夢《ゆめ》で、そのために東京に出て来た。その夢《ゆめ》は潰《つい》えた。菱田《ひしだ》さんもいなくなった。でも、札幌《さっぽろ》に帰れば家族がいる。弓子みたいにひとりっきりになったことなどない。

「ねえ、ずっと訊《き》こうと思ってたんだけど、唯《ゆい》さんはいまどうしてるの？　札幌《さっぽろ》で家の店を手伝ってる、って言ってたけど、もう演劇《えんげき》の世界には戻《もど》らないの？」

弓子の言葉が胸《むね》に刺《さ》さった。

「痛《いた》いとこ、衝《つ》いてくるなあ」

わたしは苦笑いした。

「唯《ゆい》さんが引っ越《こ》すとき、手伝ったでしょう？　あのときから思ってたんだ。演劇《えんげき》やめるって言ってたけど、ほんとに納得《なっとく》してるように見えなかった」

その言葉にはっとする。さばさばふるまっていたつもりだったのに、ばれてた。役者をしていたのに情《なさ》けない。

「演劇《えんげき》、もう遠くなった。たぶん、戻《もど》らないと思う。ううん、戻《もど》れない」

大きく息をつく。

「そうか」

弓子は少しさびしそうな顔になった。

「ずっと役者になりたかったんだけどね。こっちで劇団《げきだん》の活動をしてるあいだに、演《えん》じることがなんだか、わからなくなってきたんだ」

「どういう意味？」

「うーん、なんだろう。演技《えんぎ》しているときって、自分じゃないみたいになる。舞台《ぶたい》の上って現実《げんじつ》とはちがう空間で、わたしもわたしじゃなくなって、半分透明《とうめい》な幽霊《ゆうれい》みたいになる。舞台《ぶたい》の上と下を行き来するのがだんだんむずかしくなる。いつか行ったきりになるんじゃないか、って怖《こわ》くなる」

「そういうものなんだ」

弓子が目を見張《みは》る。

「だけど、そこまで行くにはだれかの磁場《じば》が必要なの。わたしにとってはそれが菱《ひし》田《だ》さんだった。わたしだけじゃない。劇団員《げきだんいん》全員が菱田《ひしだ》さんの力で異界《いかい》に行っていた。菱田《ひしだ》さんがいなくなって、もうその場所は作れなくなってしまった」

じっと目を閉《と》じる。菱田《ひしだ》さんというのはなんだったんだろう。いま思うと人間の形をしたなにか別のものだったような気がしてくる。

「みんな菱田《ひしだ》さんの作ったまぼろしのなかにいた。菱田《ひしだ》さんがいなくなって、みんな急にそのことに気づいたんだよね。あれは全部菱田《ひしだ》さんの作ったもので自分にはなんの才能《さいのう》もないんじゃないかって」

才能《さいのう》。陳腐《ちんぷ》な言葉だ。その言葉を耳にするたび、菱田《ひしだ》さんが冷笑していたのを思い出す。

「だから、もうここでやめようって思ったんだ。札幌《さっぽろ》帰ったらほっとした。地に足のついた生活をしていると、東京での出来事が全部まぼろしみたいで、夢《ゆめ》を見ていただけだった気がして」

ふうっと息をつく。

「でも、唯《ゆい》さんはそれでいいの？」

弓子の声にはっとした。

「何度か唯《ゆい》さんの劇団《げきだん》の公演《こうえん》、見に行ったでしょう？　とっても素敵《すてき》だった。唯《ゆい》さん、舞台《ぶたい》では別人みたいだった」

別人？

「最初のうちは唯《ゆい》さんだって思いながら見てるけど、お芝居《しばい》見てるうちにだんだん世界のなかに引きこまれて、そうするともうあの世界の住人にしか見えなくなる。

観客のわたしもどこかちがう世界に行ってしまうの。さっき唯《ゆい》さんが言ってたみたいに、舞台《ぶたい》の方がほんとの世界で、観てるわたしたちが消えてくみたいで」

観てるわたしたちが消えてく……?

ああ、わたしもそんなこと、感じたことがあった。

小学生のころ、父が親戚《しんせき》からチケットをもらって、札幌《さっぽろ》のホールに家族で演劇《えんげき》を観に行った。児童文学が原作の子ども向けの作品だった。最初は戸惑《とまど》ったけれど、映画《えいが》やテレビとは全然ちがう世界にしだいに引きこまれた。

舞台《ぶたい》のうえがほんとの世界に思えた。

「わたしもあった、そういうこと。子どものころだけど」

わたしが笑うと、弓子も微笑《ほほえ》んだ。

「本を読んでるときも似《に》たことを思う。本のなかの方がほんとの世界で……」

弓子は宙《ちゅう》を見あげる。

「だから本を読むのが好きだった。子どものころはよくファンタジーを読んでた。いつのまにか本の世界にはいりこんでしまうのね。でも、登場人物のだれかになる、ってわけじゃなくて……」

そう言って、少し考えこむ。

「すぐ近くに浮《う》かんでる、っていうか……」

真剣《しんけん》な顔でそう言うので、思わず笑ってしまった。

「なんで笑うの？」

「ごめん。でも、わかる。弓子、大学のゼミのときもそんなこと言ってたよ」

「え、ほんと？」

驚《おどろ》いたように言った。

「なんか、こういう話するのも久《ひさ》しぶり。大学卒業してからは、小説とか演劇《えんげき》とか、そういう世界のこと話す相手がまわりにいなかったし」

弓子が目を伏《ふ》せる。

「ずっと現実《げんじつ》に覆《おお》い尽《つ》くされちゃってた」

そう言って笑った。身内が相次いで亡《な》くなったのだから無理もない。わたしにとってもこういう話は久《ひさ》しぶりだった。家でも店でもそんな話が出ることはないし、ドラマや映画《えいが》を見ることからもなんとなく遠ざかっていた。

「わたし、唯《ゆい》さんがうらやましかったんだ」

ふいに弓子がつぶやいた。

「え、どうして？」

驚《おどろ》いて訊《き》き返す。

「わたしは大学で授業《じゅぎょう》を聞いてるだけ。得《え》るものはたくさんあるけど、受け身でしょ？　けど、唯《ゆい》さんは劇団《げきだん》にはいって、芝居《しばい》をしてる。発信する側ってことだよね？　なにかを作りあげて、人に見せる側。それってすごいことだなあ、って」

「そんな……」

そんな大層《たいそう》なものじゃないよ、と言いかけてやめた。

「唯《ゆい》さん、劇団《げきだん》が忙《いそが》しくて授業《じゅぎょう》休みがちだったでしょう？　ほんとは、ちゃんと授《じゅ》業《ぎょう》出なくちゃダメだよ、と言うべきなんだろうけど、舞台《ぶたい》の上の唯《ゆい》さんを思い出すと言えなくなっちゃって」

弓子が苦笑した。

「ごめんねえ、あのころはずいぶん助けてもらった。いま思うと、あのころの自分が情《なさ》けない。劇団《げきだん》のことで頭がいっぱいで、大学なんて、って思ってた。なにさまのつもりよ。わたしなんて……」

すかすかだ。なかになにもない。

あのころ夢見《ゆめみ》ていたものはなんだったのか。まぼろしなんかじゃない、あのころはあの世界こそ真実だった。いまだって、ほんとはどこかであきらめきれていないのかもしれない。琴音《ことね》の舞台《ぶたい》を見ながら、熱気に心を揺《ゆ》さぶられていた。

　小学生のころに見た芝居《しばい》を思い出す。どきどきして、あの世界で生きたい、と思った。だから東京に出たかった。でも演劇《えんげき》のためと言ったら、上京させてもらえないだろう。それで大学に進学した。

　東京に出ると、バイトしてお金を貯《た》めて、授業《じゅぎょう》そっちのけで演劇《えんげき》ばかり見ていた。劇団《げきだん》のワークショップに参加して、菱田《ひしだ》さんの劇団《げきだん》にはいって、そこからはもう大学の勉強を忘《わす》れるくらい、劇団《げきだん》の稽古《けいこ》に明け暮《く》れた。

「わたしはずっと創作物《そうさくぶつ》を受け取る側の人間だった。だから、発信する側のことはよくわからない。才能《さいのう》があるとかないとか、そういうことも。でも、だれかがその世界を作ってくれたから、わたしたちはそこに行けるんだと思う」

　弓子はじっと目を閉《と》じた。

「まぼろしかもしれないけどね。それももうひとつの真実じゃない？　それがない世界は味気ないよ」

　もうひとつの真実。菱田《ひしだ》さんはそれを作ることのできる人だった。

——この世に才能《さいのう》なんてものは存在《そんざい》しないよ。みんな勝手に俺《おれ》にまぼろしを見てるだけ。

いつだったか、菱田《ひしだ》さんはそう言った。

そんなことはない。あなたが自分でわからないだけ。だれよりも才能《さいのう》のあるあなたが、なぜそんなことを言うの？　あなたには圧倒《あっとう》的な存在感《そんざいかん》がある。ほかの人にはないなにかがあるじゃない。そう言いたかったが、うまく言えずにいた。

——俺《おれ》はそんなにたいそうな人間じゃないよ。なのにみんな、自分の夢《ゆめ》を俺《おれ》に肩代《かたが》わりさせようとする。できやしないよ、そんなこと。もう疲《つか》れた。

菱田《ひしだ》さんのその言葉にはっとした。わたしの思いも……。こういう思いが菱田《ひしだ》さんを追い詰《つ》め、疲《つか》れさせていたのかもしれない。それで言葉を呑《の》みこんだ。そのあとどうなったのか、よく覚えていない。

いま考えると、みんないつのまにか、自分が演《えん》じる理由をすべて菱田《ひしだ》さんに押《お》しつけていた。菱田《ひしだ》さんに認《みと》められたい。わかってもらいたい。菱田《ひしだ》さんのまわりにはそんな人ばかりだった。わたしもそのひとり。

みんな菱田《ひしだ》さんに幻想《げんそう》を見てた。自分のなにものかになりたいという夢《ゆめ》を菱田《ひしだ》さんに背負《せお》わせた。菱田《ひしだ》さんは自分の虚像《きょぞう》に押《お》しつぶされたのかもしれない。わたしたちが菱田《ひしだ》さんを壊《こわ》してしまったのかもしれない。

だから。菱田《ひしだ》さんがもう戻《もど》らないと悟《さと》ったとき、二度と舞台《ぶたい》に戻《もど》らないと決めた。

苦い思いを飲みこむように、ペットボトルのお茶を飲む。

「明日、朝早いんだよね」

そう言って、立ちあがった。

「うん。引っ越《こ》し屋さん、八時前に来るって。七時には起きないと」

弓子が答える。

「七時？　え、もう二時過《す》ぎてる。早く寝《ね》ないと」

スマホを見てあせった。こんなに時間が経《た》っているとは。

「そうだね」

弓子はしずかにうなずいた。

「今日はありがとう。片《かた》づけて、布団《ふとん》、敷《し》くね」

弓子も立ちあがり、ゴミを片《かた》づけた。


弓子はソファに、わたしは段《だん》ボール箱の隙間《すきま》に敷《し》いた布団《ふとん》に横たわった。

「ねえ、弓子」

電気が消え、暗くなってから呼《よ》びかけた。

「なに？」

「明日いっしょに川越《かわごえ》まで行ってもいい？」

「え？　明日帰るんじゃないの？」

「ううん。実はね、ほんとは今日帰るはずだったの」

「えええっ」

弓子が声をあげて起きあがる。

「じゃあ、なんで？」

「なんでかな。自分でもよくわからない。でも、久《ひさ》しぶりに弓子の顔見たら、ちょっと話したくなっちゃって」

もごもごと答える。

「まったく、唯《ゆい》さんは……」

弓子は呆《あき》れたように言い、どさっと横たわった。

「家の人、大丈夫《だいじょうぶ》なの？」

「さっき連絡《れんらく》したからね。それは大丈夫《だいじょうぶ》」

そう答えると、弓子はため息をついた。

「だからね、つまり、帰りの便はまだとってないの。なんとなく、もう少しこっちを見てから帰ろうかな、って思って」

「そうか。それならまあ、わたしはいいけど……」

弓子は完全にあきらめたような口調だ。

「向こうに着いたら荷解《にほど》きもあるでしょ？　それにわたし、印刷所にちょっと興味《きょうみ》があるの。どんなところかな、って」

ほんとうは弓子が心配だった。

「そういうことなら、いいよ、わかった」

「よかった。じゃあ、早く寝《ね》よ」

そう言って、目を閉《と》じた。ほどなく弓子の寝息《ねいき》が聞こえてきた。だがわたしは、菱田《ひしだ》さんのことや劇団《げきだん》のことがぐるぐる頭をめぐって、なかなか寝《ね》つけなかった。手持ち無沙汰《ぶさた》になり、枕元《まくらもと》においたスマホを見る。さっき母に送ったメールの返事が来ていた。大丈夫《だいじょうぶ》だよ、ゆっくり東京を見ておいで、と書かれている。

そしてもう一通、メールが届《とど》いていた。

琴音《ことね》？

なんだろう、と思ってメールを開いた。

昨日は公演《こうえん》を観にきてくれてありがとうございました。会えなくてすみません。

でも来てくれてとてもうれしかったです。

ひとつ訊《き》きたいことがあります。

実は数日前、劇団《げきだん》の先輩《せんぱい》が公演《こうえん》を観に来てくれたのですが、その人は、家の都合で札幌《さっぽろ》の実家に帰って、いまは札幌《さっぽろ》の劇団《げきだん》に所属《しょぞく》しているそうです。団員《だんいん》を探《さが》しているとのことで、唯《ゆい》さんのことを話したら、会ってみたい、と言われました。

その人に唯《ゆい》さんの連絡先《れんらくさき》を教えてもいいでしょうか？

ちなみに、その人の劇団《げきだん》のサイトはこちらです。けっこう大きな劇団《げきだん》で、古典的な演目《えんもく》が多いようです。

興味《きょうみ》があったら連絡《れんらく》ください。


そう書かれていた。

札幌《さっぽろ》の劇団《げきだん》……？　メールに記されたサイトのＵＲＬをクリックした。

札幌《さっぽろ》に拠点《きょてん》を置く劇団《げきだん》で、演出家《えんしゅつか》、俳優《はいゆう》の研修生《けんしゅうせい》を募集《ぼしゅう》している。演目《えんもく》はオーソドックスで、上演会場《じょうえんかいじょう》も公共の大きなホールばかり。後援《こうえん》もついていて、しっかりした組織《そしき》に見えた。

札幌《さっぽろ》で演劇《えんげき》……？

演劇《えんげき》をするために、どうしても東京に出たかった。最先端《さいせんたん》の演劇《えんげき》に触《ふ》れたかった。いつのまにか小劇団《しょうげきだん》に惹《ひ》かれ、菱田《ひしだ》さんの劇団《げきだん》にいた。だけど、演劇《えんげき》ってあいうものだけじゃない。わたしが家族と最初に見た演劇《えんげき》も、こういうオーソドックスな内容《ないよう》だった。

菱田《ひしだ》さんの劇団《げきだん》にいたのはわたしにとって大切なことだった。菱田《ひしだ》さんに出会ったことも。あの空間はもうどこにもない。わたしにもあそこを壊《こわ》した責任《せきにん》がある。だからもう舞台《ぶたい》に戻《もど》らない。そう決めていた。

でも……。それってほんとうは、菱田《ひしだ》さんのことを理由にして逃《に》げてるだけなんじゃないか。結局、まだ菱田《ひしだ》さんに自分の人生を背負《せお》わせているってことじゃないか。

ほんとにこれから一生、舞台《ぶたい》に立たなくていいのか。

はじめて見た舞台《ぶたい》がよみがえり、胸《むね》のなかが熱くなる。

演《えん》じたい。もう一度、舞台《ぶたい》のうえで生きたい。

身体《からだ》の奥《おく》の方から、だれかの声が聞こえてくる。それが自分の声だと気づいた。

舞台《ぶたい》ってなんだ。演《えん》じるってなんだ。わからないまま、何度も寝返《ねがえ》りを打った。

4

次の朝、スマホのアラームの音で目が覚めた。いつのまにか眠《ねむ》っていたらしい。弓子はもう起きて、最後の片《かた》づけをしている。

「唯《ゆい》さん、起きたんだ」

弓子がふりむいて言った。

「よく眠《ねむ》れた？」

「うん」

うなずいて、窓《まど》からはいってくるぼんやりした光を見つめた。カーテンは取り払《はら》われていて、もうない。雲に覆《おお》われた白い空に鳥が飛んでいくのが見えた。

昨日残したパンを食べ、身支度《みじたく》をする。

七時四十五分には引っ越《こ》し屋のトラックがやってきた。驚《おどろ》くようなスピードで荷物をトラックに運んでいく。全部積み終わり、トラックが出発する。わたしたちも急いで駅に向かった。

向こうにはだれもいないので、トラックが到着《とうちゃく》する前に川越《かわごえ》に着きたい。最後、部屋に別れを惜《お》しむ暇《ひま》もなかった。

「最後、ばたばたになっちゃったね」

電車に乗ってから言った。

「うん」

弓子がうなずく。

「別れを惜《お》しむ暇《ひま》もなかったけど、大丈夫《だいじょうぶ》？」

「大丈夫《だいじょうぶ》だよ。荷造《にづく》りをはじめる前に、じゅうぶんお別れはしたから」

きっぱりした顔でつぶやいた。

「父の衣類や食器も、ほとんど処分《しょぶん》したんだ。天体望遠鏡と本だけは荷物に入れたけど。部屋がいつもの状態《じょうたい》だったときに写真も撮《と》った」

そうつぶやいて、窓《まど》の外を見る。

お父さんの衣類や食器を処分《しょぶん》するのは辛《つら》かっただろう。そうやって何度も何度も、それまでの世界に別れを告《つ》げてきたんだろう。たったひとりで。

「そうか」

うなずいて、窓《まど》の外に流れていく景色を見た。

電車を何本か乗り換《か》え、川越駅《かわごええき》で降《お》りた。バスに乗り、細い道を抜《ぬ》けて、町工場のような建物の前に着く。

「ここだよ」

建物を見あげながら弓子が言った。三日月堂《みかづきどう》という看板《かんばん》がかかっている。

「ここ?」

ほんとうに町工場だった。若《わか》い女性《じょせい》がひとりで住むような場所には思えない。

「よかった。トラック、まだ着いてない」

ほっとしたように笑って、弓子がカバンから鍵《かぎ》を出す。古い鍵《かぎ》を鍵穴《かぎあな》に差しこむ。ガラス戸をあけ、なかにかかっていたカーテンを開ける。

「わあ、活字」

壁一面《かべいちめん》の活字棚《だな》が目に飛びこんでくる。

「すごいね、これが、活字」

建物に足を踏《ふ》み入れ、呆然《ぼうぜん》となかを見渡《みわた》した。活字がぎっしりと詰《つ》まった棚《たな》。布《ぬの》をかぶった大きな機械がいくつもならんでいる。

「ただいま」

弓子の声がした。そうか、ただいま、なのか。ほっとしたような弓子の顔をぼんやり見つめた。

「住むのは二階なの。あがって」

弓子はそう言って、工場の奥《おく》にある階段《かいだん》をのぼっていく。幅《はば》の狭《せま》い急な階段《かいだん》だ。おそるおそるあとについて段《だん》をのぼった。

二階に着くと、日差しの降《ふ》り注ぐ畳《たたみ》の部屋が広がっていた。それから、古い台所。水道も調理台もむかしながらの形だが、よく手入れされている。すりガラスのはいった古い食器棚《しょっきだな》には、お皿やお椀《わん》がならんでいた。

生活の匂《にお》いがした。柱や壁《かべ》には子どもの落書きがあった。大部分は弓子のお父さんが子どものころに書いたものらしいが、弓子が描《か》いたウサギの絵も残っていた。

少し掃除《そうじ》をしていると、トラックが到着《とうちゃく》した。運び出すときと同じようにものすごいスピードで荷物をおろし、あっという間に終わった。トラックは去っていき、あとにはダンボール箱の山が残った。

弓子とふたり、黙々《もくもく》と箱をあけていく。布団《ふとん》を押《お》し入れにいれ、衣類は押入《おしい》れを改造《かいぞう》したクロゼットに入れた。弓子は引っ越《こ》しの前に何度か足を運んで、住みやすいように手を入れていたらしい。

「広くていいね。それに日当たりもいい」

「そうでしょう?」

弓子が歌うように言った。


荷ほどきは夕方までかかった。一段落《ひとだんらく》ついて、外に出た。薄暗《うすぐら》く細い道を歩くと、蔵造《くらづく》りの重厚《じゅうこう》な建物がならぶ一番街《いちばんがい》に出た。

見たとたん、頼《たの》もしいな、と感じた。深いところまで根を伸《の》ばした大きな木のようだ。ここでなら、弓子も生きられるかもしれない。

昨日歩いた日ノ出町を思い出す。焼け跡《あと》に立った街。戦後の暗い風景と、きれいになったいまの風景が二重写しになる。あの街で演劇《えんげき》時代を過《す》ごした。坂をのぼり、坂をくだり、行き着けないまぼろしの場所を目指していた。

食事をして、三日月堂《みかづきどう》の二階に戻《もど》った。もう一泊《ぱく》して、明日の飛行機で札幌《さっぽろ》に帰ると決め、チケットも予約した。

「わたしねえ、思ったの」

暗い窓《まど》の外を見ながら弓子が言った。

「ここでならしばらく生きていけるなあ、って」

しずかでおだやかな声だった。

「うん」

わたしはうなずく。

「生きる目標とか、目的とか、いまのわたしには全然ないの。でも、生きていくだけならできる気がする。人のためになにかするとか、そんなむずかしいこともできそうにない。でもいまは、生きてくだけでいいよね。許《ゆる》してくれるよね、きっと」

許《ゆる》す。だれが、とは言わなかった。神さまだろうか。それとも両親や祖父母《そふぼ》だろうか。わからない。でもそんなことはどうでもよかった。

「許《ゆる》してくれるよ」

わたしは答えた。

「生きていたら、きっといつか……」

弓子はそう言うと、両手で顔を覆《おお》った。

弓子はもう会えないんだ。お父さんにもお母さんにもお祖父《じい》さんにもお祖母《ばあ》さんにも。みんないなくなっても生きていかなくちゃならない。いいことがあったって、分かち合う人がいない。それでも。

「大丈夫《だいじょうぶ》だよ。生きてくだけでいい。わたしが許《ゆる》すよ」

思わずそう言っていた。人を許《ゆる》すことなんてできるはずもないのに。

みんなひとりで、自分を背負《せお》って生きるしかないのに。

弓子はうつむいて泣いていた。

疲《つか》れていたのか、ふたりともすぐに眠《ねむ》ってしまった。

朝起きると、コーヒーのいい匂《にお》いがした。

弓子が台所に立ち、コーヒーを淹《い》れている。わたしが目を覚ましたことに気づくと、昨日買ってきたパンをトースターで焼いてくれた。

「昨日はごめんね」

小さなダイニングテーブルの向かいに座《すわ》って、弓子が言った。テーブルの横の壁《かべ》に小さなキーホルダーがかかっている。かわいい星の形の飾《かざ》りのついたキーホルダーだ。昨日眠《ねむ》るときにはなかったから、弓子が朝起きてかけたのだろう。

「気にしないで」

「唯《ゆい》さんがいてくれてよかったよ。ありがとう」

弓子が小さく頭をさげる。

「大丈夫《だいじょうぶ》。きっとやっていけると思う」

少し笑って、星のキーホルダーの方を見た。

なぜかその顔を見て、弓子は大丈夫《だいじょうぶ》だ、と思った。

「よかった」

微笑《ほほえ》んで、コーヒーを飲む。苦くて、でもとてもおいしかった。


飛行機に間に合うよう、三日月堂《みかづきどう》を出た。

弓子は川越《かわごえ》駅まで送ってくれた。薄曇《うすぐも》りの白っぽい空。影《かげ》のない道をふたりで歩いていく。他愛ないことばかり話しながら、でもなぜか満たされていた。

「わたしもいろいろ考えたんだ。もしかしたら、もう一度、演劇《えんげき》やってみるかも」

少し迷《まよ》ったけれど、別れ際《ぎわ》、そう言った。

「ほんと？」

弓子の目が輝《かがや》く。

琴音《ことね》に返事を出そう。琴音《ことね》の言ってた人と会ってみよう。ちがうと感じたら、そこでなくてもいい。もう一度東京に出てきたっていい。

「わたしが生きるためにはそれが必要なのかもしれない、って」

あたらしい場所に行く。

家族は反対するかもしれない。いまさら、と笑われるかもしれない。でも、もう、だれかのせいにはしない。自分の人生だ。自分の道を生きよう。人と争うことになっても、人を傷《きず》つけることになっても。

「そうか。そうだよね」

弓子がうなずく。

「ありがとうね」

「なんで？　手伝ってもらったのはこっちだよ」

弓子が不思議そうに首をかしげる。

「ううん。弓子と会って、踏《ふ》ん切りがついた」

なぜだろう。自分でもわからない。

だがこの三日間のことはずっと忘《わす》れない気がした。

「そうか」

弓子がにっこり笑う。雲が切れ、日が射《さ》しこんでくる。

「がんばろう」

「うん。おたがいにね」

ぱん、とハイタッチして、手を振《ふ》った。

「星《ほし》と暗闇《くらやみ》」は、印刷博物館《いんさつはくぶつかん》×活版印刷三日月堂《かっぱんいんさつみかづきどう》　コラボ企画の際《さい》に活版《かっぱん》の冊子《さっし》として書き下ろした作品を改稿《かいこう》したものです。

「届かない手紙《てがみ》」は『大人の科学マガジン　小さな活版印刷機《かっぱんいんさつき》』（学研《がっけん》）に収録《しゅうろく》されたものを改稿《かいこう》したものです。

「ヒーローたちの記念写真《きねんしゃしん》」「ひこうき雲」「最後のカレンダー」「空色《そらいろ》の冊子《さっし》」「引《ひ》っ越《こ》しの日」は書き下ろしです。

Letter Press Printing Crescent

特装版
# 活版印刷三日月堂
空色の冊子

2020年4月　第1刷発行

著　者　ほしおさなえ
発行者　千葉均
編　集　森潤也
発行所　株式会社ポプラ社
〒102-8519
東京都千代田区麹町4-2-6
電話　03-5877-8109（営業）
03-5877-8108（編集）
ホームページ　www.poplar.co.jp
印刷・製本　中央精版印刷株式会社
装　画　中村至宏
ブックデザイン　斎藤伸二（ポプラ社デザイン室）


N.D.C.913/315p/20cm
ISBN 978-4-591-16569-0



P4157005

本書は2019年12月にポプラ社より刊行されたポプラ文庫『活版印刷三日月堂　空色の冊子』を特装版にしたものです。

特装版

# 活版印刷三日月堂

ほしおさなえ

## 星たちの栞

店主が亡くなり、長らく空き家になっていた川越の印刷所・三日月堂。店主の孫娘・弓子が川越に帰ってきたことで営業を再開するが、弓子もどうやら事情を抱えているようで——。

特装版

# 活版印刷三日月堂

ほしおさなえ

## 海からの手紙

小さな活版印刷所「三日月堂」には、今日も悩みを抱えたお客がやってくる。店主の弓子が活字を拾い、丁寧に刷り上げるのは、誰かの忘れていた記憶や、言えなかった想い……。

装画：中村至宏

特装版

# 活版印刷三日月堂

ほしおさなえ

## 空色の冊子

弓子が幼いころ、初めて活版印刷に触れた思い出。祖父が三日月堂を閉めるときの話……。本編では描かれなかった、三日月堂の知られざる「過去」が詰まった番外編。

特装版

# 活版印刷三日月堂

ほしおさなえ

## 小さな折り紙

三日月堂が軌道に乗り始めた一方で、金子は愛を育み、柚原は人生に悩み……。そして弓子達のその後とは？　三日月堂の新たなる「未来」が描かれる番外編。

装画：中村至宏

イラスト：serori

# 特装版 地底アパートシリーズ

蒼月海里

どんどん深くなる地底アパートへようこそ！

ゲーム大好き大学生一葉と、変わった住人たちがくりひろげる、「不思議」と「友情」と「感動」がつまった楽しい物語！

## 1『地底アパート入居者募集中！』

ネットゲーム大好きな大学生・一葉が住むことになった家は、入居者の業によって地下にどんどん深くなる異次元アパートだった！

## 2『地底アパートの迷惑な来客』

住む人の業によって深くなる異次元アパートに住み始めた大学生、葛城一葉。地下に現れる恐竜目当てに、超危険人物がやってきた！

## 3『地底アパートのアンドロイドは巨大ロボットの夢を見るか』

一葉の大学の留学生・笑顔きらめく超好青年エクサ。馬鐘荘にやってきた彼は、マキシと同じく、未来から来たアンドロイドだった！

## 4『地底アパートの咲かない桜と見えない住人』

春が訪れたはずなのに、一葉たちの住む馬鐘荘の周囲だけなぜかいつまでも寒いまま。その原因は、地下に現れたあるもののせい!?

## 5『地底アパートと幻の地底王国』

地底アパートの最下層が横穴に突き当たった。そこで一葉たちが出会ったのは、なんと地底都市に棲息している地底人の少女だった！